在世界之中：
中华文明的主体性

——"第三极文化"论丛
（2021）

主　编　黄会林
副主编　向云驹
　　　　罗　军
　　　　刘江凯

北京师范大学出版集团
BEIJING NORMAL UNIVERSITY PUBLISHING GROUP
北京师范大学出版社

图书在版编目（CIP）数据

在世界之中：中华文明的主体性 / 黄会林主编. —北京：北京师范大学出版社，2022.2
（"第三极文化"论丛.2021）
ISBN 978-7-303-27791-9

Ⅰ.①在… Ⅱ.①黄… Ⅲ.①中华文化－文集 Ⅳ.①K203

中国版本图书馆 CIP 数据核字（2022）第 013727 号

营　销　中　心　电　话　010-58807651
北师大出版社高等教育分社微信公众号　新外大街拾玖号
ZAI SHIJIE ZHIZHONG：ZHONGHUA WENMING DE ZHUTIXING
出版发行：北京师范大学出版社　www.bnup.com
　　　　　北京市西城区新街口外大街 12－3 号
　　　　　邮政编码：100088
印　　刷：北京盛通印刷股份有限公司
经　　销：全国新华书店
开　　本：787 mm×1092 mm　1/16
印　　张：19.25
字　　数：320 千字
版　　次：2022 年 2 月第 1 版
印　　次：2022 年 2 月第 1 次印刷
定　　价：88.00 元

策划编辑：王则灵　　　　　责任编辑：朱前前
美术编辑：李向昕　　　　　装帧设计：李尘工作室
责任校对：段立超　王志远　责任印制：马　洁

"第三极文化"论丛编委会

主　编：黄会林

副主编：向云驹　罗　军　刘江凯

代序
继承与生成：中华文明主体性的当代思考

2020 年，我们共同经历了非常不容易、充满不确定性的一年。在新冠肺炎疫情的冲击之下，世界不易、中国不易、行业不易、每个人都不易。在这样一个人类历史的特殊年份里，我院迎来了三个十周年，"第三极文化"理论公开发表十周年，中国文化国际传播研究院建院十周年，"看中国"项目启动十周年。

现在，世界疫情还在变化中。我们能在这不易之年相聚在一起，围绕着"在世界之中：中华文明的主体性"这一会议年度主题展开讨论，本身就体现了大家来之不易的努力和多年支持的深厚情谊；体现了在疫情影响和撕裂之下，从文明角度展开深刻思考的重要性；体现了中国制度在面对公共危机时的一种优越性。

一、疫情之下的不同文明主体，冲突还是对话？

新冠肺炎疫情的全球传播直接暴露了现代国际体系脆弱的一面，加速并放大了国家之间原本存在的军事、经济、价值观、舆论等全方位的竞争。疫情撕裂了西方原本以为牢固和共有的现代文明观念，对经济全球化形成了巨大的阻力，加剧了包括中美关系在内各种国际关系的分歧与冲突。疫情虽然加剧了世界发展的不确定性，文明冲突的风险似乎也在加大，但全球性的灾难也给了我们重新审视现存文明及其秩序的机会，从而在文明观的层面思考"后疫情时代"，现代文明主体如何应对自身的国家治理挑战，并通过全球层面的讨论，奠定国际合作与交流最基本的联合文明准则的可能性。

我们把"第三极文化"纳入到这样的大背景中去观察和思考时，依然能够从十年来的理论与实践中感受到一种基于人类共同情感、理智、愿望的合作力量，能够感受到不同文明主体之间通过交流对话、寻求合作共赢才是"后疫情时代"处理国家关系的最高准则。

2020 年"看中国"项目刚刚结束，因受到疫情影响，主要采用"远程看中国"和"在华外国青年看中国"两种模式，围绕着"农事·农家·农人"和"后疫情时代"两个主题展开。通过这两种形式，今年我们一共邀请了 52 个国家的 125 位外国青年完成了 103 部影片。其中远程看中国外国青年 57 人，在华外国青年 68 人，落地 7 省市参与了该项目。事实证明，不论是哪种形式，哪个主题，中外青年都可以很好地团结合作，完成任务，甚至产出精品。我们今年还完成了一部"看中国"十周年的大电影，以 9 个国家、9 个不同语种的青年导演视角讲述中国之路，目前在做最后的编辑修改工作，其中有很多镜头真实地记录了疫情之下中国人民的生活样态和奋斗精神。这部影片对于疫情撕裂之下全球文明之间的理解与对话，应该说也有很好的示范作用。"看中国"项目的成功实施证明，来自不同国家、民族、文化背景的人们，可以通过交流沟通的方式克服困难，实现合作共赢的目标。我们希望这样的事实能成为全世界的共识！

二、"第三极文化"十年来的理论与实践总结

"第三极文化"是我和老伴绍武在 2009 年"北京文艺论坛"上最先

提出、2010 年公开发表的关于当代中国文化发展的一个理论构想。十年来，这一概念已由最初的构想开始落地生根，不断在理论和实践两个层面缓慢而有力地展开，"看中国"项目其实就是"第三极文化"理论在影视领域的一个具体实践。

十年来，我本人及门下弟子围绕着"第三极文化"理论不断探索。"第三极文化"理论在近十年的时间里不断地向纵深方向展开，比如关于中国传统文化的核心价值和当代意义、新时代中国文化的世界角色、"第三极文化"与马克思主义、文化多样性与人类命运共同体、世界文明格局中的中华文明主体性，以及围绕着我主持的 2016 年国家社科重大项目"当代中国文化国际影响力的生成"展开的一系列研究等。同时，也有研究范围的横向扩展，根据该理论的基本精神在电影、艺术、动漫、美学等具体研究领域展开一系列延展性的思考。其中，"第三极电影文化"是"第三极文化"的一个方面，也是目前"第三极文化"理论研究和实践结合发展表现比较充分的一个领域。

强调知行合一，注重理论联系实践，是我本人影视教育及学术历程一个坚持始终的原则。早在 2010 年我们就提出了四步走的基本思路：其一是通过学术研究进一步明确"第三极文化"的内涵及其理论和现实意义；其二是通过原创性的艺术创作来生成充分体现"第三极文化"特色的艺术作品；其三是充分运用各种手段打造文化符号、积极开展文化传播；其四是整合各种资源，调动社会各界力量共同努力参与。十年来，我们一直在努力地落实当年提出的这些思路。大家参观的十年成就图片展，某种程度上讲，就是我们研究院用十年时间完成的"作业"。成绩如何，我想各位专家朋友已经在心里为我们打了分数。我们确实还有很多不足之处，但希望至少能及格吧！

三、文明的主体性与多样性问题

在提出"第三极文化"之初，我们就坚定地认为"第三极文化"是植根于中国五千年的文明传统，同时也是与时俱进的文化，它以倡导文化多元化为前提，并特别强调以"和谐"为理念，践行创造。今天，在新冠肺炎疫情引发的全球性文明对话与反思的浪潮中，中国作为重要的一极文明主体，当代学人更需要处理好继承传统、对话世界、当代生成三个方面的关系。

我们提出的"第三极文化"有两层基本的含义，第一层是要在中国文化自身系统内部进一步梳理、总结、继承和发扬其最为突出、最具特色、最有代表性的内容。第二层含义是指在第一层的基础上，把中国文化放在世界文化的背景下加以观照，与其他文化相互影响、相互借鉴，共同构成丰富多彩的人类文化图景。

我们重视中国传统文化的核心价值和民族精神，如尊重和维护人的价值和"人为贵"的人文精神；标举"君子为上"的道德品格、精神气节；强调个人对社会、对国家、对民族的道义担当；崇尚"和合"的世界观、人生观、宇宙观等。"第三极文化"的目标是重塑文化自信，对传统文化的基本态度是一种辩证的"扬弃"与继承，对中外文化的交流关系则是在尊重多样性的基础上表达每个文明的主体性思想，追求的是"会通以求超胜"的境界。

应该说"第三极文化"十年来的理论和实践发展，很好地体现了我们在处理"继承传统、对话世界、当代生成"三方面关系的探索和尝试，是经过实践检验的有效方式。它成了树立中国文化自信、讲好中国故事、进行中国特色社会主义文化建设的一个典型案例。

结语

亲爱的老师、同学、朋友们，尽管这个世界仍然处于各种不确定性之中，但不同国家、民族、文明之间采用冲突或对抗的方式，对整个人类或者单个国家来说都是没有出路的选项，新冠肺炎疫情确实给我们带来了巨大的损失，加剧了不同文明主体之间的沟通困难，但它确实也为我们带来了一种反思人类文明和秩序的力量，一次人类文明主体之间互相反思纠错的机会。这些既是"第三极文化"正在关注的重要对象和问题，也是今后需要在理论和实践方面不断深化发展的方向。

北京师范大学资深教授，中国文化国际传播研究院院长
黄会林

目　录
CONTENTS

第三辑　当下中国艺术主体性的问题与表现

第四辑　中国文学主体性的冲突与融合

第五辑　"看中国"十周年论坛

第一辑

世界文明的历史与现实格局

中国语言文化传播与"庐山现象"

［法］白乐桑

　　苏轼有句名言，"不识庐山真面目，只缘身在此山中"，意思就是对事物的客观认识不全面，所以不识事物其真正的本质。这个"本质"，是从古希腊哲学继承过来的很重要的哲学概念，即认识事物的真相与全貌要超越狭小的范围、摆脱主观成见。

　　从三个不同的例子来探讨这个问题，一个是语言，一个是文字，还有一个是文化。

　　语言，我选了几个刻板印象，尤其是在中国比较流行的，一是以为世界上英语以外都是所谓"小语种"；这也可能反映了一种"庐山现象"，因为可能从自己的角度有时候会以为英语就是唯一真正的"大语种"。其实只要换位思考，从不同的角度，以不同的标准（语言产出率、语言交流率、语言的网络传播力、语言的翻译率等）去理性科学地观察世界上语言的使用，就会发现，现代语言使用范围不是那么简单的，而且"小语种"这个概念是可以质疑的。二是过于突出强调"汉语难学"一说；学习汉语肯定有它的难度，可是今天突出这一刻板印象说汉语难学，其实忽略了学习其他外语的难度，也就是说应该相对客观地看待事物。从语言多元的欧洲来看，视角可能不一样，经常会提起俄语、德语等其他语言，包括汉语的难学，也不只是专门突出汉语。其实如果我们冷静地调查一下就会发现，英语也不例外，学习英语也有一定的难度：欧洲英语非母语国家，精通英语的占少数甚至极少数。所以这件事情就要相对看待。

谈到中国文字，尤其是汉字教学，这是中文国际教育的大分裂，为什么？因为自从对外汉语教学成型的时候，有中文教学一元论，这是中国主流观点，也有中文教学二元论，这是西方汉学主流观点。一元论是把词作为最小语言教学单位，否认字作为汉语独有的语言教学单位，不注重字词比、不注重字的频率以及字的复现率，不把字作为记忆单位。这是中国对外汉语的主流观点。这同19世纪初西方汉学主流观点对立。二元论是把字和词作为中文两个较小的语言教学单位，字、词兼顾，初级阶段以字带词，注重字词比，以及字的频率及复现率。这一根本选择涉及汉语教学本体、汉语教学效率、汉语教材编写、汉语等级标准及课堂教学方面。可能因为西方汉学是持有"庐山外"的视角和观点，更容易意识到中文教学二元论现实面貌，中文是唯一有两种"dictionary"的，一部字典、一部词典，这是个实际例子。

如果看西方教材，一看就能看出，无论是著名的美国20世纪60到80年代流行的"德范克系列"（*John de Francis*）中文教材，把字和词作为两个教学单位，还是使用范围比较广的20世纪90年代出的法国教材《汉语语言文字启蒙》，有字和词的详细讲解，并以高频字控制词为编写原则。一元论中中文的教材结构有短文、生词，下边就是语法练习，没有生字，不把字当成单位。

这个庐山现象，也就是说没有看到汉语的独特性，可能背景是五四运动，把汉字妖魔化之后就产生了以西方语言和西方语言教学为模仿参照点，压抑中国语言固有的特征，比如汉字及其字形、字义、语素凸显语言、汉语的组合规律等。

最后，谈到文化传播，以下是本人做过的调查结果：以春节这一文化概念为例，春节主要有两种观点和定义，有的说春节主要是家庭团聚，也有的说主要是中国农历新年。如果要进行对比，那么也有的说春节应该与圣诞节比较或者说应该与元旦比较。前者是汉语母语老师的普遍视角，后者是汉语非母语老师的普遍视角，这两者断然不同。也就是说我调查过的汉语母语老师，在法国、意大利、东欧国家，绝大多数都是持春节是家庭团聚为主要特征的，很少提到中国农历新年的主要特征，若进行比较，他们是用圣诞节来比较。而汉语非母语老师就是另外一种选择，突出强调春节是农历新年的主要特征，如果要比较的话，则他们是拿春节跟元旦相比。

我提出的问题归根结底也是个哲学问题，家庭团聚和农历新年哪个是本质、哪个是表现形式？我认为本质应该是农历新年，因为西方哲学注重定义，明确区分本质和表现形式。春节应该突出农历新年，家庭团聚是它其中一个表现形式。

这也从另一种角度探讨春节，法国有两个网站，一个是突出一种观点，就是农历新年。另一个网站突出家庭团聚，要和圣诞节对比。难怪我自己的调查结果也是如此，第一个网站是法国老师拍的中法文对照，第二个是中国汉语母语老师拍的。所以我觉得无论是语言文字还是文化，都经常会接触到两种视角的碰撞、两种认识论的选择、两种思维行为。所以我们应该加强联系探讨这种情况下是对立抑或是互补，说不定两者都有。

白乐桑系法国国立东方语言文化学院教授、法国国民教育部原汉语总督学

中国纪录片的文化使命与国际传播

张同道

作为一种跨文化、跨时空的媒介形态，纪录片具有不可替代的文化使命。在当今世界多元文化格局中，它以生命记录生命，以文明对话文明，促进跨越种族与地域的文化交流。

纪录片是文化产业，市场健体，文化铸魂。近年来，国际市场竞争激烈，过度商业化严重磨损了纪录片的文化价值。一些商业纪录片娱乐有余，文化不足，思想肤浅、美学平庸的趋势愈发明显。不少纪录片制作越来越精致，戏剧美学与技术美学联袂，但思想深度、美学锐度、社会广度不足，甚至还有庸俗化趋势。纪录片首要功能便是记录，记录时代，观察社会，呈现社会的复杂性与丰富性。同时，纪录片要勇于思考，对于历史、社会、自然，做出独特的观察和独到的发现。最后，纪录片是一种美学表达，失去美学锐度的创作也就是一种简单的工业体操。

纪录片的文化使命也呈现于国际传播。现在，中国纪录片正在崛起，应该担当国际传播的文化使命。

一、中国纪录片的文化使命

纪录片的文化使命在于记录、思考与对话。

20 世纪以来，中国历史跌宕起伏，波澜壮阔，历经辛亥新生、军阀混战、社会建设、日本入侵、国共内战到社会主义政权建立与建设，土地改革、抗美援朝、公私合营、人民公社、"文化大革命"再到改革开放。其间，香港、澳门回归，海外华人逐渐成为国际社会的活跃力量。自从鸦片战争以来，中国人历经了太多的内忧外患，饥荒战火，文化碰撞，也体验了御侮图强的胜利、科学技术的进步、现代建设的成就与民族复兴的豪情。特别是 21 世纪以来，中国加入世界贸易组织，融入国际贸易体系，经济腾飞，成为世界第二大经济体，提出"一带一路"倡议，以文明大国的身份与世界对话。

中国救亡图存、自强复兴的一百多年历史，也是电影诞生与发展的历程。在极端贫弱与困难中，纪录片记录了变革与建设，见证了中国社会发展，留下不可重复的珍贵记录。特别是 2000 年以来，DV 技术普及与互联网兴起为纪录片带来空前的制作与传播空间，留下了繁富多元的真实影像。然而，中国社会如此丰富、复杂而多元，历史与现实纠缠，经济与文化共振，相比处于现代化转型中的社会和人群，纪录片所映照的世界失之简略、片面、肤浅，远远未完成其文化使命。纪录片应该从三个方面承担起文化使命。

其一，记录现实，见证时代。

21 世纪以来，中国经历着广泛而深刻的社会变革，一批纪录片深入社会现实，捕捉时代脉动，记录生活百态，从特定角度揭示当代中国的独特风貌。例如《舌尖上的中国》《创新中国》《与全世界做生意》《超级工程》《高考》《平衡》《中国人的活法》《乡村里的中国》《归途列车》《中关村》《西藏一年》《幼儿园》《零零后》《镜子》《我在故宫修文物》《生活万岁》《四个春天》《生门》《人间世》《我的诗篇》《铁西区》《大同》等作品。与当代中国社会的复杂性、丰富性相比，纪录片的触角、深度、厚度尚嫌不足，思想力量尚需提升。这具体表现为：首先，主题先行，人物形象扁平化，艺术表现碎片化；其次，纪录片不应该满足于表面的物质现实，而应深入生活内部与人物心理，塑造出具有时代精神与艺术个性的人物形象；最后，纪录片不应停留于数量的繁殖，而应着眼于质量的拓展，包括新领域、新人物、新层次。

其二，反思历史，保存记忆。

历史是一个民族的精神发源地，共同记忆塑造了文化共同体。中国历史悠久、曲折而多灾多难，传统与现代、西方与东方交织的当代社会一直处于剧烈变动中，为纪录片提供了丰富的资源。《故宫》《圆明园》《大国崛起》《孔子》《历史的拐点》《梁思成与林徽因》《甲午》《先生》《河西走廊》《五大道》《敦煌》《冲天》《西南联大》《百年巨匠》等作品以各自的方式揭开历史曾被遮蔽的一页，而近年颇为风行的民族志纪录片如刘湘晨导演的《大河沿》《阿希克：最后的游吟》等系列作品、《大河唱》《寻找手艺》《了不起的匠人》等，记录了原生态的民间民俗文化，留下了珍贵的民族记忆。现在，历史纪录片数量越来越多，故事越讲越精彩，但不少作品更多是消费历史，与戏说风的电视剧渐行渐近。有些地方借助历史炮制地方文化名片，不加分辨地一味唱颂歌，丧失了基本价值观与历史观。不少非遗纪录片往往流于技巧的烦琐展示，缺乏文化内涵的发掘。纪录片如何介入历史？这是需要重新思考的重要问题。中华文化博大精深，也斑驳芜杂，我们需要以理性精神和现代意识重新审视历史、反思历史，将传统文化的精华传承下去，转化为我们前行的精神资源。

其三，对话文明，沟通思想。

纪录片以其纪实特性成为跨文化、跨时空的媒介形态，肩负对话文明、沟通思想的文化使命。针对美国学者亨廷顿所提出的文明的冲突，中国倡导文明的对话。而纪录片正是文明对话的最佳媒介载体。国家之间的冲突固然有经济利益、领土之争，也有不少来自文明之间的误解甚至对立，如果加强文明对话，就会消除误解，沟通思想，减少冲突，甚至实现文明融合。丝绸之路最大的遗产其实不是丝绸或香料，而是多元文明的融合。纪录片真实记录了不同文明状态下的人类生活，让相距遥远的人们相知相亲，相互理解。今日纪录片应该是丝绸之路上的骆驼，负载着不同文明的思想和情感，穿越文化沙漠，到达文明的绿洲。

二、中国纪录片的国际传播

纪录片是跨文化、跨时空的媒介形态。然而，为什么中国纪录片跨不出去？这是当代中国纪录片国际传播面临的严峻形势。

让我们首先简要回溯中国国际形象的历史变迁。1900 年的义和团影像、卢米埃尔电影里的抽鸦片者是西方看到的最初中国形象。随着第二次世界大战爆发，中国加入反法西斯联盟，华人形象在西方改头换面，好莱坞电影《大地》里朴实的农民、《四万万人民》里勇敢的士兵、《我们为何而战·中国之战》里顽强的中国军队塑造了全新的中国形象。不久，随着中国共产党建立中华人民共和国，1978 年中国改革开放，西方关于中国的报道渐趋平实，较为友好地讲述中国故事，如《丝绸之路》《龙之心》《从毛泽东到莫扎特》等。

21 世纪以来，随着中国融入世界经济进程，中国经济崛起，西方关于中国的媒介形象又开始分化：一方面介绍中国文化地理，如中国历史、故宫、动物、地理奇观，包括中国为经济建设所付出的努力，日本 NHK 电视台制作了大量关于中国社会的纪录片，整体比较平实，而韩国广播公司（KBS）的《超级中国》毫不吝惜地赞美中国，甚至专门出一集讲述中国共产党的领导力；另一方面，关于中国的批评也从未停歇，这既是西方对于中国一以贯之的意识形态批评，又包括对于中国崛起的忧虑。

从以上简略概述可以得知，中国形象在西方媒介中如过山车一样忽左忽右，至今仍在波动之中。因此，中国国际形象是由西方主流媒体按照自身的历史逻辑塑造的，冰冻三尺非一日之寒。然而，中国媒体塑造的中国形象却无法实现国际传播，究其原因：

其一，中国尚未建立国际传播平台与品牌。第二次世界大战之后的冷战隔断了中国与西方的关系，甚至处于敌对状态。改革开放以来，中国与西方建立了正常外交关系与经贸往来，但选择了经济全球化、文化本土化策略，培育出具有国际影响力的传播平台，中国还有很长的路要走。

其二，在西方文化主导的世界传播体系中，中国文化价值处于边缘地带。20世纪90年代，苏联解体，东欧社会主义国家纷纷改旗易帜。冷战结束后，以社会主义为特征的中国文化成为国际价值孤岛，被西方主流社会视为文化异类。美国学者亨廷顿提出"文明冲突论"，错误地把中国文明视为西方文明的主要挑战者。

其三，中国纪录片的理念、形态与语言和国际主流模式存在一定的文化折扣。历史文化的差异，美学传统的不同，使得中国纪录片呈现独特的文化背景与美学趣味，并且因为长期以来形成的"慷慨激昂、一片光明"的宣传腔，挤压了纪实美学的多重解读空间。对于普通西方观众，这些"异域情调"显得费解、晦涩，而宣传腔难以接受。

其实，传播与市场是一枚硬币的两面。唯有广泛传播的才有市场，唯有市场接受的才可能广泛传播。这里说的是有效传播，而不是只有传播、没有接受的形式传播。因此，中国纪录片需要从本土化、国际化两个角度建构传播和市场体系。

中国纪录片已经初步建构本土化立体多元的传播和市场体系。从电视端来说，以中央电视台特别是纪录片频道和省级卫视形成了一个有效的传播网，但地方专业纪实频道面临困境且突围艰难。新媒体布局纪录片，以收费观看模式开启市场新空间，拓宽了观众面，正在探索纪录片全链条产业模式。

但国际化传播与市场体系尚在探索之中。目前正在尝试的三种模式为：

1. 筹建自主品牌

2011年创建的CCTV-Documentary历经10年发展，已经覆盖70多个国家，5000万订户。2016年，五洲传播中心发起成立了"一带一路"媒体传播联盟，目前已有 40 多家亚欧国家电视台加入联盟，播出《丝路时间》。

2. 借船出海，与知名品牌合作，打造中国纪录片国际传播平台

如五洲传播中心与美国探索频道合作《神奇的中国》栏目，与国家地理频道合作《华彩中国》栏目，并与英国广播公司（BBC）等国际品牌频道合作，制作播出关于中国的纪录片。

3. 民间合作

近年来，民间制作机构开始与国际机构合作，制作播出中国纪录片，如 BBC 播出了三多堂制作的《当你老了》，美国国家地理频道播出了五星传奇制作的《极地》，美国视频网站 Netflix 播出腾讯视频制作的《风味原产地：潮汕》等。

21 世纪以来，特别是 2015 年以来，中国纪录片国际传播取得令人瞩目的成就。《鸟瞰中国》《运行中国》《智慧中国》《变化中的中国》《极致中国》《习近平治国理政》《中国新年：全球最大的盛典》《中国春节》等作品在西方主流媒体播出，获得积极反响。

然而，我们也要清晰地看到，中国纪录片还没有创建自己的国际传播品牌，真正有效的国际传播还需要借助国际知名品牌。因此，中国纪录片国际传播刚刚开始，任重而道远。不管电视平台还是新媒体，国际传播都需要从以下三个步骤进行建设。

第一，国际合作，思维转型。

目前我们正处于第一阶段。工业革命以来的 200 多年里，西方文化逐渐传播到全球，到第一次世界大战结束，美国好莱坞电影形成国际化传播，积累了跨越文化障碍的丰富经验和传播策略。而中国从来没有全球国际传播经验，中华文化即使在唐宋时期，覆盖范围也只是东亚儒家文化圈。而国际传播涉及三个层面的问题：传播生态，价值观，创意思维与叙事模式。首先，我们需要了解国际传播生态：文化语境，社会生态，目标观众；其次，跨越价值观隔膜，寻找人类文明的最大公约数；最后，如何把本土故事讲成国际故事。国际思维如何跨越文化障碍，获得不同文化背景观众的共鸣。因此，我们需要突破自身的视觉盲区与思维惯性，从跨文化角度进行思考，才可能制作出具有国际传播潜能的作品。但仅仅靠自己无法完成思维的突破，仿佛鲁迅先生所说抓着自己的头发离开地球，必须借助他山之石完成自我建构。思维方式不是靠语言就可以改变的，而是需要身体体验。所以，国际合作是国际传播的重要基础，通过合作体验跨文化思维，掌握跨文化传播策略，并身体力行，成为一种思维方式。这一过程充满搏斗、痛苦和反复，但这是必不可少的步骤。

第二，自主品牌节目研发。

在国际合作的基础上，具有跨文化思维的专业团队将脱颖而出，逐步研发自主品牌的节目。如何以跨文化思维提取中国故事，以国际语言把中国故事讲成国际故事，并打造为节目品牌，这并不亚于高科技攻关项目。制作一档好节目已属不易，培育一个节目品牌则难上加难，因为品牌不是一个单体节目，而是一种可复制、可连续操作的节目模式，如英国BBC的《蓝色星球》系列。这一过程相当漫长，而且伴随大量实验和探索。

第三，从品牌节目到品牌平台建设。

所有品牌平台都是品牌节目堆砌起来的。我们拥有一定数量的品牌节目之后，才有可能建构品牌平台。当今世界，搭建一家媒体平台并不难，但建设品牌平台并非易事。英国BBC纪录片历经50多年，特别是21世纪以来，以蓝筹大片建立自己的品牌；美国探索频道从1985年创办，历经生死关，终于找到自己的定位，建立品牌；美国国家地理频道承接国家地理学会百年积淀，培育出高品质地理探险节目品牌，《徒手攀岩》获得2019年奥斯卡最佳纪录片奖，再次让品牌闪耀光芒。

为实现国际传播，我们需要从纪录片理念、语态和语言进行系统调整：

真实生活，而非完美神话。纪录片的核心特质便是真实，真实是国际传播的基石。让纪录片保持一些生活的毛边甚至粗糙的质感，远胜于光滑锃亮的完美神话。有缺憾的生活比矫饰与表演更有力量，也更可信。

对话，而非宣传语态。国际传播就是不同文明之间的平等对话，沟通情感，交流思想，互相理解，截长补短。而自吹自擂、王婆卖瓜式的语态是一种浅薄的、近乎自卑的自信，不仅无益，而且有害。

国际化，而非本土化。不同文明体系之间存在巨大的文化折扣，从语言、结构、制度、风俗到价值观。每一种文明都在历史发展中形成自身的文化基因与编码，有些故事走出这一语境便形迹可疑，不但没有可能传播，而且形成隔膜。由此我们需要检视，哪些是可以国际传播的故事，哪些只能在本土文化中才可能传播。

国际传播非朝夕之功，不存在所谓弯道超车，而是正道直行，一步一个脚印地攀登，不积跬步无以至千里。中华文化拥有深厚的底蕴，中国改革开放 40 年来积累了丰富的人物故事，我们期待中国纪录片借鉴国际经验，深入本土文化，讲出感动世界的中国故事。

张同道系北京师范大学教授

在世界之中：中华文明的主体性

[美]苏彦韬

2020 年一场疫情令全世界陷入前所未有的危机，人类文明在全球灾难中面临挑战。在以欧洲文化为一极和以美国文化为一极之外，中国文化以第三极文化在世界文明版图上占有了一席之地。这就是北京师范大学著名教授黄会林先生提出的"第三极文化"的理论。在当今世界的格局下，中国人有必要认清自己的文化，认识中华文明的主体性。

中华文明的主体性大致可以纵向、横向与多维分成三个视角，呈现中华文明主体性的三大特征：融通、融汇、融合。

让我们先回望历史，纵向的中华文明主体性的贯通古今，其实指的是上下五千年华夏文明的历史文化瑰宝，这部分的中华文明主体性重在融通，讲求的是兼容并蓄、承前启后。自盘古开天、大禹治水、女娲补天，到厚德载物、自强不息，无不表现出中华文明主体性中的家国情怀。中国人自古就有"谁言寸草心，报得三春晖"的亲情，也有杜甫的"安得广厦千万间，大庇天下寒士俱欢颜"的大爱。从南宋陆游的"位卑未敢忘忧国"到近代顾炎武的"国家兴亡，匹夫有责"，贯穿始终的都是家国情怀的真情呈现。源远流长的华夏文明是人类文明的无尽宝藏，可以从中提炼出钻石般的华夏智慧。正是这份中华文明主体性中的家国情怀可以令百姓过上幸福的生活，民族走上复兴之路。

第二部分是当今世界横向的中华文明主体性的汇聚全球，正如美国作家托马斯·弗里德曼在《世界是平的》中所写的在全球经济一体化的大环境下世界是平的，这就符合了中华文明主体性的第二大特征：融汇，注重的是海纳百川、有容乃大。世界是由多元文明组成的，从古时的丝绸之路到今天的一带一路，中华文明一直以来就与各国文明共存共融，这里提到的中华文明主体性就是编织这斑斓缤纷大千世界中的一个进步良方。中华文化的包容性，充分展现了文化自信，只有对于自身文化认同与自信，才能海纳百川地融汇各家之长，成为更多元化与时俱进的新时代文化。中华文化的有容乃大就能包容全球各国文化，不同的文化都有各自独特的魅力，所谓美人之美。一枝独秀不是春，万紫千红春满园，正是中华文明主体性中的美人之美，美美与共，为促进世界的和平、稳定、繁荣与进步，奉献着中华方案。

第三部分是多维空间的中华文明主体性的多维合和，这里所说的是中华文明主体性的第三个特征：融合。老子《道德经》上说"一生二，二生三，三生万物"。依据《淮南子》的解释，"二"是"阴阳"，三是"阴阳合和"。如果纵观古今是一维空间思维，环视世界是二维空间思维，仰望苍穹是三维空间思维，那么用心感受才是多维空间思维。从没有最小的更小的粒子，到没有最大的更大的多维浩瀚宇宙；从中国古代的四大发明到五四时期的"德先生""赛先生"；再从"神舟"升空到"蛟龙"入海，在这里指的中华文明主体性应该是融合理性的方法与感性的精神，在不同时空、不同领域、不同意识之间的多维合和，就是构建人类命运共同体的精神力量。

如果世界只有"第一极文化"，将是单边主义的沙文主义文明，势必导致唯我独尊的文明对其他文明的排斥。而如果世界只有"第一和第二极文化"，那么难免落入两种文化对峙的冷战思维文明，相互倾轧就容易造成文明冲突。而黄会林教授提出的"第三极文化"则是提倡了多边主义文明，充分体现了三生万物的中华文明主体性。在疫情肆虐的今天，世界需要家国情怀的智慧，需要美美与共的方案，更需要构建人类命运共同体的精神，才能共同应对这场人类的灾难，才能共同赢得美好的明天。中华文明的主体性是人类的华夏智慧，是世界的中华方案，更是新时代的精神力量。

苏彦韬系美国鹰龙传媒公司总裁，中美电影节、中美电视节组委会主席

传统民俗与中华文化的主体性建构

色音

　　民俗，即民间风俗，指一个国家或民族中广大民众所创造、享用和传承的生活文化。它起源于人类社会群体生活的需要，在特定的民族、时代和地域中不断形成、扩大和演变，为民众的日常生活服务。它是人们传承的文化中最贴切身心和生活的一种文化——劳动时有生产劳动的民俗，日常生活中有日常生活的民俗，传统节日中有传统节日的民俗，社会组织中有社会组织民俗，人生成长的各个阶段也需要民俗进行规范——结婚人们需要有结婚典礼或仪式来求得社会认同，在人的精神意识领域也有民俗——许多生活中的禁忌就是如此：大年三十至正月初二，家中不许扫地，如果进行打扫就会破坏来年的财运等。历代传承的、波及于社会和集体的、在一定环境条件下经常重复出现的行为方式，亦即风俗。东汉班固《汉书·地理志》："凡民函五常之性，而其刚柔缓急，音声不同，系水土之风气，故谓之风；好恶取舍，动静亡常，随君上之情欲，故谓之俗。"唐孔颖达《诗·小雅·谷风序疏》认为，风与俗"义通"，均指习尚。对举时小有区别：因"水土"即自然条件不同而形成的习尚为"风"；因"情欲"即社会条件不同而形成的习尚为"俗"。除具有传承性、社会性外，还具有自发性，是指民众自发重复的行为。民俗具有传承性、变异性、历史性、地方性等特征。

传承性：某一类型的民俗在流播过程中自始至终有相同、相似的内容，或有大致相同的形式。有形态与性质两大类别。形态传承指民俗活动方式等外在形态；性质传承指信仰等内在因素。习惯是民俗传承的重要纽带。

变异性：某一类型的民俗在流播过程中内容或形式发生变化的特征。受地理环境、历史时代、民族文化传统等诸多因素影响而产生，给移风易俗提供了可能性。可从中窥见一个民族的历史面貌或发展状态。

历史性：亦称"时代性"。民俗发展在时间上所呈现的特征。随着历史的推移，人事更替，社会经济、政治强烈地影响着民俗的形成、发展与消失。新俗取代旧俗，某些传统习俗的全部或部分发生变异，使某些民俗有时代色彩而成为特定历史阶段的标志。因民俗的更替、变异极为缓慢，故其历史性多不似历史事件以"年、月、日、时"为标志，而以相当长的历史阶段划分。

地方性：亦称"靠地理特征"或"乡土特征"。民俗发展在空间上所显示的特征。每一民俗的形成、发展和消失均受一定的地域生产、生活条件和地缘关系的制约，因而或多或少总要染上地方色彩。故有"百里不同风，十里不同俗"之谚。

民俗，从它所反映的内容和表现形式来看，是一种传承的社会文化现象。和世界上一切民族的文化创造一样，民俗不是凭空产生的，也不是哪一位天才的杜撰。民俗是随着人类社会的产生而产生，随着人类社会的发展而发展的。它和人类的社会生活保持着最为密切的联系，是人们集体的劳动和智慧的结晶。

一个民族的民俗形成的原因是多方面的。经济、政治、社会、宗教、心理、地域、语言等因素都有可能决定和影响民俗的产生和发展。另外，民俗的形成是一个历史过程。这个过程有时很短暂，有时却很漫长。在现实生活中，尽管有些民俗事象的产生是很久远的，但是它毕竟不是原有民俗的固有传承，其间的变化真不知有多大。这种变化我们可以找到许多例证。至于新的民俗的产生，在各个历史阶段，只要客观上和主观上提供了它产生的基础，随时都可以产生和形成。

民俗节庆是岁时民俗的最重要的组成部分。岁时民俗，是一种极其复杂的社会文化现象。一般是指一年之中，随着季节、时序的变化，在人们生活中所形成的不同的民俗事象和传承。自古以来，我国民间就传承着仰视天象以测寒暑季节并做衣食住行准备的习俗。正如农谚所说："天河（银河）朝东西，收拾穿冬衣；天河朝南北，收拾把麦割。"由此可见，季节时序，与人们的生产、生活关系极为重大。岁时民俗，实际上是人们生产和生活经验的体现。我国是一个历史悠久的文明古国。岁时的划定和由此而形成的民俗事象丰富多彩，源远流长。

岁时民俗的最初形成，是和古代科学技术的产生有着密切的关系。特别是古代天文、历法知识，直接导致了岁时民俗的形成。我们知道，人类社会的发展，曾经历了十分漫长的时期。从生产的发展来看，经历了狩猎、采集、农耕几个阶段。在生产实践活动中，人们逐渐熟悉了自然环境、季节变化，认识了动物、植物生长规律与自然环境和气候的关系。太阳的升落，寒暑的交替，月亮的圆缺，物候的变化，导致古老的天文、历法知识的产生。我国古代劳动人民，正是根据天文、历法知识来划定一年中的时序节令，将生产活动和日常生活纳入自然规律之中，逐步形成不同的风俗习惯。

民俗节庆或节日民俗是岁时民俗的一种独特的表现形式，二者共同的地方是都以时序、节令为转移，不同的季节，有不同的岁时节日。不同的是，节日民俗带有强烈的人为因素，文化色彩更浓。许多岁时民俗，由于人们对其内容的不断丰富、加工，而变为民间普遍传承的大的民族节日。如春节、端午、中秋、腊八等，在中国几乎是全民性的节日。中国各民族的民间传统节日是极为丰富多彩的，表现形式多种多样。除全民性的节日之外，各地区、各民族还流行着许多地域性、民族性的节日。

节日民俗的形成原因是多方面的，有时还是极其复杂的。各民族节日民俗的传承，处于不断地变异之中。许多古老的习俗，随着社会的发展，地域、民族、生产方式和生活方式的不同，内容和形式都随时起变化。民俗变迁究其成因，总是和节日民俗所传地区人们的宗教祭祀、生产活动、宗教信仰、纪念活动、社交活动、文化娱乐活动、岁时活动及各民族之间的互相影响有着密切的关系。

钟敬文认为节日文化是许多文化的活动的集合体，节日功能也因此表现在多个方面，如人际的团结、社会规范的保持、技能的表现、医药的运用、各种心理的慰藉等。……民间节日，在过去，发挥着各种社会功能，是民族文化的综合应用。萧放对传统节日的功能作了六个方面的归纳：1. 适应生产节奏、开展节日贸易活动，促进地方经济的发展。2. 调剂和改善人们的物质生活条件，满足群众的物质需求。3. 通过节日仪式和相关活动，寄托美好理想，得到审美愉悦，或从信仰崇拜中求得心理平衡，满足人们的精神需求。4. 纪念历史人物，重温民族情感，增强民族的凝聚力，弘扬与传承民族文化。5. 活跃文娱体育活动，提倡公共卫生，防病祛疫，提高人们的身体素质和健康水平。6. 在传统美德、传统文化方面，对于青少年具有很大的教育宣传作用，节日活动是进行社会教育的生动教材。

在国际化语境下，学界又从非物质文化遗产保护的角度关注传统节日在现实社会生活中的功能。萧放在这方面的研究具有代表性，其中《传统节日———宗重大的民族文化遗产》将传统节日作为民族文化遗产，论述了在国际化语境下传统节日的文化价值及意义。《节日传统与社会和谐》从现实需求——社会和谐的角度，审视传统节日的传承变化，指出民族节日文化传统是民众最直接感知、最易于产生文化能量的文化传统，是构建当代和谐社会的重要精神动力。《中国传统节日资源的开掘与利用》一文，作者从民族文化遗产的角度，阐述了传统节日所具有的资源价值及其功用。黄涛《保护传统节日文化遗产与构建和谐社会》一文论述了传统节日在文化遗产中的特殊位置，提出传统节日对构建和谐社会的重大意义。

　　董晓萍讨论了传统节日的现代变迁。董晓萍认为节日的现代变迁是人类在进入现代化工业社会和经济全球化之后，在整体社会结构的变化下，所引起的节日观念的变化。并指出消费节奏、社会分层和文化比较是节日的现代变迁中面对的三个普遍问题。另外，董晓萍认为传统节日在现代化和国际化下被选择利用，是传统节日在现实环境和现实人群中的传承表现，是围绕节日关键节点和节日要素的现代变迁。国际化和现代化下传统节日的传承和变迁与现代化工业社会的社会结构和现代人的思想观念、国际化的影响等都有关系。

　　传统民俗是国际化背景下确立中国文化主体地位的重要基础。中国文化主体性的建构离不开广大民众的文化自觉和文化自信。费孝通先生于1997年在北京大学社会学人类学研究所主办的"第二届社会文化人类学高级研讨班"上提出了"文化自觉"的概念。他认为"文化自觉是指生活在一定文化中的人，对自己的文化有'自知之明'，明白它的来历、形成过程、所具有的特色和它的发展趋向，不带任何'文化回归'的意思，不是要'复旧'，同时也不主张'全盘西化'或'全盘他化'。自知之明是为了加强对文化转型的自主能力，取得决定适应新环境、新时代对文化选择的自主地位。文化自觉是一个艰苦的过程，首先要认识自己的文化，理解接触到的多种文化，才有条件在这个正在形成中的多元文化的世界里确立自己的位置，经过自主的适应，和其他文化一起，取长补短，建立一个共同认可的基本秩序和一套与各种文化能和平共处、各抒所长、联手发展的共处条件。"文化自觉包含丰富的内容，正如费孝通所说的做到真正的文化自觉并不是一件容易的事。文化自觉首要因素是"自知之明"，除了"自知之明"外，文化自觉还要求有民族责任心，在看到本民族与异民族文化相区别的同时，能够认识并坚持本民族的优秀文化。

　　费孝通先生指出"文化自觉"是当今世界共同的时代要求，并不是哪一个个人的主观空想。他认为"文化自觉，简单地说，就是每个文明中的人对自己的文明进行反省，做到有'自知之明'。这样，人们就会更理智一些，从而摆脱各种无意义的冲动和盲目的举动"。费孝通文化自觉的理念对我国传统民俗类非物质文化遗产保护和民俗文化资源的开发利用提供了理论依据。

当今世界随着国际化进程，传统文化变迁的深度、广度、速度都超过了以往的历史，剧烈的变迁容易引起文化失调，进而给人们的生活带来困扰，产生文化震动。文化震动是由于现代社会的骤然巨大变化对人们心理的强烈影响，这种影响甚至能够使人们在前所未有的社会压力面前无所适从，产生心理上的震颤。社会学家和人类学家把这种由于内在的文化积累或外在的文化移入引起的急剧的变迁对人的心理的影响叫作文化震动。费孝通先生晚年的学术研究中非常关注和重视国际化过程中的文化自觉、传统文化保护、人文资源的保护和合理开发以及多元文化共生等问题。他认为文化自觉是一个艰巨的过程，首先要认识自己的文化，理解所接触到的多种文化，才有条件在这个正在形成中的多元文化的世界里确立自己的位置。经过自主的适应，和其他文化一起，取长补短，共同建立一个共同认可的基本秩序和一套与各种文化能和平共处、各抒所长、联手发展的共处原则。

费孝通先生晚年提出的文化自觉、人文资源的保护和合理开发以及"各美其美，美人之美，美美与共，天下大同"的多元文化共生思想仍将成为以"和平、发展、合作、共赢"为目标的"一带一路"建设构想和实施实践的理论基石和思想源泉。

当今，经济全球化潮流不可逆转，和平与发展仍是时代主题，合作与共赢仍是世界大趋势，"和平、发展、合作、共赢"仍是处理中国与世界关系的重大原则。我们国家在与"一带一路"沿线国家合作交流的过程中，坚持以中国文化为主体，以中国传统民俗为基石，以不丧失中国的文化主体性为前提，找寻到一条多元文化共生共存的"和而不同"发展道路，这样才能达到中华民族伟大复兴的宏伟目标。

民俗文化是人民实践的创造物，文化自信本质上是人民对于自己所创造的传统文化的积极情感体验，这种自信要通过人民的民俗实践表现出来。在习近平新时代中国特色社会主义思想引领下，中国传统民俗的当代发展，应以"满足人民过上美好生活的新期待"为前提，提供合乎民众所需的多样化民俗文化产品，进而使其在深化中外人文交流合作领域，展现出"以我为主，兼收并蓄"的中国文化主体精神和中国民俗文化主体性建构取向。

色音系北京师范大学社会学院教授

疫情与文化

[德] 顾彬

2020 年，全世界新冠肺炎疫情蔓延网络会议使我在德国能与远在中国的朋友们一起思考文化问题，特别是思考中国文化问题，让我非常高兴。

目前面对疫情、恐怖主义等，一些人会越来越忧郁、不安，一些人会越来越不清楚自己生活的意义。这也使很多人更认真地思考：生活的意义是什么？如何重新找回生活的意义？这关系到人。

如果思考人的存在，哪一种文化对我们来说是最合适的呢？从我这儿来看，中国文化能代表其中一个很好的出发点。例如，《论语》教我们理性地安排生活。虽然，《论语》中的理性不等同于我们今天主张的理性，但是孔子仍能教我们思考生活，思考我们的人生之路。歌德在遇到人生最大的困境时，转向学习中国哲学、中国文学。为什么？因为歌德发现中国文化有不少地方能帮助他。因此他通过中国文化来面对自己生活中最大的危机并从中获得一种内心的沉静。这也说明，中国文化可以帮助人们在各种困难面前冷静下来，保持一种内在的生命力。

如果思考今天怎么过日子，我们也就可以从《道德经》重新思考"存在"是什么。老子说我们的来源是"道"。我们死时回归"道"。无论如何，哲学当然也包括中国哲学，能给我们带来安慰。从中世纪的欧洲来看也是这样，哲学给我们带来安慰，能使我们冷静、理性。

我们怎么做人？这不仅是孔子，而且是荀子重要的思考。我要再次提到歌德，因为他一辈子受到中国文化的影响。他看了《孝经》以后，成为欧洲第一个思考敬畏重要性的人。歌德在他最有名的小说里要求人们应该再学敬畏。那么敬畏谁呢？他从底层开始、从弱者开始、从孩子开始、从女人开始。这不需要多说，因为大家都比较熟悉。

从墨子来看，他会帮助我们克服近年来发展的一种物质主义。墨子认为，如果人只追求物质幸福，那么他的人生道路是错的。孟子也反复强调人的仁义，鼓励人们改变单纯追求物质的生活。

特别是在最近，不仅是中国哲学家，而且是德国哲学家经常提出一个非常重要的问题：我们需要改变我们的生活。那么我们应该从哪里开始改变呢？我觉得可以看看《大学》。《大学》说我们应该从自己开始，从我们的心开始，这是一个很好的起点和方法。因为我们需要开始思考自己，思考我们是谁。

目前无论是德国哲学，还是法国哲学，思考的重要问题之一都是中国哲学说过的放松自在。庄子曾给我们讲过很多很好的故事，他的故事有很多就是说服我们静下心来并在精神上放松。因此，目前当我们面对疫情、生死这些生活中最大的问题时，庄子还可以告诉我们不要怕——连死也不要怕，因为死只是人们有一天不得不走的一条路。了解这些思想不断思考，我想，我们能更好地理解并成为人。

顾彬系德国波恩大学终身教授，中国汕头大学讲席教授

"看中国"的"他者"视角与影像表达

倪祥保

我有幸参与了两次外国青年"看中国"记录影像创作活动，获得了一些感性认识，也有过一些肤浅思考。借这次机会，主要通过分享相关小故事及感受的方式来与大家分享交流一下，不当之处，请各位同仁批评指正。

一、自然而然的"他者"视角及影像表达

在我的感知中，黄老师在制订这个计划时所具有的一个基本考虑，就是要通过外国青年这个"他者"视角来拍摄中国题材的影像作品，然后借助他们的亲身经历及作品来讲述中国故事并传播中国形象。在这个意义上说，"看中国"计划自然就是需要"他者"视角及影像表达的，不然就不能很好地实现这个计划，也不能产生很好的中国文化的国际传播效果。不管外国青年来自哪个国家和具有怎样的教育背景，他们对于我们而言，都是毫无疑问的"他者"。因此，他们的视角自然都是"他者"的，他们摄制的影像作品也自然具有"他者"视角及"他者"属性。有意思的是，这种看似自然而然的"他者"视角及影像表达，有时还会是另

一种自然而然的产物。

1. 多次更改选题而成就的《乐享舞蹈》

第一次到苏州的都是澳大利亚学生。其中格蕾塔原先的项目设计内容是苏州冷门的旅游资源。这本来就是一个很好的题材。当我给她提供了非常有效帮助的时候，她却提出要通过街头随机采访来获取拍摄灵感。出于对青年人思想活跃的尊重和时间上的可能，我立即表示同意。不久，她提出了让我们中外导师都同意拍摄的广场舞题目。没想到，过了两天，她给了我一个不大不小的惊吓。因为她和她的陪同一起来对我说又要换题目。正当我不能发作又没想好怎么说服她的时候，陪同她的中国学生看出了问题，对我说，她将继续拍摄广场舞，但是要把片名"Square Dance"改成"Happy Dance"。高兴之余，我故意问她，为什么要这样改变题目。她非常真诚地跟我说，她这两天的拍摄，不仅强烈感受到了很有中国特色的广场舞，而且非常感动于很多普通中国人比较高的幸福指数。格蕾塔不是一个擅长言辞的姑娘，但是我想，如此自然感动了她的拍摄内容，一定能在她的作品中以及她回国后的讲述中，非常生动地展示中国普通百姓生活的快乐。关于跳广场舞曾经有过争议，但总体而言它确实是中国百姓幸福生活的一部分。这个"他者"视角及影像表达，不仅可以帮助我们更深入认识这个我们再熟悉不过的事情，而且有利于中国百姓生活形象的正面传播。

2. 因为改变对中国的认识而愿意付出

卡门的选题是苏州古老的民间曲艺评弹。她原先认为，苏州古老的民间曲艺应该是比较土的，只是有异域风情而已，不大可能富有美感。她拍摄了并非完全专业的评弹演出后，毅然决然花钱购买较为高端的拍摄设备来支持后续拍摄。用她的话来说，一定要让拍摄设备和拍摄内容相匹配。为了使用新的设备拍摄更多素材，她还不辞辛苦地跑到几个郊区小镇"评弹码头"去拍摄，其作品生动展示了苏州传统艺术在当代中国继续服务于百姓文化娱乐生活的现实。这些我们觉得司空见惯的情形，事实上是改革开放以来百姓生活丰富多彩的生动表达。它能感动拍摄者，一定也能感动更多的"他者"。

在这个意义上说，只要不带有偏见，外国青年"看中国"的"他者"视角及影像表达，对于传播中国和构建中国形象而言，既自然而然，又非常正面积极。

二、值得关注的"他者"视角及影像表达

如果说属于自然而然生发并形成的"他者"视角及影像表达，更多带给我们一定的喜乐感，那么外国青年看中国影像计划中明显带有非常自觉的"他者"视角及影像表达，则能够给我们更为深入的现实思考，并且可能更加具有启迪意义。其中给我印象比较深的，就是一个名叫《年龄身高学历》的纪录片。

该纪录片的作者凯特是一个思想比较成熟的女生，她的原意是关注中国当下非营利性的、非机构性的婚姻介绍现状和大龄未婚女孩情况。这个情况，在当下中国城市依然非常普遍，还是一个值得关注的社会话题。但是这个拍摄不那么容易，在苏州和上海都遇上了困难，相对而言，上海的情况好一些。最后，在外国学生坚持和中国学生千方百计配合下，拍摄基本成功，让一个中国城市人都知道的事情，展露出令人觉得应该另眼相看和进行特别思考的一面。因为，该纪录片其实不仅关注了年龄、身高和学历，而且事实上关注至少是客观上涉及家庭背景、工作岗位和经济收入等情况。在改革开放进程比较快、社会经济文化发展比较好的城市，虽然完全不是父母之命、媒妁之言的婚姻了，但很多青年人的婚姻把关人事实上或多或少又无可奈何地变成了自己的父母。应该如何看待这样的社会现象？这样的社会现象主要是由什么原因造成的？这样的社会现象与当代中国离婚率居高不下的社会现象之间又有什么关联？我想，如果那个片子拍摄得更为顺利，能够融进我刚才的那些问题，也许它获得的奖项应该更多，级别也可能更高，也更值得中国人和中国社会深思。这对于我们在课堂上教授学生怎样策划创作纪录片，应该是很好的案例。

值得关注的"他者"视角及影像表达，还有中方导师必须把握好的内容尺度。我们接待第二批看中国的学生，相对年轻，除了艺术创作方面的考虑，几乎没有太多的社会问题意识。但是我们第一次接待的澳大利亚学生情况就不一样，因为其中有三十好几乃至四十出头的。其中年龄最大的妮基，当过教师，她这次来"看苏州"特别想了解中国的基础教育和社会教育。在参观黄老师母校，也是我儿子母校的时候，她突然提出了在这个学校进行一次模拟课堂教学和对外语教师进行现场访谈的请求，我毫不犹豫地同意了。由于那所学校是一所名校，学生基本素质比较好，所以完全能够适应她安排的课堂教学方式，与中国教师和学生就当下中国教育情况进行了很好的沟通与了解。她对中国普通中学师生在完全随机情况下能够以非常热情开放的姿态接受她的采访拍摄并与她开展充分自由的讨论，感觉到特别满意，留下了深刻印象。但是，她对其中个别教师的相关回答特别感兴趣，希望放入作品之中，但是被我用充分的事实劝说掉了，也将素材全部留了下来。这是中方导师必须要认真把握好的重要事项。

三、求同存异的"他者"视角及影像表达

既然是"他者"，就一定会和我们有不同的认识和想法等，因此在接待外国青年看中国影像计划中，如何最大可能地接受求同存异的"他者"视角及影像表达，也是我们需要花力气和下功夫的地方。比较有意思的是，每次接待的学生中，都有一位公认专业水平最高的学生。我们也会配备专业能力相对比较强的学生陪同，然而效果并不理想。我想了一下，其实专业能力和"他者"视角，有时调适得不是很好的话，或者因为期望过高、供给太多，效果未必很好。

戴维·谢恩非常热爱艺术并醉心于对艺术的影像再现表达，特别关注中国传统艺术怎样保护传承和走向现代，他手中的影像记录设备几乎总是能随心所欲地帮助他在实地捕捉他认为有价值的画面

情景。在中方志愿者和指导教师帮助下，他拍摄了苏州多个博物馆里的传统艺术陈列品，也拍摄了相关艺术品正在走向寻常百姓生活的各种样态和途径。在苏州工艺美术职业技术学院，他在喜出望外地拍摄到桃花坞木刻许多精美陈列品的同时，还拍摄到了工作室里师傅们正在进行雕刻、印刷的现场实况。该校擅长中国画的教授还为之当场挥毫作画，让他拍摄到了中国画家创作一幅水墨画的全过程。以后，他在志愿者陪同下到苏州市泥塑第四批代表性传人家里，不仅获准拍摄整个泥塑过程，而且获得了现场创作的那个可爱泥人。在苏州文化中心他则遇上了同样非常热心而英语水平很高的苏州芭蕾舞团演职员。演职员同意其拍摄他们平时训练、部分带妆彩排和现场演出。但是，最后的作品并不出彩。或许是给得太多了，作为他者的他一下子确实消化不了，可能让他有点迷失了。我至今记忆犹新的是，他对偶然拍摄到的施工现场用涂料塑料桶接漏水的镜头青睐有加，我反复跟他说不适合放在他拍摄如此多艺术而唯美的片子中，他还是坚持不采纳我的意见。记得，那个作品并没有获得很好的成绩。

相反的例子是第二批有个学生拍摄的《念桥边》。那是一部从记录开始回归诗意的作品。作者拍摄那个片子，只围绕苏州富有诗意的桥，将不同的桥摄入镜头的同时，还刻意把游览桥的人、画桥的人和拍摄桥的人融为了一体。作品明显具有追求空灵而富有神韵的风格，因而非常具有中国风。我很欣赏这个作品，出于尊重印度指导老师意见考虑，并没有把它作为特别推荐，但最后还是获奖了。

在黄会林老师主持下，北京师范大学中国文化国际传播研究院主办的"看中国"活动，其实就是倡导积极主动的文化交流与人际沟通，这对于人类共同把世界建设成为"鸡犬之声相闻、四海兄弟往来"的美好地球村和命运共同体，应该具有非常积极的价值意义。"后疫情时代"，如何继续做好这项意义重大深远的工作，确实是一个新的课题，希望后浪们能够更上层楼、再创辉煌。

倪祥保系浙江传媒学院电视艺术学院院长

跨文化哲学以及中国文化的主体性问题

［斯洛文尼亚］罗亚娜

以简短的文字要讲清楚跨文化哲学和中国哲学主体性这两个复杂概念之间的内在联系是非常困难的。我认为这种联系对理解中国哲学具有非常重要的意义，因此想尝试给大家阐释它其中的核心含义。首先，我从第一个概念开始解释，为什么我的中国哲学研究并不是基于比较法，而是基于跨文化方法，因为它本身就是一个非常复杂的问题，以下为我的思考：

什么是比较哲学，它是两个或者两个以上不同思想潮流或者思想体系进行比较。这些思想潮流或者思想体系是由不同哲学家、不同哲学流派和不同观念传统分别建立或者创立的。但是在每个比较过程当中，我们都需要设定相同评估标准、问题和采用相同的方法，比较不同传统中产生的哲学，这是比较困难的。在中西哲学比较当中，我们所采用的标准和方法总是西方的，这是由于西方殖民思想传统仍然占据主体地位，没有别的所谓"客观方法"。因此这种比较植根于目前仍然持续以西方为中心的学术界的意识形态与态度。因此，当我研究中国古典和传统哲学的时候，倾向于使用跨文化方法，而不是比较的方法。"跨文化"一词前缀是表示跨越边界和限制的意思，但同时又能够丰富和更新自己。因此它也指出了要超越各种分离的文化哲学的可能性。从这个意义上讲，跨文化哲学旨在克服过时的、静态的以及过分固定的文化概念，这样的方法可以帮我们展开不同哲学内容全新视野，并且帮我们懂得它们本身的，极为动态的历史性。

这样还可以避免以西方中心主义为基础的有关人类主体性解释，特别是因为从传统比较哲学角度来看，这还是一种普遍的态度。许多西方传统学者批评中国思想传统，称它不算真正的哲学，因为它缺乏许多对于每一种哲学论语不可缺少的要素。按照这样的欧洲中心主义的观点，这些它所缺乏的要素之一就是主体性。

再说到黑格尔，在黑格尔哲学体系每一个部分当中，中国都处于动态主体性相对的未被反映的不变的实体性位置。正如中国没有超越历史、宗教和美学方面非自由自然和悲剧潜意识早期阶段一样，它也没有严格意义上发展的哲学。对于黑格尔和其他许多西方学者来说，中国哲学只不过是一种"所谓的"哲学，因为它所产生的"主体"仍然被困在作为其"实体"的大自然体系的客观秩序中。从这种看法我们可以很清楚地发现，传统西方的哲学家都把主体等同为个人。但是中国哲学从来没有发展出任何一种建立在孤立人格意义上，而与他人及社会毫无内在联系的个人概念。

另外一个西方哲学家经常批评的方面就是中国哲学缺乏一种明显的主客之间的分界。从跨文化哲学观点可以清楚看到，主体性概念不仅是中国哲学当中的一个非常重要的内在组成部分，而且它能够为西方思想提供好多崭新的，以前他们所认识不到的知识。

的确，中国人对于主体概念的理解跟西方不同，我们首先要指出的一个事实是，在中文中有两个术语表示人类主体的两种不同含义。一个是主观性，是认识论的内涵；另一个是主体性，是本体论意义。在这一方面，我们可以很清楚地看到跟西方语言相比，汉语具有更丰富的表现力。因此，汉语不仅能够提供给我们更清楚的、更有差异化的主体概念，而且能够让我们更正确地理解好多与主体相关的概念、词汇和思想。与此相比的西方语言，仅用一个词来表示这两种截然不同的含义。这种差异化对于我们理解主体概念非常重要，特别是从哲学角度来说。所以仅凭这一点足以证明我们不能说中国哲学缺乏这一概念。

可能会有人辩称这种主张无效，因为它所指的只是现代的、从西方传入中国之后的主体观念。为了反驳这种观点，而且为了表明这一概念在中国传统思想中的存在，我们简要总结中国古典哲学主体性概念。首先，我们需要指出，中国古典宇宙论是一种具有互动结构、连贯网络的动态本体，宇宙完全由不同实体之间的相互关系组成。在这种关系网络之外不可能存在任何独立自给自足的事物。这种联系性的、动态的宇宙结构也反映在中国传统社会基本结构和相应伦理形式当中。美国学者安乐哲通过儒家人类学视角对此进行了非常彻底的研究，这种伦理和社会制度与个人主义制度在几个基本特征上有所不同。后者是大多数西方学者对人类主体哲学概念的基础认识。在中国的关系或者角色伦理学当中，个人的人格并不是由其性格或独立性构成的。相反地，构成个人的基础是其与他人、其与整个社会的关系。

在当今经济全球化的世界中，这些方面对于整个国际合作都是至关重要的，特别是考虑到现在是疫情大流行关键时期，我们必须要团结一心，互帮互助。如果大家都是相互独立，只顾自己，无论他们本身具有多大的独特性，都无法构建这种于当下生活中极为重要的相互理解。

罗亚娜系斯洛文尼亚卢布尔雅那大学教授

李泽厚情本体论的当代价值

李瑞卿

李泽厚的情本体论是马克思主义实践论在当代中国的发展，也是传统的道体论、心体论的现代性回应，具有深厚的历史内涵与鲜活的时代价值。李泽厚对传统儒、道、释文化既有批判，也有吸收，并非将古代与现代简单地割裂开来。他的情本体论规避了道本体与心本体的形而上色彩与道德理性主义弊端，吸收了它们栖息于人间身心的、在现实关怀之上的超越性信仰与神明观念，也接纳了它们蕴含的社会历史文化内容。

李泽厚的"度"观念，足以沟通情感与工具，自然——宇宙这一物自体观念的提出，为其本体论提供了价值根据。尤西林在论及物质生产与心体建设的"两种生产同一形态"途径时说："1)对于工具操作及其生产品来说，应当同时包含着超越性精神；2)对于心灵精神来说，应当更多更普遍地作用于对物质生产与日常生活的现实关系中，而不是囿限于作为纯粹形态的艺术中。"[1]这些主张是颇中要害的，而这一问题李泽厚在理论上已经给予了回答。

李泽厚情本体论应该成为我们进行文化思考、精神建构的起点。他证明和强调了文化—心理结

---

[1]　尤西林：《心体与时间：二十世纪中国美学与现代性》，89页，北京，人民出版社，2009。

构的存在，这无疑是对中国传统文化的有力的时代性馈赠。正如他所说的，实用理性是复活杜威的实用主义，并把他与 Marx 和改造了的中国传统接连融合起来①，他吸收杜威实用主义观念，反对思维和对象同一性思想，反对理性本体论，反对以绝对精神外化、历史与逻辑相统一而将思维实体化。②，李泽厚认为："第一，劳动操作活动是人类经验的根本内容和基础；第二，符号运作包括数学运算是从这个基础（操作活动）中提取、抽象而成，却具有脱离一切特殊经验的独立性。"③不过，杜威的缺失是"尽管他强调揭示了数学、逻辑脱离特定经验的独立发展，但仍然没能从哲学上充分重视作为历史积累的心理成果"，"强调了人的操作层面，忽视了人的文化心理的存在层面"，而李泽厚实用理性恰恰不是"实验经验主义"或"实验室的逻辑"，而是人的历史存在的逻辑。④ 总之，李泽厚主张中国文化中存在着一种实用理性，存在着自己的文化—心理结构。

李泽厚建立了人与宇宙——自然的实践关系和理想的共在关系，他说："人在使用——制造工具的操作活动过程中，通过'度'的把握和理解，发现了快慢、多少、软硬、重轻、厚薄、斜直、钝锐等等材料本身的、材料和材料之间的、材料与主体之间的、材料和目的之间的种种关系、结构、特征，发现了其中的守恒性、前后性、重复性、连续性、对比性、干预性等等秩序、节奏和比例。这种种形式结构和人对它们的感受（形式感），如前所说，一方面与维系人的生存、生活、生命相关，同时又与自然界具有的物质性能相关，因之人与宇宙——自然便通过这些形式力量——形式感而形成了共存共在。"⑤而这种人和宇宙的物质性协同共在是一种"物自体"的形而上设定。

---

① 李泽厚：《哲学纲要》，158—159 页，北京，北京大学出版社，2011。初见于《实用理性与乐感文化》。

② 李泽厚：《哲学纲要》，156 页，北京，北京大学出版社，2011。

③ 同上书，155 页。

④ 同上书，159 页。

⑤ 李泽厚：《"度"与个体创造》，见李泽厚著、马群林编：《从美感两重性到情本体——李泽厚美学文录》，19 页，济南，山东文艺出版社，2019。

　　陈来认为这个"物自体""必须是仁体，从仁体才能自然而然地引出协同共在的观念"。① 陈来主张仁学本体论，割裂地理解李泽厚情本体与工具本体之关系，认为生生不已的大化流行，"不离生活，但又不即是使生活生存"②。将生活生存及与之相应的工具本体孤立地看待，更不能正视李泽厚为摆脱中国传统形而上学道本体、心本体等观念所做的现代化努力。而陈来依然在"翕辟"的抽象模式中讨论着世界的本源或本根。③

　　李泽厚的情本体哲学启示我们重视中国人在生产实践中形成的文化——心理结构，特别是独特的时空观念、自然之数、音乐节律等诸多文化形式和文化价值，它也召唤我们回到人与宇宙——自然的关系中来安顿身心，因而形形色色的中国古代宇宙——自然观念的发生和发展将是我们停留、思考的地方，特别是在天地之间，人的理性、科学如何发生，人的信仰和神秘思想如何存在是必须面对的课题。因为李泽厚证明了中国实践理性的存在。另一方面，李泽厚美育代宗教的观念，即是在生命的展开中"珍惜和把握这每一天每一刻的此在真意"④，宇宙秩序就是审美的秩序，而不同于牟宗三宇宙的秩序即是道德的秩序⑤，李泽厚强调审美感情的"空而有"，即"超越死亡的'生存'和无所执著中执著"⑥，主张在感性的丰富的生活中寻找生命的价值和意义，他自己本人认同其弟子赵汀阳的评价："美学的真正主题是整个世界，是整个感性生活，而不是艺术……人的感性生活最终要落实在'乐山乐水'诸如此类的天人关系中……这一中国式的'宏大美学'被李泽厚认为才是真正的美学。"⑦

　　李泽厚美学现代性内容中有机地融汇了马克思主义的实践论和

　　①　陈来：《仁学本体论》，397页，北京，生活·读书·新知三联出版社，2014。

　　②　同上书，402页。

　　③　丁耘：《道体学引论》，411页，上海，华东师范大学出版社，2019。

　　④　《李泽厚：关于"美育代宗教"的杂谈答问》（2008年），见刘再复：《李泽厚美学概论》，229页，北京，生活·读书·新知三联书店，2009。

　　⑤　同上书，238页。

　　⑥　同上书，230页。

　　⑦　同上书，218页。

中国传统哲学，有着丰厚的文化内涵。李泽厚所提出的实践理性、人与宇宙——自然的物质性共在关系、文化心理结构在与西方现代理论、国内国际现代思潮、后现代思潮中，极大地丰富了他的人性论和审美论。

李瑞卿系北京语言大学中华文化研究院教授、博士生导师

利好世界：中华文明的基本格局如何成就人类的未来

[德]大卫·巴拓识

每一种文明都是一个独一无二的社会性的自我组织体系。它历史性地展开，并且在时间的长河中不断衍化。我们可以将文明粗略地等同于一个以某一语系为特征的大面积地域，也就是说，不同文明是由使用不同语言的人组成的人类群体。同一个文明具有相同或相关的世界观，以及政治、社会、经济、法律、教育、宗教、艺术等社会组织形式和内容。每一种文明都由其成员集体地、内在地进行维护，并且通过其成员个体不断创造延续和变化下去。因此，在每个文明中，都会培养出一些对其成员来说极为重要的传统，这些传统一代代延续下去，并且特别表现在科技、生命关怀、文化审美、社会构成等领域。文明与文明之间的流动性是必不可少的。我们还必须认识到，每一种文明都会向其他文明学习，与其他文明交流并且合作。从世界历史性和文化地理学的角度看，地球上每一种文明对整个人类的发展都发挥着不可取代的历史性和系统性的功能。而每一种文明在发展过程中，其文化特征在与其他文明的交流中又不断演变。因此，我们不能狭隘地从文明的"优劣"上来判断某一个文明的重要性，地球上的每一种文明都对人类文明整体起着不可或缺的作用。在这样的全球文化观的基础上，我们必须培养出一种具有世界范围的、历史性和整体性的人文意识，充分尊重每一个文明。而只有当所有文明都作为地球大家庭的一部分积极行动起来时，才能成功地将现在人类拥有的先进技术(农业、工业、5G、纳米技术、人工智能和机器人、基因工程等)融入整个地球的自然与人类社会系统中去。为此，我们必须要学会理解和承认各种文明的不同形态和特点，要把这些差异当作一种财富，而不是恶性竞争来看待。相互承认是人类文明共同体的基础。从辩证意义上来看，这也意味着在文明的差异中建立统一体，也就是中华文明倡导的"和而不同"。

在这样的理念中，今天的中华文明就被赋予了非常特殊的历史使命。中国人口约占人类总人口的五分之一，作为一个农耕定居基础的文明，中国在欧亚大陆的地理位置非常重要，其文明的历史可以追溯到石器时代。在近代，中国传统文化经历了西方殖民主义引发的一系列破坏，而以现代中国国家形式出现的中华文明，经过40多年的开放政策，恢复了其祖先在全球经济上的领先地位。将现代马克思主义理论与中国传统文化国学智慧(儒家、道家、法家、墨家、农家等)相结合，今天的中国代表了一种崭新的文明形式。而这种文明形式在经过新冠肺炎疫情考验后，展示出了其强大的生命力，也将在"后疫情时代"的世界中占据核心地位。

当今世界面临很多危机，因此需要更多的平衡、更多的和平、更多的正义。人类的未来应该是一个和平和共同繁荣的未来。这个理想虽然高远，但并不是一种空想，而是世界人类历史发展的必然。科技哲学的奠基人，德国人恩斯特·卡普(1808－1896)就认为人类具有一种内在的冲动，这种冲动驱使人类不断进行自我完善，从而成为一个全球性的统一体。他早在1845年就预言，中国在未来将崛起，中国将采用西方的技术、工业方法和科学，一方面与自己的智慧传统，另一方面与优秀的治理手段结合起来。卡普的预言似乎就是我们今天正在经历的。还有英国著名世界历史学家阿诺德·汤因比(1889－1975)，他与卡普的看法相同。在19世纪和20世纪的思想家看来，中国之所以能够完成这一任务，在于其特有的文化和文明传统。

当前世界面临的危险，不仅仅是核战争，甚至可以说我们正处于人类发展的一个危机重重的历史性阶段。例如，目前全球面临的新冠肺炎疫情，还有气候问题、能源问题等，都决定了人类未来的命运和走向。要解决这些问题，我们不仅仅可以从现代科技，也可以从传统文化中寻找一些解决的方案，把中国传统文化中的某些元素作为治疗世界危机的"药方"来看待。

中华文明的一个显著特点是，它是唯一一个使用完全由自己发明的书面语言的文明。中文有 5000 年左右不间断的历史，并且一直以来被不间断地使用、保护与发展。基于中文的中国人的文化记忆，不间断地记录了 3000 年中国大规模的政治变迁的细节，中国人总是以史为鉴，从历史经验中寻求解决当前问题的方法。这种成熟的政治文化应该被看作整个人类社会的珍贵财富。这种方法极为实用和有效，可以得出解决冲突和其他当代问题的实际办法。其他文明的思想家也曾经提到过这样的思路，例如，歌德就提到人们要把政治和历史研究联系起来。

翻开古籍，我们发现中国的一些文明优势，已经在古代神话中表现出来了！黄河流域的部落，在最早的统治者黄帝的带领下，据说在公元前 3000 年与邻近的炎帝部落的军事对抗中获胜。炎、黄二帝在传说中并没有残酷地相互奴役和抢夺土地，而是联合起来，成了平等的伙伴，共同谋求发展！这种部落联盟成就了中华民族融合性与认同性的根源，并且在中国历史上一再重复这种模式，已经成为中华文明的一种基本态度。遗憾的是，这种合作共赢的集体性格在今天仍然没有得到其他文明的理解。

除此之外，大禹治水的传说向我们展示了中国贤人治世的理想，通过贤人的领导，来解决自然灾害带来的问题，领导族人一起建立更好的未来。这是一种乐观主义和集体主义的理念。

作为一个古老的农耕文明，中华文明(至少)有三个非常古老的、相互关联的基本文明要素，是世界上其他大多数文明所没有形成的：(1)可持续发展理念，(2)对事态高瞻远瞩的智慧，(3)相互分享就是共赢的理念。

可持续发展的思想来源于中国农耕社会。中国文化对土地的关注是根本性的，人们认为生命是依赖土地的。而为了让生命不断延续，土地上播种的植物就必须要可持续地再生。对土地持续的改造形成了稳定的社会结构。在现代环境发展和经济发展中，这种可持续性发展的智慧仍然极为重要。笔者认为，"仁爱"是可持续发展的核心。古代哲学家孟子（约公元前 372－前 289）曾指出："王由足用为善。王如用予，则岂徒齐民安，天下之民举安。"在这种理念中，给国民带来足够的幸福感是一个重要的原则。国民的幸福最终必须是一切行政工作的主要目标，而不是私利，不是征服，不是剥削，而是人民群众的普遍的幸福！

此外，中医一个重要的理念就是"治未病"。这种智慧在中国解决新冠肺炎疫情危机时表现得淋漓尽致。在事态尚未严重时就着手干预，把问题防患于未然，这种治理手段在一开始还被不少西方国家理解为太过于严厉的政治干预，但现在我们已经看到，西方政府的疏忽大意与短见导致了事态的一步步恶化，这也证明了中国式高瞻远瞩的世界观的必要性。

另外，对于大多数西方人来说，分享意味着要么是一种施舍行为，要么就会损失某种东西。但在农耕时代的中国，自古以来就形成了不同的观点。分享就是收获！在农耕活动中，单靠一个人的劳作是无法实现大规模丰收的，只有作为群体共同协作，才能收获成果。哲学家墨子就强调过，每一个参与努力劳动的人也应该得到自己相应的成果。这种分享的理念基于一种合作的理念：共同创造财富，然后分享财富。这种共赢的思路由来已久，也是中国社会长期可持续发展的一个要素。在今天，也成了现代中国发展的思想基础。

最后，我还想强调一个极为重要的中国式的世界观："天下太平"。这种天下观是一种以和平为基调的治世观，不仅对中国，而且对世界范围的人类发展有极为重要的指导意义。如何让不同的政治和宗教国家主体维持和平相处的状态？如何让人类在和平共处中共同协作发展？这是未来决定人类命运的关键点。中国传统思想中将

"天下"看作一个有机的整体，把和平治理这个整体达到"太平"的状态看作一个乌托邦式社会的终极目标。如果能在全球展开这种理念，那么是否可以减少不同文明间的冲突，这值得我们进一步深思。

总而言之，中华文明中的一些基本格局对于当今的中国，乃至未来世界具有很大的借鉴意义。在科学技术迅猛发展的时代，要寻求自然、技术与人之间的平衡点，需要把过往最优秀的思想进行重新整合与诠释。而在国际视野中，中国人一方面要保留传统的开放性，不断向其他文明学习，另一方面，也需要进一步建立健康的文化自信，不落入所谓的排他性、文明优越性的陷阱。我们寄希望于未来，希望中华文明能给人类带来理解与尊重，带来和平与发展。

作为未来星球文明中所有文明的成员，大家必须齐心协力，分工合作，共享利益。这是21世纪及以后全人类的形象化处境。如何建设持久的和平静止的地球文明，让人民幸福、小康、生态可持续发展，是今天其他文明和中华文明应该共同思考的。为此，大家都有必要学会了解世界需要中国做什么。

大卫·巴拓识系北京外国语大学教授

第二辑

第三极文化十周年论坛

"第三极文化"的三重意义与价值

胡智锋

由北京师范大学黄会林、绍武二位先生联袂提出的"第三极文化"理论，到今年已有十年。十年来，围绕着"第三极文化"这一核心的理论学说，国内外举办了多个高端的学术论坛，推出了若干研究成果。今天，我们回望十年来国内外专家学者对"第三极文化"的种种观察、阐述与思考，越发感受到这一理论学说所蕴含的丰富的内涵与极为重要的现实意义、思想意义和教育意义。

一、现实意义

"第三极文化"这一理论学说对今天人类所面临的种种问题和困境，具有极为重要的现实意义，对于破解世界难题，强化本土文化和指导艺术发展有着启示作用。

1. 破解国际难题

"第三极文化"理论对于破解国际难题，探寻东西方文化和谐相处的未来之路，具有极为重要的意义。

习近平总书记在中央外事工作会议上作出重要论断："当前，我国处于近代以来最好的发展时期，世界处于百年未有之大变局"①。近年来国际形势纷繁复杂，中美对峙成为整个国际社会的突出问题，我们看到由美国发起的对中国的贸易战、科技战、舆论战和外交战等，正在步步紧逼，渐次升级，令世界各国陷于困惑与焦虑之中。第三极文化的核心理念，是建构与欧洲、美洲三峰并立的以中国文化为核心的东方文化体系。这一理论学说强调以人为本，强调人与自然、人与社会、人与人的和谐。而这一理论主张与欧美文化强调对立、竞争和斗争的文化体系完全不同。如果说改革开放之前的世界格局是美苏争霸和冷战等西方列强大国之间的争斗的话，那么改革开放以来，随着中国经济社会发展的快速进步，中国已然从贫弱的发展中国家逐渐跃升为经济实力全球第二的发展最快速的大国，成为世界经济社会发展新的火车头。

中国的崛起，不仅带入的是经济发展的加速度和惊人的业绩，而且更带入了与西方社会，尤其是欧美，完全不同的制度体系和文化价值体系。这让已经习惯了弱肉强食，国强必霸的西方社会，感到空前的紧张和严重的不适应。

如何消解这一紧张对峙的局面，破解这一国际性难题？在我看来，"第三极文化"理论的提出，恰恰是回应当今世界大变局的一个非常具有阐释力的理论主张。这是因为，"第三极文化"，一方面，强调以中国为核心的东方文化价值体系，但同时，另一方面，它也非常明确地把欧洲文化、美洲文化作为人类文化的重要结晶予以特别的尊重，它更强调不同文明、文化之间的相互尊重与平等相处，这是"第三极文化"的核心要义。也就是说，"第三极文化"强调在平等的对话和交流中，化解对峙，求同存异，找到文化和文明的最大公约数，以此来形成多种文化"群峰并立"的良性的和谐生态。因此，我认为，"第三极文化"的理论主张，对于认知和破解当前以中美对峙为突出问题的东西方文化的对峙，找到东西方文化和谐相处的未来之路，当有特别重要的启示意义。

---

① 载《光明日报》，2018-06-24

2. 提升文化凝聚力

"第三极文化"的理论主张对于重新认知中华文化、东方文化的独特价值、思想和魅力，对于提升中华文化和东方文化的文化凝聚力，也具有极其重要的意义。

"第三极文化"基于中华民族创造的几千年优秀的传统文化，也融入了近代以来，特别是 20 世纪以来，无数仁人志士在探索民族独立和人民解放与幸福的道路上，历尽艰辛凝练出的革命文化，也基于中华人民共和国成立 70 年来，中国人民在社会主义革命建设和改革开放进程当中形成的社会主义文化，这些都是"第三极文化"的重要来源和基础。而这些在当今时代纷纭复杂的国际国内形势当中，特别是在若干左、右等复杂的思想观点鱼龙混杂的情形之下，具有正本清源、纠偏匡正的重要意义。以"第三极文化"为核心，强化中华民族共同的根脉，强化海内外中国人强烈的文化认同，形成国家与民族的最大的共同价值，这对于提升我们的文化自觉和文化自信，提升我们的文化凝聚力，具有极为重要的推进价值。

3. 推进艺术发展

"第三极文化"理论在推进当代艺术发展，指导艺术生产与创造方面，同样具有非常重要的启示意义。

在我们的艺术发展进程中，尤其是现当代艺术的发展进程中，总有两条脉络在交互碰撞。一条是从西方的现代艺术的形态中予以借鉴和引进，另一条则是从民族本土的土壤中生发与推出。

在传统与现代，洋与土，现代化与本土化之间，我们的艺术发展，不断地出现各种思想、理念、流派和方式等的摩擦，甚至对峙。我们经常会看到这样的景观：有时来自西方的舶来品压倒了中国本土的艺术生产与创作，有时中国本土的艺术生产压倒了西方的舶来品。最典型的就是不同的艺术样态之间的论争。例如，引进的电影在模仿好莱坞和进行本土化改造推出的左翼电影之间，总会出现这种思想、理念和方法的博弈。

在这一进程中，经常会存在各种鄙视链。比如搞文学的看不上搞戏剧的，搞戏剧的看不上搞电影的，历史传承相对久远的看不上历史较为短暂的，与市场距离较远的看不上与市场接近的，洋派的看不上土派的。在这样多种复杂的鄙视链中，今天回头看，"第三极文化"的思想理论，是以更为宏阔和高远的视角来俯瞰艺术发展，面对舶来和引进，既不过度地崇洋媚外，又不简单地否定和唾弃；面对民族与本土，既不简单地全面肯定，而是强调现代化改造，又不故步自封，而是以动态的思路来传承和创新。所以，在国际化与本土化，民族化与现代化的多重关系当中，"第三极文化"更强调它们的有机结合，以及在发展中创新，创新中发展。因此对于推进艺术发展来说，"第三极文化"有重要的意义。

二、思想意义

"第三极文化"在我看来具有深刻的思想性，而这一思想是基于对人类文明、文化创造的多维度观察与思考基础上的。具体体现在价值观、方法论和审美观的多维度的深刻思考。

1. 价值观层面

在价值观层面，"第三极文化"秉持和谐和平等的思想，强调文化之间的相互尊重与和谐相处。在不同文化的相互尊重、和谐相处中，形成大同世界，创造美好生活，这是"第三极文化"最重要的价值所在。

中华传统文化的重要来源，是基于儒、道、佛三教。同时还包括近代以来，我们在革命文化和社会主义文化的建构当中所形成的新的和谐思想，这些都是"第三极文化"所秉持的价值观。

在今天，这一价值观思想对于解决复杂的国际国内问题，具有重要启示意义。不管处于何种境况，世界多种冲突矛盾的化解所需要的价值观，绝对不是对峙与斗争，而更应当强调超越对峙双方的更高的和谐与大同的理想境地，以更为高远的目标来化解现实的冲突。

2. 方法论层面

在方法论层面，"第三极文化"主张以"中"为特点的三元论哲学，强调现实问题与矛盾的和谐化解。

欧洲文化和美洲文化基本上都是西方文化的根脉，它们体现出的都是西方文化的二元论的哲学方法，二元对立、非此即彼是其突出特点，也就是把世界看作在对立的两极当中，在二元对立中，以强者对弱者的征服来获得问题的最终解决。这样的二元论思维，导致非此即彼的方法论，这也必然导致在政治层面的政党对立，在现实层面的不同群落的对立，这种二元论的斗争哲学，很难找到最终的和谐的状态。永无止境的争斗，难以解决世界问题。

而中国文化蕴含的以"中"为特点的三元论哲学，在天、地之间有人的存在，左、右之间有"中"的存在。中正、中和、中肯，"中"是中华民族极其推崇的理念，这不仅是一种价值观，而且是一种方法论，也就是说在对立的两极中，取其"中"、选其"中"，用一种"中"的方法，来化解现实的矛盾和问题，来获得世界的和谐局面。这或许是一种解决问题最有效的方法论，由"中"这种三元论思维形成的方法论，产生的中国智慧，形成的中国方案，对于当今世界的众多难题的破解具有重要的方法论启示。

3. 审美观层面

在审美观层面，"第三极文化"推崇的是以中国审美为主导的东方神韵、东方美学体系。

西方的审美观、美学体系中，追求"真"，追求黄金分割律，强调逼真与精准，这样的好处是能够获得可能相对最科学的方案，但问题在于这种审美观把主观与客观、情感与理智过于分解，从而形成一种分立的状态。

而中国的审美观与美学体系强调天人合一、情理相融、意象融合、技艺相通等，它们都在强调融合融通，不把思想理念和形象隔离开来。这一美学体系是一种强调融合的状态，这种融合的审美观对于今天的艺术创造、人类审美，是一种非常重要的思想支撑与启示。

三、教育意义

"第三极文化"不仅在现实层面、思想层面，而且对于当下教育的发展，同样具有重要的意义与价值。

1. 人才培养方面

"第三极文化"理论主张对人才创造性的保护，按照"第三极文化"的理念思想，应当设立更加全方位的考核机制来选拔和培养人才。

今天，无论是基础教育还是高等教育，常规教育还是成人教育，普通教育还是特殊教育，在我们的教育理念当中，由于各种原因，尤其在教育体制机制、学制的设计上，近年来都有着越来越标准化、科层化的趋势。这些标准和科层对于教育的规范有着相当的积极意义，但是同时，这种由于过度的科层化带来的机械的，对人才培养的低效益的状态也日益凸显。

人才更多的是在"培"和"养"，而不是苛刻的机械的考试。目前过于机械的考试和选拔，虽然会体现一定的公平，但也可能让一些有特殊天才的人才遭到淘汰。并且"第三极文化"强调有教无类和因材施教，强调教育的普遍性和特殊性，主张不论什么样的人都应当受到教育，也主张对于不同的人才给予不同的教育和培养的方式。这是"第三极文化"当中包含的对于人才培养方面的重要思想和观念。

2. 科学研究方面

"第三极文化"强调对人的尊重和对人的创造力的保护，强调科学研究当中的整体性。

今天的科学研究出现了一些新的情况，比如，科学研究方法从质化为主导到量化为主导，特别是对于科学研究成果的评价，往往是一种比较僵化的评判方式，比如对成果发表的平台、数量进行刻板的量化的规定，但是对于实质性的学术贡献与发现则缺乏更有效的评价。

"第三极文化"理论特别强调整体观，这种整体观在科学研究当中，能够打破单一地、简单地从某个成果以偏概全地做出判断的量化评价，而是更多地从整体的人的思想能力和研究能力来做出整体的判断。这种整体观也包括对于科研机构的评判，不是简单通过量化指标来进行评价、判断，而是对整体性的价值贡献做出总体判断。这是"第三极文化"在科学研究方面的重要意义。

3. 学科建设方面

"第三极文化"强调对主体的尊重和肯定，强调在学科建设中对于学科主体判断的综合性。

当前的学科建设出现了很多令人诟病的问题，例如，在过去的几轮学科评估当中，出现了一些过度机械的评估的指标问题。习近平总书记多次提出破"五唯"，这也是对学科评估的重要启示。

"第三极文化"思想，秉持传统文化当中的对主体性的尊重与肯定，更多的是对于我们的学科主体创造性的判断，是一种综合性判断，而不是拆解的、指标的判断。"第三极文化"强调综合性思维，反对部件和元素的拆解，更强调不同元素之间的组合和综合。这一点对于审视学科建设，为学科评估的未来发展找到一条新路，具有重要启示意义。

总体上看，由黄会林、绍武二位先生所提出的"第三极文化"的理论学说，十年来基于中华传统文化基因，不断融合吸纳国内外的先进思想，不断地做出现代化创新、整合和提升。"第三极文化"既是传统优秀文化在当代的再表达，同时，它所秉持的价值观和方法论等，对于国际与国内、现实与历史、艺术与教育等，都具有多方面启示和意义，值得我们不断地予以探究、丰富和拓展。

本文首发于《艺术评论》2020年第11期

胡智锋系北京电影学院党委副书记、副校长，教育部"长江学者"特聘教授

"第三极文化"与儒学对变化之中的世界文化秩序的贡献

[美]安乐哲 （郑建宁译　北京师范大学外国语言文学学院博士研究生）

"第三极文化"是北京师范大学中国文化国际传播研究院的黄会林教授在十多年前提出的概念，这是一个充满抱负的概念，自从问世以来，吸引了中国及世界其他国家的学者的广泛研究兴趣。我说这一概念是充满抱负的，是因为如果正确地理解了这一概念，它就会促使我们在世界的多样文化之中寻求兼容并蓄与百花齐放的可能性，从而实现各种文化之间富有成效的协作，而这种协作在当下时代是十分必需的。在这篇短文中，我会首先界定此处所使用的"极"这一概念，接着在演进的历史语境中追溯与阐释文化极性的思想，最后预测儒学这一极文化在塑造新的世界文化秩序中将起到什么样的作用。

从字面意思上讲，"极"的意思是"柱子"和"杆子"，是一个建筑物结构中的栋梁。通过隐喻，"极"可以指最顶端的、最高的、最远的、程度最深的那一点。在这一含义中，两点之间的极性关系是说它们彼此之间在倾向性与方向性上是相对的。再者，从字面意思上讲，"极"是指把屋顶分成两个部分的栋梁。因此，它既可以指两个部分相分割的那一关键零点（枢），又可以指两个部分的分割本身。《易经·系辞上》中写道："易有太极，是生两仪。"

在变化的过程中，先有太极，然后再产生两仪（阴阳爻）。这里有一个不能忽视的重要思想，即"在变化的过程中"（易）。《易经》是中国的群经之首，是因为它揭示了一种过程宇宙观，这正是中国传统哲学的阐释域境。我们不能静止地将"极"理解为一个建筑物形式结构中的栋梁，它把该建筑物的屋顶一分为二，我们必须要在"无停止的变化过程中"（生生不已）去理解它。将"极"置于变化之中，那么"极"这一栋梁也就有了动态性，成了有运动节奏的"变化之中的通"，屋顶被分成的两个部分就成了阴与阳的交替运行，两者既有互补性，又同时有对抗性的倾向。"极"是"体用"和"变通"的共生过程。将"极"定义为变化之中的统一与区别，可以归纳为唐君毅先生所提出的宇宙哲学观——一多不分观。在动态的生命进程中，这一宇宙哲学观可以解释为相通性与多样性的不可分割，独特性与存在环境的不可分割，以及个体与整体的不可分割。

我们如此定义术语"极"能够得到的启示是，文化极性像磁场或电场一样，本质特征在于彼此之间的对抗性与互补性关系，这样既能使它们相分别，又能使它们相维系。其中某一极的变化会立马激发其他极的变化。当我们专门思考"文化的"多极性时，我们会发现重要的文化极性像是两种或多种文化之间的交杂区，其中存在不同文化要素，而正是激活不同文化之间的差异性，才能使这里成为孕育文化多样性与繁荣发展的沃土。反过来说，缺乏极性激发的文化是没有生命力的垂死文化，最多也只能引起考古工作者的兴趣。我们也可以将这种多极性思想与人类基因库作类比，能够得到的启示是，正是差异性的程度决定了我们的下一代是否健康、漂亮和聪明。也即是说，文化基因库越大，其中的差异性也就越大，也就有更多的机会实现最优化的共同成长与发展。

从哲学转向历史，我们可以回到 17 世纪，去探寻这个有丰富含义的"第三极文化"的历史演变。莱布尼茨在其专著《中国近事》（*Novissima Sinica*）的序言中，非常详细地比较了当时的欧洲和中国，得出结论，作为世界上科学与文明的最高成就代表者，欧洲和中国必须要更好地理解对方。在莱布尼茨对于两大文明中心之间巨大差异的深刻反思中，在他提出两者有很多可以互相学习的地方时，他其实在向当时的世界提出了"两极文化"的创新性构想。

尽管欧洲与中国之间仍旧保持着一定的距离，即使是耶稣会士东来以及由此而产生了文化联系之后，两者之间也还是保持着一定的距离，但是两者的文化之间还是通过重要的方式影响着对方。从16世纪到18世纪末，欧洲人对于中国的评价一直是非常高的，这能从当时的文学作品中看出来。欧洲人将中国视为理想国度与"神奇之地"，需要尽最大努力去研究中国。与此同时，任何中国对于欧洲的影响都是通过欧洲人自己的概念去理解的，中国文化被一种强烈的东方主义偏见所理论化。

在接下来的18、19世纪，欧洲在工业革命中迅速崛起，欧洲出现了帝国主义并蔓延至全球。欧洲人掌控了世界权力，形成了霸权的欧洲一极，并坚信这即是人类文明。这一过程在哲学方面也有体现，黑格尔在其《历史哲学》（The *Philosophy of History*）中提出"一极文化"，指出"一极文化"也许源于亚洲，但只有在德国哲学中才在辩证法和目的论上形成最终的"绝对精神"。黑格尔对于中国文明的贬低性解读是极为严厉的，他将中国建构成一个东方专制统治的形象，这一形象如今还存在，并经常见诸西方媒体。在描述中国时，黑格尔写道："其显著特征在于，任何由精神统帅的东西——在实践和理论中无限制与无所不在的道德、心灵、内在宗教，以及可以称之为科学与艺术的东西——都是与精神异质的……我们服从道德原则，是因为我们被要求做的事都被我们的内在意志确认了，而在中国，道德原则被认为具有先天、绝对的合理性，他们没有这种主体意志确认的意识和需求。"[1]

工业革命的贪婪扩张性引擎带来了另一维度，能够解释黑格尔对于中国的消极评价。首先是欧洲，接着是美国，他们高举科学与

---

[1]　G. W. F. Hegel, The *Philosophy of History*, trans. J. Sibree, New York, Dover Publications, 1956, pp. 111-112.

工业进步的旗帜阔步前进，而中国却不愿加入其中，失去了欧美对其的尊重。早期之神奇的香格里拉形象从对中国的理想化憧憬一落千丈至缺乏活力的落后与垂死文化的深渊。正是在这个时期，欧洲文化与中国文化之间的巨大差异具有了消极含义，英语中"中国的"（Chinese）一词开始指代"难以捉摸的与不可理解的""无法逾越的""群情骚动的"以及"假冒的和仿造的"，例如，英语中分别有如下表达："a Chinese puzzle"（复杂难懂之物），"a Chinese wall"（不能穿过的墙），"a Chinese fire drill"（乱作一团）以及"a Chinese homer"（糟糕本垒打）。

接着在19世纪和20世纪，欧洲各帝国的疆域迅速缩小，而美国的国力经过两次世界大战逐渐上升。我们能够看到美国的崛起，成为世界权力和文化的一极，在经济上、政治上，也确实在文化上，使她的本源地欧洲相形见绌。在哲学上来说，这一演变历程体现于我们这个时代的美国实用主义的逐渐崛起，挑战欧洲人一贯占据的哲学霸权地位。威廉·詹姆斯将其在牛津大学的讲课稿汇编成《多元的宇宙》（A Pluralistic Universe）一书，他在该书中剑指黑格尔的"一极"理想主义主张，提出多元主义的可能性。美国从其本土思想家爱默生和杜威之处汲取灵感，逐渐崛起并宣称自己已经发展成世界文化与政治的一极。

在20世纪的大部分时间里，欧洲文化与美国文化这两极牢牢地占据着他们的极性位置，世界及世界价值观都成了西方中心主义的场域，由欧洲及与之同源的美国所主宰。但是经过一代人的努力，亚洲，尤其是中国迅速崛起，世界的经济与政治秩序发生了天翻地覆的变化，我们有理由预测世界文化秩序也将随之发生巨大的变化。中国走过了两个世纪的沉寂期，现正凤凰涅槃、浴火重生。开始于20世纪末，在过去的几十年更是展现了惊人速度，中国重新占据了世界权力和文化的一极位置。

在当下时代，我们能够预测到黄会林教授所描述的"第三极文化"的兴起。在思考"第三极文化"将会如何重构世界文化秩序时，我们必须首先承认，在20世纪西方中心主义的世界文化场域中，中国只能被看作一个新参与者。但是，向前追溯有记录的历史，还有莱布尼茨也明确讲过，中国在历史上一度是世界文化的一极。中国文化对其邻国有根本性的影响，尽管中国文化这一极的张力对欧洲的影响比较小。中国传统价值观与社会文化对塑造整个东亚儒学文化圈有决定性的影响，包括朝鲜、韩国、日本与越南，还包括现已遍布全球各个角落的华裔人群。中国文化这一极曾在几百年前与欧洲文明并驾齐驱，之后被西方帝国主义的海啸所淹没，如今又重新占据了她曾一直占据的位置。现在的关键问题是，中国传统文化在被忽视了两个世纪之后，能为变化之中的世界文化秩序做出哪些实实在在的贡献？

儒学的文化传承模式是十分独特的。作为一个从未中断的文化传统，当代中国与其最早的文化之根的联系是非常明显的，相比之下，现代国家希腊与古希腊的联系则比较弱，同样，现代国家意大利与古罗马，以及现代国家埃及与古埃及的联系都比较弱。中国提供了一种百花齐放与兼容并蓄的文化演变模式，过去数个世纪不同文化的碰撞与竞争点燃了彼此之间混合与交融的大熔炉。中国文化的传承管理模式在每个家庭中得以隐喻式地体现，这个文化传统的本质特征是代际传承，每一代人都有义务去学习和践行传统文化，通过自己的注解去创新和拓展传统文化，应用传统文化的智慧去解决当下社会的紧迫难题，并向下一代人传递传统文化。

这是一个擅于包容、勤于学习的文化传统，曾有数次的西学浪潮，首先是佛教，接着是耶稣会士、新教教徒的东来，马克思主义的涌入，还有我们当下的现象学、实用主义等，中国都将这些吸收并内化为演进之中的儒学传统。儒学传统基于对真实的人类生活经历的相对直接的阐述，这是其能保持延绵不断发展动能的原因。儒学不是依赖于形而上学的假想或是超自然的猜测，而是一种经验式的自然主义。其关注点是人类日常生活的此处和此时，通过思索每天的日常事务寻求提升个人价值的可能性。儒学作为一种文化，只不过是努力思考和激活人类经历之中最普通的事，使其成为最不寻常的事。在这一从未中断的文明的代际传承过程中，文化的传承谱系体现于文化之中每个人的有成效的个人修养，文化传承也是依赖于此而实现的。更进一步说，整个宇宙的意义也都体现在家庭和社会之中每个人的有成效的个人修养，宇宙的意义也是依赖于此而实现的。个人价值是人类文化的源泉，反过来，人类文化作为整合的资源，为每个人提供了个人修养的环境。

在信仰形式方面，儒学是"以家庭为中心的"而非是"以上帝为中心的"，这与亚伯拉罕文化传统不同，儒学的信仰不是单一的、排他的和绝对的。这种人类信仰没有以某种深信不疑的"唯一真正上帝"的名义去发动战争和屠杀，去惩罚那些持不同信仰的人。这种人类信仰也没有诉诸某个独立的、有回溯力的和本质性的"神圣机构"作为表象背后的真实，以及作为所有宇宙意义的总源。确实，这是一个没有上帝的信仰传统，这种信仰传统坚持精神意义来源于人类经验本身的启发。如此看来，儒学是无神论的，但又是很具信仰性的。

对儒学来说，世界是一个自生的、本体存在的过程——自然而然——其中包含了其自身永恒存在之中不停转化的能量。儒学的世界只有内部，没有外部。人类自身情感是产生信仰意义的引擎，既能回溯性地理解，又能前瞻性地理解。这是一种开放、包容的精神信仰，是在家庭、社会与大自然的活动中经由思索启发而得出的。这种精神信仰提升与改善了我们所生活的世界之中的人类经验，人类既受这种精神信仰的启迪，又同时贡献着精神信仰。儒学中没有教堂（也许大家族的祠堂是例外），儒学中没有祭坛（也许餐桌上的供品是例外），儒学中没有神职人员（也许被尊为社会生活中心的过去及现在的榜样人物是例外）。儒学所推崇的方式是，人类的成长与发展过程由整体意义所塑造，反过来，人类的成长与发展又贡献着整体意义。这是一种"原位创造"（creatio in situ）的观念，与神学的"从无创造"（creatio ex nihilo）传统形成鲜明对比，在后者中，创造者上帝决定一切，他的创造物却什么都不是。

儒学中没有末世论，早期的儒学思想家们似乎专注于研究现象世界的过程与变化，他们简单地称为"道"（经验的开放场域），以及"万物"（数以万计的过程与事件），两者一并思考就是指"正在发生的万事万物"。这些早期的儒学哲学家们不太会问："什么"使得某物为真实？或者"为什么"事物会存在？他们更感兴趣的是"如何"协调周围变化现象之中的复杂关系，以获得最优的产出与价值。儒学并不追求有关人类起源的神学或目的论假说，也不追求某种有关宇宙宏伟设计的因果猜想，儒学追求的是实现个人、社会以及整个宇宙的和谐的最优效应，这是早期儒学思想家们的基本指导价值观。

儒学也能帮助我们理解社会秩序。儒家社会的基本特征是要努力实现人们角色与关系的最和谐状态（礼），这是一个可供选择的翻译该核心术语的方法。从形式上讲，"礼"是指那些蕴含意义的角色、关系和风俗习惯，它们能促进更紧密的联系，增强家庭与社会之中的情感。所有形式礼仪都构成了"礼"的一个侧面，包括餐桌礼仪、打招呼方式与告别方式、毕业典礼、婚礼、葬礼、恭敬姿势、祭祖等。在这一形式意义上，"礼"构成了一种社会句法，在人类经验的整个符号系统中，为每个社会成员规定了在家庭、社会以及政府机构中的特定位置与身份。但是，在过程宇宙观中，"礼"不是简单的形式，而是一种节奏规律。"礼"的经验性特征使其具有鲜活性，通常服务于当下，并富有创新性。"礼"的模式能通过文化阐释的方法恰当地表述出来，它是一代人一代人传承下去的，成为一个从未中断的文明的意义储存体。"礼"能让人们获取永恒的价值观，使其适应自己独特的语境。虽然我们在当下遵守"礼"，但是它的很多效力来源于其与过去相连，并且还与未来相连。

在所谓的家庭和社会中，社会秩序来源于较好的关系构成，而这又依赖于有效交际。所以，在最广泛的意义上，"礼"就是一种文化"语言"。当然"礼"是语言性的，但它不仅仅指彼此之间交谈。"礼"还可以指身体与姿势语言，音乐与食物语言，规约与仪式语言，风俗习惯及其功能，角色及关系语言等。对孔子来说，"成人"（human becoming）作为一个社会成就是一种适应而来的成功，是通过运用"礼"所蕴含与体现的社会智慧而实现的。社会不是个人属性的派生物，个人也不是社会力量的派生物。关联生活与个体性所要求的人际协作，并不能使单个的个人构成关系网络，而是使已然构成的关系网络更加有成效。儒学提供了一种家庭和社会概念，其基本特征是要在家庭与社会联系起来的角色与关系之中追求持久的和谐。"礼"是最基本、最持久的力量，滋养着社会和政治秩序的内部运动，使法律的制定与实施成不了最佳选择。当然有时法律还是必需的，但那意味着一种社会失败。

当谈到儒学作为一种教育哲学对人类文化的贡献时，我们必须首先承认个人修养必定是儒家哲学之根，而这种个人修养即是教育的本质。但是，我们也必须意识到，任何的根如果没有被恰当地置入土壤中，或是缺乏优越的环境，都会很快地枯萎与死去。基于这种园艺学的隐喻，儒家教育必须被理解为"本质上"植入角色和关系之中并在其中发展的一个过程，角色和关系将我们构成了家庭和社会肥沃土壤之中的个人。儒家教育与儒家道德的紧密联系就在于两者都是基于我们的角色与关系的持续发展。如此理解的教育不是为达到某种理想目标的工具和途径，而是一个过程，这个过程本身就是目标。我们追求教育，因而能过明智的生活。我们以道德行事，即能使我们的关系得到发展，我们也就成了有德之人。

儒家学说中最重要的道德规范是"孝"，很明显，要理解儒家传统的教育哲学必须首先理解这些重要的角色和关系，是它们将我们构成了家庭和社会之中的个人。在这种阐释框架下，关联存在和人际生活被认为是一种和谐的、经验式的存在。每个人与每件事都在这种必需的自然、社会和文化环境中生活和发生。我们不是在我们的皮肤之内生活，我们是在世界中生活。没有一个人、没有一个物是孤立的存在。关联存在是一个事实，我们在家庭和社会中的角色只不过是关联存在具体模式的表述：母亲与儿子，老师与学生，甚至二表兄与商店店主。很多这些特定的角色都不是随意的和视情况而定的，而是能追溯到历史之初和人类诞生的早期，它们是人类的家庭与社会生活经验的基础。母亲和家族长者的角色对于人类家族谱系至关重要。然而，虽然我们必须承认关联生活是一个简单事实，但能在家庭和社会角色中激发美德的至上行为方式，以及整个文化表述话语却是规范性的。我们所称的"儒家角色伦理"只不过是规定的关联模式，使每个人在其生活角色中实现个人成长。儒家角色伦理是人类通过努力和想象所能提出的关联生活模式。

儒家角色伦理是一种道德生活典范。儒学提供了一种共赢或共输的模式，这与分裂和破坏性的非赢即输模式形成对比，后者是自由的个人主义意识形态的特征。确实，当我们审视儒家角色伦理，其中有实现完美行为的具体准则，但它不追求自足与抽象的原则、价值观或品德，而是主要在我们实实在在的、切身的家庭与社会角色中实现实践活动的理论化。与抽象的原则不同，儒家角色伦理重视实现我们生活的角色与关系的最和谐状态，这更能引起我们的内心感触，例如，作为这个母亲的儿子意味着什么样的责任。在这一基础上，角色伦理为我们提供了一种直觉领悟，能非常明确地告诉我们应该去做什么。角色伦理在启示我们如何在关系之中获益最大化的同时，也为我们提供了恰当行为的缘由，这并不会掩盖人类活动的复杂性，或只是追求单纯的对与错。"因为他是我的兄弟"，这对我的行为来说，既是特别简单又是特别复杂的理由，这是很有说服力的，其他理由都没有这种说服力。

总之，我们以上回顾了儒家文化的各个领域，从教育到伦理，其唯一最重要的特征即关系构成的人的理念。也许儒家文化对当今时代最重要的贡献，正是其详尽、复杂而又极具伦理性的关系构成的人的理念，这一理念可以用来批评与质疑根深蒂固的绝对个人主义意识形态。尤其是，在我们能准确预测变化之中的世界文化秩序将有巨大转变的关键时刻，正是这种将人看作"成人"的新理念，使我清楚地意识到我们应努力给予儒学所应有的地位。

在预测"第三极文化"的成效时，应说明的是，儒学价值观并不能解决世界上的所有问题。也不是说无法阻挡的西化力量是有害的，是应当被遏制住的。我努力强调儒学传统能做出重要贡献的目的是，在这一人类历史上人类文化最深刻的变化悄然来临之时，我们应努力运用所有可用的文化资源。在儒学文化传统中，有太多的东西值得重视，既能丰富世界文化资源，又能深刻审视我们现有的价值观，我们都将会更好地理解它。

本文首发于《艺术评论》2020 年第 11 期

安乐哲系国际儒学联合会副主席，北京大学哲学系人文讲席教授、博古睿学者

将"第三极文化"理论范式融汇于创造性的实践

黄式宪

恰值 20、21 世纪之交，伴随着经济全球化时代思潮的激荡，中国和平崛起，这给整个世界带来了连锁式的震荡，其特征是：世界的经济全球化进程，显然并未导致世界经济的一统化，也未导致世界文化的一体化，特别是电影处在世界不同文化对话的前沿，经历了东、西方不同文化的博弈与惠通，互鉴与交融，世界电影乃昭示出一种多边对话、多极共荣的新趋势。

2009 年，由著名文化学者黄会林与绍武先生，率先在"北京文艺论坛"上提出"第三极文化论"，转瞬十年了。当年，他们作为理想型学者，站在时代思潮激荡的高端，对全球文化现代演进的总体趋势给出了十分敏锐的观察，从而前瞻性地建构了以中国文化为主体的第三极理论范式。

"第三极文化论"的命名，借用了地理学上南极、北极与世界海拔最高之极（青藏高原的珠穆朗玛峰），以此来重划当今世界文化的新版图。即：欧洲文化、美国文化与中国文化，这三强，构成三足鼎立的新格局。

在欧、美、中这个大三极文化之间，文明的冲突从未间断过。美国始终以霸主的专横，企图控制世界文化的全局。就推动世界文明的现代进程和电影艺术的发展而言，在政治、经济、文化的强势者与弱势者之间的关系，是相当微妙而复杂的。以"和而不同"的理念，通过博弈、共存，以求得某种相对的平衡，或许将成为一种新的常态。

是的，中国拥有绵延五千年悠久而璀璨的文明传统，这个文明的传统，正是在人类文明演进史上从未中断过的一个伟大文明。但是，自1840年英国对中国发动鸦片战争，到1900年八国联军侵占北京，中国由此陷入了屈辱的精神困境。中国古老而闭关锁国的封建式的精神劣根性，也导致了我们民族与国力的衰败。2020年，又处在一个新的庚子年，为实现我们民族文化复兴的伟大梦想，中华文明需要接受21世纪现代文明的洗礼而焕发出新的时代内涵与张力。特别是面对国际化的冲击，如何提升中国文化在国际传播上的影响力与主体尊严，就成为一个具有紧迫性的学术课题。

历史地看，经济全球化是一个无可回避的现实，并深刻地体现了现代文明演进的时代必然性。就时代发展的趋向来说，一方面是第一世界强势文化的扩张，并构成了以西方发达国家的文化（特别是好莱坞电影文化）为模本，向第三世界或其他弱势国族渗透的压力，导致全球文化出现某种趋同性的危机；另一方面，则是第三世界或其他弱势国族本土文化的觉醒、抗衡及其现代性重构。这里的"抗衡"，既体现为一种新的多边主动性，并在经济全球化与本土化之间形成了无所不在的文化冲突、文化张力。正是由这种新的多边主动性，乃逐渐形成了这一与"第三世界"相对应的人类文化的"第三极"理念的萌动。

黄会林先生曾自剖心曲地说："第三极文化"是一个需要当代知识分子共同建构的文化蓝图，是针对当前世界文化格局而提出的战略性发展构想；从学术层面看，则是试图建立一套话语表达体系，努力建构一种以中国文化为主体的理论范式。黄会林先生以充沛的文化自信说，"第三极文化"是我们追求的长远目标与方向，可以经过努力建设使之逐渐成熟，成为中国文化的标志。

"第三极文化"作为一种现代文化理论体系的高端规划，它涵盖了文学、艺术的各个门类，既具有前瞻性的学理建树价值，又彰显出立足当下并需要不断拓展的实践意义。匆匆十年过去，经过岁月的积淀和时代的洗礼，"第三极文化"论，在学术界激起了广泛而深远的反响，对中国电影在国际传播上的影响力给出了颇具学术分量的年度追踪与报告，做出了扎扎实实的学术贡献。

什么是文化？文化是我们民族的智慧、血脉和精神支柱。在电影创作里，文化主体的原创力与文化多样性本是融汇为一体的，唯有在文化主体原创力的引领下，中国电影及其产业才能实践从大国走向强国的梦想。坚守与弘扬我们民族文化的主体性，恰恰是我们第三极电影文化的主旨所在；与此同时，我们并不妄自尊大，盲目排外，而是以虚怀若谷、海纳百川的胸襟，与欧洲电影、美国电影互鉴与共赏，让世界跨入现代文明互惠而共荣的新时代。

中国自加入世界贸易组织后的这近 20 年来，中国电影产业的人文生态环境有了新的复杂的变化，好莱坞式的娱乐大片纷纷涌入国门，从每年引进 10 部分账大片，其后乃增加到 35 部，渐次形成了与好莱坞博弈相当严峻的市场格局。这期间，中国已然处在本土化与国际化之间的张力关系里，且战且进，踏上了从电影大国迈向电影强国的光荣之旅。到 2010 年全年票房已跨入"百亿时代"，转到 2017 年，我们年度总票房曾达到 559.11 亿元，到 2018 年，全年票房达到破 600 亿元的新纪录。而再到 2019 年，经过严格的检测，挤掉了前几年电影市场上诸多不实的"金融泡沫"，该年度票房稳中有升，取得 411.75 亿元的佳绩。而在该年度前 10 名票房排行榜里，国产片占到 8 部的优势，而好莱坞大片则只有 2 个席位。诚然，回过头来看，中国电影在海外发行与推广的力度上，显然尚属弱势而有待不断地开发与拓展。

事实上，第三级文化范式并非书斋里的理念与读本，它以其文化的独创性及其跨国界的实践，给我们带来了可贵的启迪。

第一，与时俱进：不断提升中国文化主体性的国际影响力。

当今，中国正昂首阔步地走向世界舞台的中心，中国电影创作及其产业，如何以文化自觉与文化自信，主动应对国际化的挑战，以中国智慧之核来重塑"中国镜像"，在实践文化"走出去"工程上赢得优势，彰显我们民族文化主体性的文化品格与精神，这恰恰是由时代赋予我们的一个重大使命。

为响应时代的召唤，北京师范大学与美国国际数据集团（IDG）合作，于 2010 年 1 月 9 日，共同创建了中国文化国际传播研究院，其宗旨在于有效整合双方的优势资源，逐步在国际文化传播领域拓展出多学科、多门类、多层次的研究课题。

在 21 世纪第一个十年的时光"年轮"上，中国电影产业体制与机制的改革日渐深化，中国电影产业以井喷式的发展速度与中国经济同步增长，实践了我国电影产业最初的兴旺繁荣和电影创作多元竞胜的可喜局面。

自 2011 年开始，中国文化国际传播研究院率先编著、出版了首卷《银皮书：中国电影国际传播研究年度报告》。作为首卷问世的银皮书，其宗旨与理论思维的凝聚力在于，以"第三极文化"范式作为立足点，以开放的视野与胸襟，开启我们文化理论研究的新课题，去捕捉与描述中国电影在近年间与世界对话的种种热点现象。其学术焦点则集中于探讨中国电影国际传播的有效性及其当下存在的问题与对策。黄会林先生亲任主编，一贯持以开放而严谨的学术立场，笔者则应聘参与了前三卷银皮书的编撰文稿事宜，亲身感受，所受启迪甚多。在首卷"绪论"里，我们曾提出：就国际政治环境来看，与"中国崛起"同在这个年度交集的信息是，"美国时代的黄昏降临"——这是由美国哈佛大学著名教授斯蒂芬·沃尔特做出的论断，其文章还曾深一层论述说："新兴大国的崛起正在结束短命的'单极时刻'，其结果不是中美两极对抗，就是一个包括几个不平等大国的多极体系。"①

考察 2011 年中国电影在海外传播的现实景况，显然离不开这样一个国际大局所呈现的"多极体系"的总体特征。就中国电影文化"走出去"工程的实施来说，2011 年共有 485 部次国产电影在境外 44 个

---

① ［美］斯蒂芬·沃尔特：《美国时代的终结》，载《国家利益》（美国双月刊），2011（11—12）。中译引自《参考消息》，2011-12-26。

国家暨港澳台地区举办了 75 次电影展及专题活动；有关单位选送了
295 部次影片参加了 28 个国家及港澳台地区的 82 个电影节，计有
55 部次影片在 18 个电影节上获得 82 个奖项。该年度国内电影票房
高达 131.31 亿元（人民币，下同），但向外销售的国产片共 55 部，
销往 22 个国家和地区，其票房与销售收入的总额仅得 20.24 亿元
（扣去 DVD 等后产品收入 9.82 亿，电影票房实际仅为 10 亿多元）。
由上述数据显示，中国电影在国际传播上显然尚处于弱势地位而令
人汗颜，也让我们高度警醒。

此后，每年一卷，都以第三极电影理论开放性的新视野，确立
不同的学术焦点与话题来展开研究与探讨。每一卷，都附有"中国电
影国际影响力全球问卷数据调研"项目，问卷涉及百余个国家，上百
种母语的人群，得到几百万个参考数据，目的是研究中国电影国际
传播的新焦点与新话题。此外，还另辟专栏，选择数位海外电影学
界、业界的专家展开对话，做出"访谈录"，让我们听到不同的声音
而开启新的思路。每年都有海内外三十多家主流媒体对我们的调研
报告进行了大篇幅的报道。并经由美国俄亥俄州立大学推荐，美国
21 世纪桥出版公司（Bridge 21 publications，LLC）于 2015、2016 年
曾出版了本书的英文版。迄今，"银皮书"累计已连续出版了 9 卷，
还将继续编著出版，形成具有历史文献价值的独家观察、独家书系。

在此期间，2013 年，中国文化国际传播研究院与德国 Springer
（斯普林格）科技传媒集团就联合出版英文学术期刊《中国文化国际传
播》（*International Communication of Chinese Culture*）（简称 ICCC）
签署了合作协议。ICCC 是目前国际唯一关于中国文化国际传播的英
文学术期刊，由黄会林担任主编，编委来自中国、美国、英国、法
国、德国等 17 个国家和地区，对稿件进行盲审，以保证质量。目
前，已出版 2014 年 1～2 期（合刊）。2015 年出版了 3 期。2016 年起
每年出版 4 期。

第二，海纳百川：主动融入世界文化多极共融的命运共同体。

中国文化国际传播研究院创意并主办了"第三极文化"国际高端
学术论坛。每年举办一届，采取"请进来"与"走出去"两种论坛形式。

先来说"走出去"，自 2012 年以来，陆续赴美国、法国、俄罗斯、英国、瑞典等国，与南加州大学、洛杉矶大学南加州分校、法国巴黎第八大学、俄罗斯研究院远东战略研究所、牛津大学、瑞典乌普萨拉大学、美国夏威夷大学、希腊雅典大学以及意大利、斯洛文尼亚等的诸多世界知名大学与研究机构主办多届"走出去"国际论坛。每届论坛，围绕不同的学术焦点，与各国权威专家进行文化沟通与思想碰撞，探讨中国文化和中国电影如何有效地进行国际传播，其学术成果已结集出版 9 册《第三极文化论丛》。海外专家称，"走出去"论坛是以近年来少有的中国学者的"豪华阵容"，在海外举办的高水平、高规格的中国文化与中国电影学术论坛。

关于"请进来"，每年十一月，邀请海内外专家相聚国内，围绕中国文化国际传播展开主题演讲与分论坛讨论，每届论坛的学术焦点话题均有所不同。现已连续主办多届。出席的重量级嘉宾来自中外不同领域、不同学科，百余位专家、学者就中国文化的国际传播主题进行热烈的探讨，涉及在历史与未来、经济与文化、政治与文化、东方与西方、中国与世界、传统与当代等不同角度立论，运用历史学、哲学、政治学、文学、心理学、艺术学、传播学等跨学科视角全面地做出解读，最终形成数百篇重量级的学术论文。

与举办国际高层学术论坛相交错，还推出了"看中国·外国青年影像"(纪录短片集萃)年度计划。该项目每年邀请世界电影高等学府在读的优秀青年学子若干名来华，体验中国文化，透过他们的眼睛，对中国的社会现实与民情风俗有了独特而清新的发现，用开放的"中国镜像"来呈现中国文化的古老与时尚、质朴与清新、独特与醒目。他们在中方志愿者一对一配合下，每人拍摄完成一部 10 分钟的纪录短片，以外国青年学子的视角来呈现一段令人赏心悦目的"看中国"故事小品。这样做，就促成了中外青年学子之间跨文化沟通、交流与合作，并有效地提升了中国文化国际传播的影响力。截至 2019 年，中国国际文化传播研究院已组织来自美国、加拿大、英国、法国、意大利、荷兰、格鲁吉亚、印度、新加坡、韩国、以色列、澳大利亚、巴西、阿根廷等 60 多个国家 610 名青年学子，出色完成了

609 部短片，在不同的国际电影节上总共获奖 100 余项。中国国家主席习近平 2015 年 11 月 7 日在新加坡国立大学发表重要演讲时，曾专门提到《看中国》纪录短片项目，对该项目给予了褒扬。

与此同时，每年一届，对于在中国文化国际传播领域做出过杰出贡献的中外学术名家，郑重颁发"文化人物"奖（中、外各一名）。获奖的学者，在颁奖现场与众多的知名学者和在读的莘莘学子对话，分享了他们学术人生的真切体会与心得，引起了国际学术界广泛的关注和良好的反响。

第三，和而不同：不断提升中国电影文化的现代素质与美学境界。

在当今国际化时代大潮里，电影艺术正处在与世界对话最前沿的文化位置。透过一个国家的电影创作及其产业发展之轨迹，恰恰鲜明地昭示了这个国家独特而富于民族主体性的文化原创力及其精神风采。

然而，在国际化大潮里，随着国内与海外主流市场逐渐贯通无阻，中国电影产业及其代表性作品的国际溢出力和美誉度，与我国政治经济总体的国际影响力以及中国国际地位的日益提升显得颇不相称。

衡量一个国家电影产业强弱的标志显然有两个，一是经济上的产值，以高端的电影票房来支撑现代化大工业的再生产；二是文化软实力的拓展，这种软实力，深水静流，温润心田，蕴含着它在现代性人文意涵上对广大中国与外国观众的精神感召力。

不妨以清醒的文化思辨来考量，特别是近十余年间，中国无可回避地融入了国际化的时代潮流。此后，在全球性与本土性之间凸显出一种新的张力关系，但文化流动的方向性，则受到好莱坞霸权的垄断和制约。而在国内市场，由于资本扩张的盲目性，以 GDP 论英雄，随之便形成了所谓的"三厚三薄"现象，即：厚了制作而薄了创作；厚了技术而薄了艺术；厚了市场而薄了人文情怀。自此，"吸金"与"拜金"的思维定式竟代替了艺术创造的主体性。在电影市场繁荣的背面，唯票房马首是瞻，文化浮躁之风竟弥漫不散。

　　文明如水，润物无声。我们必须站在现代文明的高度上，与拜金主义彻底决裂，在人文内涵和底蕴上不断充实自身，将中国式大片锻铸为更具有东方神韵和风骨，也更具有多元风格特色的民族电影品牌，既赢得在本土电影市场上的主体文化优势，同时也跨文化"走出去"，并获得在国际主流电影市场上的民族话语权。如由古装武侠大片《卧虎藏龙》与《英雄》首开其端，继之以文艺片《秋菊打官司》和《霸王别姬》分别首度荣获威尼斯金狮奖与戛纳金棕榈奖。近年间，我们又出品了"新主流"动作大片《战狼》《湄公河行动》与《攀登者》，或为冼星海立传而在银幕上开"一带一路"先河的艺术片《音乐家》，或写小人物生存之悖论暨赎罪的类型片《我不是药神》，再或如《地久天长》，以对小人物家庭悲剧命运的朴素描绘，呈现痛切而纠心的现实主义深度与温度，由此赢得了在柏林电影节上颁发的两座男、女主角（王景春与咏梅）银狮奖。然而，在中国银幕上，能以"人类命运共同体"的思想境界和美学丰采来呈现，并为世界观众所欢迎与喜爱的精品力作毕竟为数尚不多，其国际传播力的提升相对地也受到了一定的局限。

　　随着好莱坞璀璨炫目的镜像奇观风靡全球，凡是具有一定文化判断力的人，自不免会发出这样的质询：在遭遇好莱坞之后，那种早先如影随形、同电影与生俱来的对现实的"渐近线"和"亲和力"，是否正在受到严重的阻隔或削弱，电影艺术家的个性是否正面临着被泯灭的危机，电影的美学品质是否正在被异化而再度沦为娱人声色的杂耍。倘若与中国经济总量现已跃居世界第二"经济实体"来作比较，则当今中国电影产业的业绩及其文化软实力，显然与中国步入世界大国前列的国际地位是不相称的。

　　诚如习近平总书记在2014年10月文艺工作座谈会讲话中指出的，文艺是民族精神的火炬，是时代前进的号角，最能代表一个民族的风貌，最能引领一个时代的风气。当今，为实现我们伟大民族文化的复兴，我们需要葆有一种文化的韧性和定力，锐意拓展我国第三极电影的国际视阈，努力从文化高地向文化高峰攀登，拍出更多不负于我们伟大新时代的优秀作品，并赢得世界更多观众的喜爱与赞誉，从而不断提升中国电影在国际交流上的主体性魅力及其美誉度，让中国电影在国际上独标一格而焕然生辉。

本文首发于《艺术评论》2020 年第 11 期

黄式宪系北京电影学院教授

今天纪念"第三极文化"理论提出的重要现实意义

曾庆瑞

2009 年，北京师范大学黄会林和绍武两位教授提出了"第三极文化"的概念，随后，又建构了并且发展丰富了"第三极文化"的理论体系，还持续不断地用越来越声势浩大的，富有积极成果和深远意义的"看中国"的文化艺术实践活动，检验了"第三极文化"理论的真理属性和它极其有益的实践价值。

看人类社会发展的历史，我们可以认定文明、文化发展的基本趋势和特点。大家知道，地球是人类的发源地，是人类赖以生存和发展的行星。难怪诗人们会常常亲切地把大地比作自己的母亲。地球不仅以它那无尽的宝藏养育着人类，为人类提供生殖繁衍的环境，而且连人类本身也是地球发展到一定阶段的产物。另外，地球有着自己的演化史，也有自己的孕育时期、童年时期、现阶段的青壮年时期。未来的地球也必将走向衰老和死亡。地球总的历史已有 46 亿年，但人类产生才 300 万年左右，人类文明史只有 6000 年左右，只是历史长河中短暂的一瞬间。地球表面面积的 29.2％是陆地，其中，亚欧大陆、非洲大陆、北美洲大陆、南美洲大陆、澳大利亚大陆和南极洲大陆六块，总面积约占陆地的 93％；四周被海水包围的岛屿，总面积约占陆地的 7％。陆地大部分分布于北半球，岛屿多分布于大陆的东岸。陆地表面起伏不平，有山脉、高原、平原、盆地等。

地球上可供人类生存和发展的陆地里，日光空气和水土绿植，还有山川风物环境不同，造就的人类生理心理差异，促成了人类文明和社会物质文化与精神文化的明显区别。从"现代化"这个角度来考察人类文明的历史发展，人类学将人类文明的发展归于几个板块，形成的共识是，人类从蒙昧走向现代文明的历史画卷是——"农业文明兴起于东方""外族入侵与文化交流""工业文明孕育于西方""欠发达国家的现代化"和"高科技革命与人类的变迁"。其中，基于农业的文明首先兴起于东方并且得到发展，于是有了两河流域与苏美尔文明，印度河流域与哈拉巴文明，黄河流域与华夏多元一体文明，尼罗河流域与古埃及文明。与之相对应的工业文明孕育于西方，则经历了从西欧的"黑暗时代"起步，走过一段复杂的历史路途，到工业革命向大西洋两岸传播，工业世界在西方形成，西欧革命和改革向纵深发展，直到 19 世纪最后 30 年的经济发展与西方现代化过程结束，物质文明之花盛开，工业革命的社会影响则表现为现代工业社会的结构与理性时代的思想和文化趋于成熟。我们中国一直用四大文明古国统称世界四大古代文明。这四大文明古国就是古巴比伦、古埃及、古印度和中国，它们实际上对应着世界四大文明发源地，即两河流域、尼罗河流域、恒河流域、黄河流域这四个大型人类文明最早诞生的地区。四大古文明的意义并不在时间的先后，而在于它们是后来诸多文明的发源地，对其所在地区产生了巨大影响。

1993 年夏，美国国际政治研究领域著名学者，哈佛大学阿尔伯特·魏斯赫德三世学院教授，哈佛国际和地区问题研究所所长塞缪尔·亨廷顿，在美国《外交》杂志上发表了《文明的冲突》一文。1996 年，他出版刊行了《文明的冲突与世界秩序的重建》一书。他认为，冷战后，世界格局的决定因素表现为七大文明或八大文明冲突。他说的这七大文明或八大文明是中华文明、日本文明、印度文明、伊斯兰文明、西方文明、东正教文明、拉美文明，还有可能存在的非洲文明。他认为，冷战后的世界，冲突的基本根源不再是意识形态，而是文化方面的差异，主宰全球的将是"文明的冲突"。随后，此人此书主张的"文明冲突论"随即在学界引起了轩然大波，直到现在，围绕这个理论的争论从未停止。体现在现代社会实践上，西方政治家和社会活动家，还有思想家和理论家，一直都说他们的基督文明跟伊斯兰文明根本上是冲突的，矛盾是不可调和的，一直都在于，他们不是凭着他们理念、价值或宗教的优越，而是靠着更有能力运用有组织的国家暴力成为这世界的赢家。西方人经常不承认并且忘记这一事实。

其实，人类历史进程业已表明，真正的人类文明不会冲突，不应该冲突，也不曾因为文明的不同或者差异发生过根本性的冲突。以往的所有不同文明之间的冲突，都缘起于那些文明世界里的一些人，或者说一种社会力量，一种社会阶级的利益攫取，跟反对这种攫取必然引起的冲突。同一个文明体内部为什么也会发生利益的激烈争夺，以至于这种争夺会演化为社会冲突最极端的形态战争，道理就在这里。如果用宗教文明来表述文明的冲突，更不能成立。要是把邪教摒除在外，将宗教文化、宗教哲学为基础的教旨，定位在"劝人向善，教人行善"，我们就可以说，人类社会里，是文明，就不应该冲突。

亨廷顿之前，亨廷顿其时，亨廷顿之后的现在，西方社会总有人祭出"文明冲突论"的大旗，不停顿地打了一场又一场的热战和冷战。

当下，一场规模空前的冷战，伴随着热战的实际威胁，又摆在人们面前了。新冠肺炎疫情暴发以来，经济发展遭遇了空前的危机。就在这样严峻的形势下，伴随着全球性的灾难，一个不成文的，却在政治家们治国方略中一再运用过的政治法则——用对外战争转移国内矛盾，又被西方一些政治人物摆上了祭坛。伴随着战争威胁的冷战阴云，游荡在这个地球的上空了。

这时候，在国家做好充分的应对准备的同时，在文化上，这"第三极"就显出了自身的理论价值，显出了它在跨文化传播中的实践意义了。

　　我们可以预期的是：

　　"第三极文化"要大力弘扬一种学说，向世人阐释清楚，"第三极文化"的确是相对于比喻为"北极"的欧洲文化和比喻为"南极"的美国文化，而自譬喻为"珠穆朗玛峰一极"的中国文化，这不是要和欧洲文化、美国文化相对立，相抗衡，更不是要在文化范畴和领域里争夺世界的中心地位、领袖身份，或者说话语权的霸主身份和权势。当今世界，这三个"极"性文化组成了文化的三大中心板块，积淀的是此前世界文化发展的成就，传承的是此前世界文化发展的格局，彰显的是当今世界的文化风貌，预告的是在今后一个历史时期内世界文化的发展进程和可以预见的历史走向。这也就是本文开篇就说到过的地球上的人类文明文化发展态势的现代化呈现。它是历史发展状态的合乎规律的新阶段新高度的再一轮呈现。不以人的意志为转移，不是人凭空想要建立就能建立，想要消灭就能消灭的一种文化。这种现象是合乎地球上人类社会文明、文化发展规律的现象。

　　"第三极文化"要大力张扬一种文化立场和文化姿态。既然我们标举"三极"文化和"第三极文化"的提出是世界文化史和人类文明史的一个新坐标、新界碑，具有鲜明的时代指向和紧迫的现实意义，我们就需要让世界所有的人坚信不疑，这样一种文化，是中国的和平崛起在文化上的一个标志，中华民族伟大复兴的文化体现。它参与今天全世界的跨文化传播，绝不带有侵略和扩张的目的和企图，绝不损害别的文化的利益，绝不称霸。在跨文化传播中，"第三极文化"的指针、路标和途径，都是由一个文化理想、文化追求所规定所制约的。这就是——哲学上的"和而不同""求同存异"；美学上的"美人之美，各美其美，美美与共，天下大同"；还有政治上的"世界大同""环球同此凉热""人类命运共同体"等。

　　和这一点相关，"第三极文化"要大力主张一种积极的现实的跨文化传播的现实方略，就是向世界表明，在眼下新冠肺炎疫情仍在肆虐，形势十分严峻的情况下，特别是对于疫情严重、经济困难的国家和地区，我们的文化愿意和世人共克时艰，伸出援手，一起渡过难关。

当然，我们的"第三极文化"也还需要对亨廷顿的"文明冲突论"展开认真的学术辩证，用必要而又充分的依据辩证地论说，"是文明，就不该冲突"的一种理论，一种逻辑，一种哲学。

事实上，这位美国教授的"文明冲突论"是可以质疑的。

大家知道，古代四大文明，就曾经有过很好的交汇和融合。我国著名学者季羡林先生1986年在当时的《红旗》杂志第3期上发表文章指出，中国、印度、希腊、伊斯兰这四个历史悠久、地域广阔、自成体系、影响深远的文化体系，曾经汇流在一个地方，就是中国的敦煌和新疆地区。这种交汇，起源于我国西汉时期汉武帝时代的西域凿空，它东起长安，经新疆到达中亚、西亚，并连接地中海沿岸各国，几乎是古代亚欧大陆诸文明的唯一交流通道，而新疆和敦煌便处于丝绸之路的必经之路。这种交汇和融合的结果，带来了丝绸之路文化和敦煌莫高窟艺术的高度发展和繁荣，大大造福于这个世界的很多地区和人们。

事实上，我们都还承认，对于我们居住的这个地球，还有很多不知道不认识的东西。虽然，我今年84岁了，但我在西藏回来写的66篇微信日记的"结束篇"里说了，要争取有机会再去一趟，一定要去看看神秘的冈仁波齐峰，哪怕只是远远地看它一眼。

回到今天论坛的主题上来，我觉得，所有这一类有关"人类文明"的话题，包括理论话题和逻辑、哲学命题，都还需要北京师范大学的中国文化国际传播研究院进一步发挥理论研究和国际传播实践的优势，更加开阔思路，更上一层楼。比如，一年一度的国际论坛，可以设计好具有理论创新的学术价值和现实意义都丰富的论题。无论是线下的聚集，还是线上的云说，都不妨设定为类似"疫情严峻形势下的跨文化传播"的论题。当然，当条件具备时，这个论坛还可以设定"亨廷顿的'文明冲突论'的是是非非"一类的议题，并且在此基础上组织专题的学术研究，聚集中外专家学者，著书立说，发表出版专门的具有学科建设意义的理论研究成果，跟亨廷顿教授认真地探讨一下，或者说"争鸣"一下。

　　还有就是一年一批的"看中国"实践活动，各种各样题材的《看中国》小电影作品，还可以有研究院更多的介入，引导一些参与者，用作品来形象地也比较系统地说明"第三极文化"的理论蕴含和学术价值。自然，这需要很好的艺术策划和创作。

　　理所当然地，我们需要坚守自己的文化立场和文化品格，依然是，面对强势文化的包围，甚至于损坏，直到侵略，我们既不妄自尊大，又不妄自菲薄，决不忽视中国文化的优良传统和自我更新能力，一定要在全球意识的观照下，坚守自己，充实自己，保卫自己，发展和壮大自己，以求对新时代的多元文化的和谐发展做出自己的贡献。

曾庆瑞系中国传媒大学教授

关于"第三极文化"时代性的几点思考

齐鸣秋

进入 21 世纪以来，我国在参与世界经济一体化、国际贸易全球化和对外文化交流方面，其话语权和影响力已经成了主导力量之一。黄会林先生将中华文化比喻为第三极文化，非常形象和恰当。极有不同角度的理解，物理角度有"南极""北极"。极也有极限的含义，从海拔高度看青藏高原和珠穆朗玛是世界的屋脊，极也有屋脊的含义。黄会林先生说：欧洲文化和美国文化算两极，中华文化是第三极。中华文化作为全球主体文化之一，必然会对全球文化起到广泛的影响。在 21 世纪的今天，世界格局发生了巨大的变化，这种变化在未来的十年还将继续延续。中华文化在未来的格局中将会起到哪些作用，以及我们以怎样的方式去弘扬中华文化的主体性，须应时代发展不断地提出新的课题。

今年是黄先生创立"第三极文化"理论十周年，也是"看中国"对外文化交流项目十周年，同时是中国文化国际传播研究院成立十周年，在这个特殊的时间节点，我们回顾过去，总结经验，思考未来中华文化的主体性具有重要的现实意义。

中华文明几千年的悠久历史中，积淀了取之不尽的文化资源和博大精深的哲学思想。其中"天人合一"的思想，告诫我们应当怎样与大自然相处。"和谐共生"思想，指导我们以什么方式处理国际事务和各国关系。"格物致知""知行合一"思想，对于指导当今科学发展和探索未来提供了认识论和方法论。"和而不同"思想，对于各国的文化沟通、思想融通、和平共处、求同存异提供了正确科学的指导路线。以上这些哲学思想对于我国的经济转型、社会发展和文化发展都具有十分重要的现实意义。

我国经济的发展模式将从高速度向高质量转型。提高经济发展的质量，和进一步提高国家的自主创新能力，其突破口并不在经济本身，而是在文化之上。只有文化软实力的提升，才能根本解决经济发展的质量问题和提高国家的自主创新能力。这是因为，在新一轮的发展中，文化软实力将对国家的发展起着决定性的作用，包括经济发展方式的转变也有赖于文化软实力的提升。在文化软实力方面我们同样遇到了转型期，时代的发展和人们文化需求的多元化，迫切要求处理好继承和创新的关系，解决好发扬中华优秀文化与时代相结合的问题。虽然文化的继承十分重要，没有继承就失去了"根"，但文化的发展离不开时代性，离开了时代性就会失去生命力。

一、中华文化的时代性应当成为当代文化的主旋律

"第三极文化"是与时俱进的文化。汤一介先生称之为"返本开新"。建设第三极文化需要沉下心来探究中国文化的源与流及其深厚底蕴与内涵；需要深入中国丰富的现实生活重新阐释文化造就历史，以中国人的智慧眼光，看中国、看欧美、看世界，深刻揭示现代人的思想和灵魂，追求艺术的极致，这是我们的一份使命与担当。

文化的发展与社会的变革相生相伴，中华文化的主体性应当和时代的发展、中国的崛起相适应。历史需要回顾和传承，但切记不能生搬硬套。中华文化的发展从来都是与时俱进的，从秦汉文化、魏晋文化、隋唐文化、宋元文化、明清文化，抗战文化、建国文化

到改革开放时期文化。每个时期无不与时代相结合，没有一个历史时期与文化的时代性相脱离。我们恰恰是跟随着时代的节奏和变迁，紧密结合着社会发展和人们生活方式的变化，及时吸取着时代的人文营养，在扬弃的基础上创造出与时代发展相适应，受到人民所喜爱的文化作品，并使之成为具有区别于其他时代特点的文化符号和文化特性。以上规律在社会和经济繁荣时期以及与之相呼应的文化昌盛时期尤为明显。比如盛唐文化与贞观之治，是中华文明的一大发展高峰。

改革开放 40 年以来，我国在政治、经济、社会、文化等领域取得了长足的发展，由一个贫穷落后的国家，一跃成了世界第二大经济体和第一制造大国。中国制造遍布于食品加工、轻纺工业、重大工程、高速铁路、大型机械制造、造船工业、汽车工业；并在航天航空、精密仪器、北斗导航、核工业等方面迅速地拉近并赶超了发达国家的水平。经济的发展必然带来人民生活水平的大幅提升，人们正在从温饱型转向小康型，按照马斯洛的需求理论，人们的需求已经从物质需求向物质和精神双重需求转变。尽管我们在文化领域有了长足的发展，在图书出版、电影、电视剧和各类戏剧的创作、文化旅游事业、人文交流以及非物质文化遗产的保护和开发等方面都取得了显著的发展，但是和经济建设相比相对滞后，与经济实力居于世界第二大经济体地位不相匹配，文化实力偏弱。从文化贸易来看，目前世界文化市场份额，美国占 43％，欧盟占 34％，亚太地区占 19％；在亚太地区所占份额中，日本占 10％，韩国占 5％，中国和其他亚太国家仅占 4％；从这些数字对比不难看出，文化建设不仅和发达国家有明显的差距，而且与我们的经济地位相差很大。其中，主要原因是文化的发展滞后于经济建设，文化的发展与时代的发展不匹配。仅从电影和电视剧的角度看，近代历史性题材和战争性题材远多于反映新时代经济建设、社会发展和人民大众生活变化的题材。现代化文化题材挖掘相对较弱，势必会削弱中华文化的引领性和时代性。

文化发展的另一方面是时代的特征性。比如北宋和南宋时期的文化在继承唐代文化的基础上同样表现出了与时俱进的时代特征。宋词的出现，其灵活性和形式的多样性更为符合当时人们抒发情感的特点。因此，深入研究魏晋时期、盛唐时期、宋明时期和其他不同时期文化发展的时代特征性，对于指导当今中华文化在世界中的主体影响具有重要的意义。

每一个时期都有每一个时期的文化语言和文化特征，近代、现代和当代的文化特征也有明显区别。比如，战争年代有战争年代的文化特征和时代语言，和平时期有和平时期的文化特征。近 40 年来我国改革开放时期的经济腾飞和巨大社会变化，具有鲜明的时代特征，文化的时代性应当抓住当代文化特征做文章。通过电影、电视剧、小说等多样化的文化艺术及时充分展示出改革开放时期中华文化鲜明的时代特征，对于继承和发扬中华文化的主体性，尤其是对于中华当代文化的创新性具有极为重要的时代意义。

继承优秀的文化不是简单地复制或照葫芦画瓢。继承是在本源的基础上追求开新，开新是对中华文化本源的发扬光大。关于开新或创新是和时代密不可分的。没有开新的继承就是简单的复制。开新和创新源自新生活、源自新时代。任何脱离时代、脱离社会发展、脱离人民大众生活的创新，就会成为无源之水、无本之木。比如，电视剧制作方面的逐利心理，导致急功近利的粗制滥造，情节的简单罗列。还有些生搬硬套的古装戏剧就好像一个活化石在舞台上的复活，从上到下带着陈腐之气，既与社会的发展相脱节，又出现了老年人不爱看、中年人不想看、青年人不喜欢看的现象。

另外，改革开放的 40 年是中华民族崛起的重要里程碑。伟大的社会变革为中华文化提供了空前的发展空间和丰富的题材。40 年来在各行各业涌现出层出不穷的可歌可泣的人物，他们在创造着中国速度、中国模式、中国制造。伟大的时代呼唤着文化的繁荣，文化的时代性需要文化工作者深入挖掘奋斗在工业、农业、文化、教育、科技、医疗和服务等各个领域的感人事迹，深度挖掘各个群体鲜活的现实文化题材。多元化多角度解读提炼在改革开放伟大实践中精益求精的工匠文化，自强不息的民族精神，厚德载物的人文情怀。

通过反映社会进步和百姓生活的鲜活事迹，感人的故事，朴实的场景和生动的情节，文化艺术作品走近百姓，打动人心，启迪灵魂。中华文化的发展与时代进步相呼应，从而创造出中华民族崛起的时代文化符号、时代文化精神。

二、提升大众文化水平是中华文化时代性的重要使命

在实现中华民族的伟大复兴中国梦的进程中，中华文化主体国际影响力的提升必然占有重要位置。中华文化的提升不仅是各个方面的文化提升，而且更重要的是大众文化素质的普遍提升。

1. 发展大众文化，全面提升大众文化素质是中华文化的时代要求

中国特色社会主义文化建设主旨是为人民服务的，通俗地讲就是为大众服务的。文化只有服务于大众、根植于大众，才能落地生根。从这个角度看，中华文化的主体性应当紧密结合当代的社会、经济和人们生活方式而转变，把注意力转移到高度关注提升国民大众文化素质上来。习近平总书记在党的十九大报告中指出："从2020年到2035年，在全面建成小康社会的基础上，再奋斗15年，基本实现社会主义现代化。从2035年到本世纪中叶，在基本实现现代化的基础上，再奋斗15年，把我国建成富强民主文明和谐美丽的社会主义现代化强国。"在习近平总书记的讲话中特别提到的民主、文明、和谐、美丽这几个关键词都指向了精神文明建设。

随着人均收入普遍提高，文化消费的比重会越来越大。从国家长远规划看，文化建设的比重也会越来越大。在未来的10年到15年，大众文化消费将成为我国文化产业发展强大的内生动力。从国民经济总量看，文化产业在国民生产总值和对外贸易中占比偏低，在国内外消费双循环中存在着巨大的增长空间。为此，重视大众文化发展，提升整体国民文化素质，关注大众文化消费水平，推动文化产业转型升级，将成为当代文化产业的重要特点，大众文化水平的普遍提升必将影响到中华文化主体的整体走向。

2. 大众公共文化素质的养成是中华文化的基础建设

当前大众文化素质提升重点应放在大众公共文化意识上，因为大众公共文化意识直接关系到中华民族的对外形象。大众文化意识不仅仅是阅读、娱乐和各类文化性的消费活动，更重要的是基础素质的养成和基本修养的提升。民族整体素质属于人们精神层面的部分，属于文化的基础层面。人们的基本素质提升是中华文化打基础利长远的艰巨的工程，对于和谐社会建设将起到基础建设的重要作用。

3. 大众公共意识的建设重点应放在外部的硬约束和文化的软约束以及个体的自律意识上

这些年节假日文化消费的拉动，出国旅游成了节假日文化生活的重要内容。越来越多的人走出国门，走出家门，走向社会，走向国际，从个体消费走向群体消费。当大众群体走出国门的时候，我们也同时发现我们的国民整体文化素质还有很多需要提升的空间。大众公共道德意识培养是我们在新时期遇到的新问题。其中首要解决的是公共文化意识的提升和公共文化道德的遵守。公共文化意识是人们进入社会走向人与人交流的基本要求。

我国是历史悠久的文明古国，几千年来创造了灿烂的文化，形成了高尚的道德准则、完整的礼仪规范，被世人称为"文明古国""礼仪之邦"。但我们也必须看到我国经历了相当长的计划经济的封闭和半封闭时期，我国的经济结构也是经历了从自给自足的小农经济、手工业经济、工业经济到现代化经济的若干阶段。我国长期封闭式的发展方式导致了人们公共文化意识相对偏弱。具体表现在，在餐厅里大说大笑，在公共场合大声喧哗，在大街上随地吐痰和乱丢垃圾，在驾驶汽车时随意并线、抢道超车、高声鸣笛以及大妈们在国内外不分场合地跳广场舞等。这些现象对于普通百姓而言似乎不以为然，但会直接影响到国人在对外交往中的形象，进而影响到其他民族对中华民族总体文化素养的评价。

大众公共文化意识的养成是从自律到自觉的过程，中华民族公共文化意识的建设关系到国家对外形象，是提升中华文化主体形象的重要工程，是中华民族走向高度文明的必经之路。在大众公共文化素质培养过程中，中华主体文化的引领作用至关重要。

随着社会主义精神文明建设的深入，人们的社会道德风尚正在发生着变化，我们经常从电视上看到在路边、在飞机上、在火车里对于心脏骤停病人的救死扶伤的故事。尤其是在今年洪水泛滥的季节，奋斗在抗洪抢险一线的干部、战士们舍己救人的事迹。我们相信在全社会的共同努力下，随着中华主体文化影响力的提升，一定会将以上这些在电视上宣传的少数人的先进事迹转化成为大众的普遍行为。

三、诚信文化建设是中华文化建设的重要基础

继承传统的优秀文化，实现传统诚信文化与现代诚信文化相结合，是中华文化时代性的一个十分重要的任务。习近平总书记强调诚信在和谐社会中的重要地位，他指出："诚信是和谐社会的基石和重要特征。"孔子说："民无信不立。"《论语》有言："人而无信，不知其可也。"墨子说："言不信者，行不果。"《管子·枢言》："诚信者，天下之结也。"孟子说："诚者，天之道也；思诚者，人之道也。"韩非子说："小信成则大信立。"可见我们的先贤哲人对于诚信的认知已经达到了成大事、立民生、和天下的境界。中国古人的诚信理念体现了他们对美好社会的向往和追求，其合理因素对当今社会仍然具有积极意义。明代薛瑄说："惟诚可以破天下之伪，惟实可以破天下之虚。"

现代诚信文化仍然需要汲取古代诚信文化之精华。但它在汲取时就需要挣脱当时社会狭隘的人际关系，去面对广泛性、多元化、多层次、快节奏的现代社会关系。需要对传统的诚信文化内涵予以扩展补充，使之与现代化的诚信文化建设相适应。

在改革开放和社会主义市场经济条件下，我国的社会结构从单一农业结构发展到了农业、工业、商业、贸易、文化、医疗、教育

等多领域。人们的交往从熟人交往，转变为与陌生人、合作者、贸易伙伴的交往。随着全球贸易一体化，机构与机构、企业与企业、团体与团体、国家与国家的交往日益密切，诚信在社会交往中发挥着越来越重要的作用。二是在我国城乡之间、地区之间的发展不平衡、企业之间的竞争激烈、人与人之间的贫富差距大，市场经济的逐利心理和行为，在社会上出现了各种各样的违约、毁约、失信行为。法治监管和建设的不完备，催生了投机商人、假冒伪劣产品、社会欺诈和行骗的社会现象。三是失信问题对于社会的危害，对于企业的危害不可小觑。在计划经济和行政性审批尚未退出历史舞台之前，既容易产生权力寻租的腐败环境，又容易滋生不法企业以非法手段获取利益的投机心理。

企业的不守法不诚信的各种行为必然表现在产品上以次充好，假冒伪劣、盗版软件扫之不尽、豆腐渣工程以及电信欺诈和信用欺诈的现象。上述这些失信现象，对于企业的形象和品牌形象是十分有害的。这些急功近利的失信行为就像病毒一样损毁着企业的形象，伤害着消费者的利益，损害着国家的对外形象。

对于诚信文化认识的深刻与否，表现出一个民族文明程度的高低。大众诚信文化是由每一个个体，每一个企业，每一个机构的诚信组成的。每一个个体诚信文化的表现决定着全社会诚信文化的水平。

成功的企业对待诚信就像爱护自己的眼睛和生命一样重要，而失信企业对于诚信文化如同儿戏般的随意戏谑，比如，三聚氰胺奶粉事件。

对企业的生存起决定作用的是产品品牌的知名度。品牌的维护是靠对用户的忠诚信誉完成的。产业结构要实现从规模型向集约型转变，产品质量从低质粗劣向高品质、高可靠型转变就必须要过诚信这道关。

我国虽然成了全球第一制造大国，但并不是制造业的强国，属于我们的民族品牌在国际上获得影响力的有多少呢？从轻工业的化妆品、护肤品、服装和鞋帽到机械制造业的汽车，再到精密制造业的手表、电脑、照相机等知名品牌几乎被发达国家所垄断。这不能不反映出我们对企业品牌认知出现了偏差。没有知名品牌支撑的现代化工业很难成为经济强国。

诚信文化是最基础的文化，也是决定国家命运和民族前途的关键性因素。诚信是社会道德素养提升的必然要求。社会越是发展就越需要社会成员之间以诚相待，信任度是人类文明进步的标尺，社会越是相互信任文明程度也越高。中国特色社会主义进入新时代，对诚信应该提出更高的要求、更新的内涵，必须把诚信要求放在更加重要的位置上加以考虑。失信成本太低的问题必须加以解决，在失信的基础上任何美德言行都是不可靠的，也就是说，没有诚信其他道德都是不可靠的。当前我们面临的社会一大问题是个人诚信、企业诚信缺失的问题。全面系统梳理诚信问题，找出失信因素的内在原因并以法治进行硬约束，以监管实施规范化，以诚信文化建设予以引导将成为我们社会结构转型中的重要任务，也是中华文化时代性的重要课题。

齐鸣秋系中国宋庆龄基金会原党组书记兼常务副主席

在今日世界，文化何为——黄会林教授"第三极文化"学说的理论建树及其现代实践

丁亚平

  "第三极文化"理论有三个方向，一个是现在时，一个是过去时，和历史连接，还有一个是对世界文明和文化的共同体想象，充满不竭创造力的实践感和未来意义。今日世界经济、政治和社会发展趋势包含一目了然的同和异、动荡和未定性，文明和文化价值选择与重点观察、思考，亟须有能力的文化观察者的理论建设和突破。黄会林教授作为当代文化理论与实践的重要参与者和领头人，始终保有赤子之心，执着传统文化、文化理论和影视学研究，格外富有活力与朝气，从事文化事业和教学研究工作多年，深谙中国文化与艺术发展过程。"第三极文化"学说的提出与理论思考，对传承发展文化、文明，思考艺术、影视，包括对文化、艺术的形态研究、发展研究具有开创意义。

一、"第三极文化"：理论建树与精神符码

  "第三极文化"的学说最初发表于 10 年前，该理论将世界和中国文化自身系统内部的范畴、历

史、文化遗产等最为突出和最有代表性的内容作为精神符码，从多个角度有系统、有层次地给予了新的分析。首先，"第三极文化"学说高屋建瓴，强调文化与文化价值与重点的回归。依据世界文明及文化发展的现实境况，"第三极文化"学说将文化划分为三种形态——欧洲文化形态、美国文化形态和中国文化形态。以此为基础，"第三极文化"理论把形态作为文化和文明认识的关键，从形态着手，由器而道、由表及里、由外而内地深化对当今世界多元文化的研究。黄会林教授从不同的角度对这三种形态进行了文化观照，对文化的诸构成要素进行深度解析，如直接构成要素艺术、文化、主体、价值、精神、空间、资源，又如间接构成要素，包括文化发展中的历史、时空、民族、族群、地域等，以区分出其中细微的差别，针对当前世界文化格局提出历史反思和战略性发展构想，同时着眼于肯定中国文化的独立传统和探索文化复兴之路。

　　其次，由历史的维度，在深入研究现代世界文化与世界文明的历史变革的基础上，从文化多样性与话语权、他者眼光，提出文化变革/文化革命的普遍的理论概念并努力将其结晶化。黄会林教授认为，现代世界文化发展基本上可以分成三次变革：第一次变革是18—19世纪的工业革命，其基本特点是机器工业生产方式、从田园到城市的转化、现代媒介与大众文化的兴起。第二次变革是20世纪的信息革命，其基本特点是信息化生存、白领取代蓝领成为主流生产方式，都市病蔓延、人类集体问题频现，贸易战争替代军事掠夺，大众媒介参与社会发展、人类生存的水平提高，同时为物质发展付出惨痛代价，灾难不再是局部的、个体的，而是全球的、整体的——地球变暖、能源危机、核武器、流行病……知识的发达与智慧的贫困并存，物质的发达与心灵的贫困同在。第三次变革是21世纪的文化革命，将带来"心灵时代"，这是人类面临的一次机遇。地球需要聚集全部的智慧来应对集体危机，每一个民族、每一种文明都需要文化反思，为人类发展找到一条真正的和谐之路，即人类与自然的和谐、心灵与身体的和谐、物质与精神的和谐。"第三极文化"就是对前两次变革中文化形态的反思与修正。从人类的文化，也许可以分成不同的历史文化形态，但世界文明与现实的发展，作为工业文明的产物，最终需要实现文化超越，因此，才能如哲人所说，"旧染既除，新机重启，扩大恢张"，"别创空前之局"。

再次，"第三极文化"理论，认为世界文明与发展形态、格局存在差异，但又并未将三者截然分开，更多的是将三者看成是世界文明发展、文化遗产与现实建构的整个系统，指涉人类命运共同体的丰富内涵。在三者之中，中国文化无疑具有强大文化根基和生命力。而它必须接受改造和创新，需要文明传承发展中不断探索文化复兴之路。作为独立于其他二极之外的另一极，"它不断吸收世界先进文化，走自己的路"，这样的论断，避免了在讨论的时候将诸要素进行简单的叠加或对立，既探讨了作为载体的形态，又揭示了形态背后所蕴含的深层次文化内蕴，尤其是深入到文化的肌里层面，探讨文化的本体性和历时性特征，从而在本质上把握文化与文明的内在规律。文化和文明选择与建构，有竞争、有平衡，但是，世界文明和文化的主体性的冲突和融合，有其连续性，同时也是完整的生命体。

最后，黄会林教授以一种辩证统一的研究思路，以理论与创作结合为依托，揭示文化多样性构成的内在原理以及发展演化的规律，并认为文化与文明、传统文化与文化多样性、物质文化和非物质文化相互依存，缺一不可，唯其如此，才能让中国文化在当今世界之中焕发出时代的活力。

与此同时，"第三极文化"理论还对文化形态与发展研究提供了方法论上的指导，这对于文化作为艺术学门类中的学科的建设、整合资源和研究以及具体的影视学研究，都有强烈的指导意义。

综上所述，"第三极文化"学说体大思精，指涉世界文明的历史与现实发展和中国文化主体性选择与表征，建构了一整套文化与文明形态及发展研究的系统。

二、"第三极文化"学说作为现代实践的现实针对性及意义

一是"第三极文化"学说对世界文化和和平有着真正的贡献。现在世界上并不安宁，新冷战思维频现，少数极端因素与势力没少推动世界的分裂。有的文化思考和判断是西方甚至首先是美国这样的西方大国的特殊意识形态工具。所有这些似乎都有些混乱、混沌的，极其令人困惑。中国文化选择、中国发展道路，在坚持民族文化主体性基础上，根据时代和社会发展需要，吸收、借鉴、融合，并形成有中国特色与世界文明发展融合意义的资源、路径和方案，意义重大。

二是作为生命有机体，"第三极文化"注重文化各部分之间的关联，将文化作为各要素之间的强关联因素，以达到对其他结构化因子的整合。这是有意义的。"第三极文化"理论总结的中国文化的每一条，在将来、未来，更深具启迪智慧和开创性。

三是"第三极文化"新论述，意在推动世界文明、文化不断发展和创新，有选择和位移，有比较与辨别，有鉴别和吸收，在不同的位置意识与参照系之下穿过棱镜，显然拓展了思考与选择的空间。该学说的提出和研究首先是对形态要素、历史要素进行总体把握，对形态的构成、表达、分类做介绍与梳理，并给予充分的理论阐释和历史分析。其次，在民族文化主体性的观照之下，在中国文化形态、视阈与内涵中，牢牢抓住结构性概念，在横向层面深入分析其文化特质。最后，又纵向地分别分析了艺术、价值、传播这些文化与文明"知行合一"的直接构成要素，即对文化的形态研究发展研究遵循了总体观照、横向、纵向的内在逻辑与"与时俱进"的实在性特征。

四是黄会林教授的研究与写作整体架构合理且严谨，非常具有条理性，无论大论题还是小论题，是长篇论文还是深度访谈，都有清晰阐述与辨析，使得学说的论述具有论述的逻辑性与实践感。更

重要的是，"第三极文化"溢出影视等单一性学术思考的边框，从这里人们看到了很多在单一学科发展或学术研究中触及不到思考不了或学不到的东西。

三、黄会林教授："革命人永远是年轻"与为天下立言

了解黄会林教授的人都知道，近十年来"第三极文化"理论的思考与持续论述，是这位备受人尊敬和爱戴的学界大家的"新关切"。这个理论学说及其意义，学界很多人都做了分析，对于我的一孔之论数年前写过一篇文章，新的体会认知已在本文中概述如前。不过，我还想说的是，黄会林教授的多方面的学术与多维度的实践，涵盖理论、文学、戏剧、电影、电视等，不仅对戏剧影视等艺术的研究做了丰富的论述，而且参加、组织、策划了很多创作与实践的文化艺术的实际工作，也融合、接续提出了文化、艺术、学科体系建设的多方面的思路和观点，取得了卓越成就。她视野开阔，成果丰硕，使得她的这个新关切，与她一再重复着的图画基底的矩形区域直接相联，这不仅使之具有厚重的理论价值，而且具有实践的意义。

认识黄会林教授将近四十年，她是我们大家尊敬的前辈，勉励我。遥想当年读研究生的第一个学期，即在导师的安排下听了她的严谨、扎实而又生动的专业课，毕业时，还在黄会林教授的组织、主持下，参加北京师范大学的硕士学位论文答辩，顺利通过答辩，获得了北京师范大学硕士学位。在听课和长期接触的过程中，从黄老师身上感受到温暖而不竭的力量与激情，感受到学术的魅力和精神风貌，也感受到生命的美好与辽阔。黄会林教授早年投笔从戎，不爱红装爱武装，英姿飒爽，跨过鸭绿江，奔赴朝鲜战场。从此以后，她做事仿佛都由此产生强有力的自信和勇气。2020 年也适逢抗美援朝七十周年，我在心里向她致以崇高的敬意和诚挚的祝福的同时，也不由想到，她那美好、宽阔、不变、负责、谦虚的心灵，来自她从青年时期树立的信念、信仰，来自对祖国、人民的爱，来自

那对特定年代联系着边缘和结构性的实在世界的深在思虑与责任担当。"革命人永远是年轻"，黄老师身上的沛然不竭的生命力和创造力，与她紧握着的手中的笔，与她为天下立言的基本关切，都有着深刻连续性。有的学说或理论假想，或受环境影响，或受资本和政治运作左右，失去了独立存在的当下和未来意义。但是，"第三极文化"及理论的不倦探索，会铭刻于中国和世界文化史文明史，作为共同书写，受到越来越多人的重视，在硕果累累和繁花锦簇中，继续见证辉煌。

丁亚平系中国艺术研究院影视研究所所长、研究员

十年磨一剑："第三极文化"理论的学术贡献

孟　建

黄会林教授提出"第三极文化"理论已经整整十年了。"第三极文化"理论是黄会林教授理论体系中最具独创性和影响力的理论。该理论是一种文化学理论，是阐释中国与世界其他文化多元共存格局的一种文化学中的文化发展理论。就黄会林教授十年前的"理论原点"而言，该理论的核心内涵是指，当今世界文化呈现多元并存格局，每一种文化都应该得到公平独立的发展。十年磨一剑，黄会林教授耄耋之年，不但提出了这一理论，坚守了这一理论，而且发展了这一理论，这是何等的不易。当下，这一理论正在成为中国特色社会主义文化理论体系中的有机组成部分。我以为，黄会林教授的"第三极文化"理论，有着以下三个方面的重要学术贡献。

一、阐明了文明发展的多元逻辑

黄会林教授在十年前提出"第三极文化"理论时，就十分鲜明地指出，应当承认并尊重文化的多样性，并正视世界文化多样但不平衡的现实格局。因此，要尊重和促进世界文化多样性，实现人类的文化沟通。英国哲学家伯特兰·罗素在《中国问题》一书中言道："不同文明的接触，以往常常成为人类进步的里程碑。"21世纪的人类文明在国际化、多元化、网络化的洪潮中更加紧密地接触着，在不断地碰撞和交流中，应对危机，共谋发展。英国历史学家阿诺德·汤因比把6000年的人类历史划分为21个成熟的文明，而美国的塞缪尔·亨廷顿等学者根据地理空间和历史发展将第二次世界大战后的人类文明分为七大或八大文明：中华文明、日本文明、印度文明、伊斯兰文明、西方文明、东正教文明、拉美文明，以及非洲文明。这些文明在发展中相互影响、相互交融。文明之间的冲突和融合在历史长河中从来就没有中止过，世界文明在近现代历经劫难，各个国家、各个民族、各种文明之间意识到需要加强对话和交流、互相借鉴有益经验、共同应对各种危机与挑战、寻求快速发展与共同进步之路。

文艺批评家朱丽叶·克里斯托娃用"多元逻辑"来描述语言活动的主体在产生的过程中一直处于他者的否定性割裂中，一元逻辑和异质逻辑的持续对话是意义生成的历史过程。文明的发展也处于类似的多元逻辑中，没有任何一种文明从产生之初就维系其一元的独立性而发展到今天。中华文明的发展历史更是典型的例证。华夏几千年文明始于不同部落文明的冲突和融合，这也是炎黄子孙称谓的由来，封建帝国的统一与更迭伴随着与周边民族的战争和交流，丝绸之路也随之形成。中国本身的多民族融合与统一、少数民族夺取政权的历史也是不同文明碰撞与交流的历史。近代西方文明的强行侵入，一方面，给我们民族带来痛苦的回忆，另一方面，也让我们明白，维持文明的一元逻辑是行不通的。中华文明被众多学者称为"儒家文明"，但今天我们的儒家文明与千年前的儒家文明已经大有不同，今天的儒家文明是中国多民族文明兼收并蓄、融合发展，汲取了马克思主义，借鉴了西方现代文明的结合体。在多元逻辑的对话中，旧的传统吸收了他者文明的成分形成新的传统，由此推动历史的进程。中华文明的快速重新崛起正是中华民族在文明的多元逻辑中适时地传承与否定、变革与发扬的结果。

习近平主席 2014 年在联合国教科文组织总部的演讲中提出，"人们希望通过文明交流、平等教育、普及科学，消除隔阂、偏见、仇视，播撒和平理念的种子……第一，文明是多彩的，人类文明因多样才有交流互鉴的价值……第二，文明是平等的，人类文明因平等才有交流互鉴的前提……第三，文明是包容的，人类文明因包容才有交流互鉴的动力"。这代表了中国对文明交流的基本态度。"让文明交流互鉴成为增进各国人民友谊的桥梁、推动人类社会进步的动力、维护世界和平的纽带"是中国改革开放以来的一贯主张。

二、凸显了文明对话的历史必然

全球文明社会如何发展，全球文化体系如何建构，首先是要解决不同文明间的对话问题。英国历史学家迈克尔·罗伯斯 1976 年在《哈钦森世界历史》一书中将文明解释为"所收多于年耗，温饱之民喜有积余，于是谋生之外，复有创造。创造的方法各异，品用不同，各制其物，共尽其美，于是有多姿多用的文明"，中国学者许国璋译注并概述为"吃剩有余，始有文明"。也就是说，文明是人类历史发展到一定阶段的产物，这与美国人类学家路易斯·摩尔根 1877 年在《古代社会》一书中的观点一致，后者讲述了文明前期的 6 个人类历史阶段，而文明是指文明前期的文化进入一定历史时期的呈现。在西方学者看来，人类社会进入文明社会之后所创造的一切都是人类文明的产物，这与中国学者将文明分类为精神文明、物质文明、政治文明等是相通的。现代社会中，不同国家、地区、民族、文化的对话和交流都涉及文明的对话，这使文明的对话呈现出多维度、多层次、多元化。从对话的主体来看，文明的对话可以分为国家间、民族间、地区间等，或官方、非官方等；从对话的领域来看，可以分为经济领域、政治领域、文化领域、科技领域、军事领域等；从对话的形式看，可以分为国际会议、学术论坛、参观访问、展览、演出、赛事等。在国际化的今天，国际交流合作已经成为任何一个国家的发展基础，现代社会必须在文明的交流中才能获得进步的动力。

黄会林教授"第三极文化"理论的核心内涵认为，中华文明、中国文化是以人为本、君子为上的道德品格、家国情怀和道义担当、和合的宇宙观。它的本质是传承性、文化多元和与时俱进。在这方面，习近平主席有许多精彩的论述：自古以来，中华文明在继承创新中不断发展，在应时处变中不断升华，积淀着中华民族最深沉的精神追求，是中华民族生生不息、发展壮大的丰厚滋养。中国的造纸术、火药、印刷术、指南针、天文历法、哲学思想、民本理念等在世界上影响深远，有力推动了人类文明发展进程。中华文明是在同其他文明不断交流互鉴中形成的开放体系。从历史上的佛教东传、"伊儒会通"，到近代以来的"西学东渐"、新文化运动、马克思主义传入中国，再到改革开放以来全方位对外开放，中华文明始终在兼收并蓄中历久弥新。亲仁善邻、协和万邦是中华文明一贯的处世之道，惠民利民、安民富民是中华文明鲜明的价值导向，革故鼎新、与时俱进是中华文明永恒的精神气质，道法自然、天人合一是中华文明内在的生存理念。

一切生命有机体都需要新陈代谢，否则生命就会停止。文明也是一样，如果长期自我封闭，必将走向衰落。交流互鉴是文明发展的本质要求。只有同其他文明交流互鉴、取长补短，才能保持旺盛的生命活力。文明交流互鉴应该是对等的、平等的，应该是多元的、多向的，而不应该是强制的、强迫的，不应该是单一的、单向的。我们应该以海纳百川的宽广胸怀打破文化交往的壁垒，以兼收并蓄的态度汲取其他文明的养分，促进中华文明在交流互鉴中共同前进。极为值得称道的是，黄会林教授不但在理论上倾力建构文化理论体系，进行国家重大项目攻关，取得了令人瞩目的成果，而且，她不顾百事缠身，年事已高，在"文明对话"的实践上呕心沥血、亲力亲为，推动着一个又一个的"文明对话"项目在全球进行，其丰硕成果，为国际广为称赞，为国家嘉奖表彰。

三、融入了人类命运共同体的时代要求

在中国共产党第十九次全国代表大会上，习近平总书记系统阐释了"构建人类命运共同体"的重要主张。2017 年联合国社会发展委员会第 55 届会议协商一致通过"构建人类命运共同体"，这是联合国决议首次写入该理念。而后，联合国又多次将"构建人类命运共同体"理念写入不同的决议。"构建人类命运共同体"这一重要理念与实践，是对中国优秀文化传统的继承和发扬，也是对马克思列宁主义的创新和发展。它逐步被越来越多的国家认同，逐渐成为国际社会的共识。黄会林教授以其特有的政治水准和理论敏感，感受到习近平代表党和国家提出的"构建人类命运共同体"的主张，不但应当从政治主张，外交思想来认识和理解，而且也应当从文化理论来阐释。由此，她迅速地将"第三极文化"理论中的有关思想和论述，进行了视角转换、观念整合和理论提升。她强调，自己提出的"第三极文化"理论虽然首先提出了尊重文化多样性的命题，并以"极化"理论对此进行了不懈的理论建构，但在历史发展的今天，在社会发展的当下，加强中国在世界文化格局中的角色与担当，为构建人类命运共同体做出自己的贡献，是"第三极文化"追求的最终目标。这无疑是对"第三极文化"理论的很大发展和完善。某种意义上说，黄会林教授也以此让"第三极文化"理论升华到一个更高的境界和更深的层面。

习近平主席指出，要尊重世界文明多样性，以文明交流超越文明隔阂、文明互鉴超越文明冲突、文明共存超越文明优越。中国智慧和中国方案正不断地影响着世界、改变着世界，为全球治理体系进步和发展、为构建全球公平正义的新秩序做出越来越大的贡献。习近平主席还指出，当前，世界多极化、经济全球化、文化多样化、社会信息化深入发展，人类社会充满希望。同时，国际形势的不稳定性不确定性更加突出，人类面临的全球性挑战更加严峻，需要世界各国齐心协力、共同应对。应对共同挑战、迈向美好未来，既需

要经济科技力量，也需要文化文明力量。

　　"老当益壮，宁移白首之心？穷且益坚，不坠青云之志。"当我们不断地学习到习近平主席关于构建人类命运共同体的讲话，特别是其间关于文明、文化问题讲话的时候，我们越来越由衷地感到黄会林教授在这方面的高瞻远瞩和突出贡献。

　　孟建系复旦大学教授、博士生导师，复旦大学国家文化创新研究中心主任

十年磨一剑——跋黄会林著《第三极文化》

向云驹

　　这是一部记录和见证一个文化理论十年发展历程的专著，也是一部汇聚此文化理论十年思考和实践成果的专著。这个文化理论就是"第三极文化"理论。2009 年，黄会林先生和绍武先生伉俪联袂，在古稀年后提出"第三极文化"理论。该理论首先由黄会林先生在参加北京文联 2009 年度北京文艺论坛时演讲宣文，2010 年首度在国内学术期刊上公开发表。大论甫一提出，便引起广泛关注。21 世纪以来，思想文化界延续着思想理论疲软的态势，继续在所谓"思想淡出，学术突显"的道术分裂的态势上下滑，在面临 21 世纪需要新理论的时候，反而却在学术象牙塔里越来越自说自话。"第三极文化"理论恰在这时逆势而出，也为思想文化界带来一股思想的旋风和理论的新风。北京师范大学校领导给予了高度重视，很快就支持黄会林先生对此一理论展开深入研究和切身实践，批准成立了中国文化国际传播研究院，由黄会林先生亲任院长并开启了一段崭新的文化理论与实践的历程。"第三极文化"是这一文化旅程的旗帜和标志。2010 年开始，黄会林先生带领研究院诸同仁举办了首届"第三极文化"论坛，得到国内外思想文化界和各高等院校大批著名学者、教授的响应和支持。以后每年一届，每届一个文明主题，坚持了十年。黄会林先生对"第三极文化"的思考和研究也一直没有停止，她每年都要在"第三极文化"论坛发表主旨演讲，同时，每年都有一些新的思考和研究成果以论文的形式公开发表于报刊。"第三极文化"的理论延伸，从文化上不断丰富补充完善，与哲学、美学的"中西马"打通；同时又提出了"第三极文化"的艺术观和艺术理论，进而延伸到电影、动漫、戏剧、文学等领域。"第三极文化"呈现博大精深、气象雄伟、贯彻古今、交通中西的境界和面貌，这是以十年时间，久久为功的结果。它也被十年来的社会发展、经济增长、国际关系、文明交流、政治博弈、市场竞争、文化创新的事实证明是一个具有时代预判和现实默契的战略性理论，得到了国际国内越来越多的著名学者的认同与赞誉。

2020 年，是"第三极文化"理论提出十年的时间节点，这十年也是黄会林先生探索此一理论获得许多重要思想成果的十年。显然很有必要将十年的理论成果加以汇编、整合，向读者呈现此一理论的发展进程和总体样貌。黄先生已经是米寿高龄，可依然忙碌着带博士生、组织年度"看中国·外国青年影像计划"、率团出访举办海外论坛、召开年度"第三极文化"国际学术论坛、举办年度会林文化奖、组织重大科研项目和重大题材文艺创作等。为了分担和减轻黄先生的劳动强度，我们主动承担起实际事务，在黄先生指导下，我们着手帮助黄先生编辑这部书稿。目前编就的文稿共分四章和一个附录。文稿主要部分是黄会林先生论述"第三极文化"的各种论文、文章、序跋、谈话。然后是十年间各次"第三极文化"论坛的综述，是中外学者们对"第三极文化"理论及其文明主题进行的延展性研究及其成果的综述。最后是一个附录，从中外学者直接响应和论述"第三极文化"的论文、文章、演讲中摘编了一些文字，以见此一理论产生影响的深度和广度。其中，第一部分是全书核心，又分为三章：第一章是关于"第三极文化"的主论，包括关于对"第三极文化"的全面阐述和对为什么要提出"第三极文化"理论的原因和如何建构此一理论的说明，以及此一理论的最新的文明观、世界观和马克思主义思想内涵。这些论述的时空跨度都很大，其间，人类文明观曾经歧义迭出，世界格局风云际会，中国的儒学与世界文明深刻互动，"一带一路"影响世界，人类命运共同体理念举世瞩目。黄会林先生的"第三极文化"理论被置于与时俱进和动态发展中，获得丰富的时代品质和鲜活的创新品格。第二章是关于"第三极"文化艺术观的论述，即此一理论运用于文艺的发展观和艺术哲学。其中尤其以中国电影理论和电影的民族化与世界化、中国电影的国际传播与国际影响力问题为重点。而这正是黄会林先生的学术专长。她是我国教育界首位电影学博士生导师资格获得者，在中国电影理论、电影学、电影创作、电影批评、电影教育等方面都有卓越建树。"第三极电影文化"理论使她的电影学思想升华到一个更高的理论平台。第三章是黄会林先生就一年一度的第三极论丛所做的序跋和第三极对话等学术交流活动中的谈话和文章的集合，文体上多近于随笔，但内容都是围绕"第三极文化"的，其中有很多闪光的思想和精彩的片断。它们也是"第三极文化"理论的有机构成和重要表达。学术综述部分即第四章是一些重要学术研讨会的综述。这些研讨会包括"第三极文化"论坛的年度主题研讨和黄先生连续多年以每年一至二次的频率率团走出去与国外高校学界、艺术界进行的学术研讨，每次研讨都会涉及与"第三极文化"相关的重要文明主题。在各种涉及"第三极文化"的国际学术研讨中，国外学者的相关论文大多以英文形式刊登在中国文化国际传播研究院主办的英文期刊上，国内学者的论文多收录在"第三极文化"论丛中。为了在本书中展示此一学术成果和它们折射的"第三极文化"的影响力和文明主题的丰富性，本章以综述文章加以呈现，从而展示出此一理论的另一个侧面。黄先生提出"第三极文化"理论后，在中外学者和同道中引起了强烈的反应，此后，不断有人沿着黄先生的思路向新的论题延展学术视野和研究触角，发表了许多关于"第三极文化"的研究论文，拓宽了"第三极文化"的思想覆盖和广度，展示了此一理论的生命力和敏锐度。附录选择若干摘录，以管窥豹，集中成束，其中特别注明原刊发论文、文章的标题和出处，以备进一步查阅。

在编辑成书过程中，为了体例统一，各篇文章写作情况和原发表刊物，都只在文末一一注明。有个别文章是黄先生和学生合作撰写并联名发表的，也只在文末注明，不再特别标注，这也是需要一并说明的。所有文章除必要的编辑工作外都尽量保持最初发表时的原貌并加以注明，以便真实反映此一理论的历史进程。一些文章会反复出现一些关于"第三极文化"的基本定义或基本理论表达。我们认为，对一个理论的反复解读有其历史的必然性和理论的必要性，为保持原状，本书基本上都加以保持。这也是需要特别说明的。

本书主要展示黄会林先生"第三极文化"的理论风采，编辑体例是在黄先生的指导下完成的，黄先生在其所著《知行合一》一书中的导言是一篇关于她个人60多年学术追求和建树的"学术自述"，说清楚了她在几个重要学术方向的努力和互相之间的递进关系，也说明了"第三极文化"理论在其学术体系中的地位和内在的学术渊源，对于全面理解黄先生本人和她的"第三极文化"理论大有裨益，推荐读者阅读时可以重点参考。2018年4月，向云驹在《文艺报》发表了《回应时代问题的文化战略理论——我看第三极文化》，在文艺文化界产生很大影响，各种媒体纷纷转发，北京师范大学校报和学校官网也即时转载推荐。这篇文章对十年来"第三极文化"的理论与实践的发展进行了回顾、总结和评论，是新近评述"第三极文化"理论且产生较大影响的一篇文章，也可以视为认识和了解"第三极文化"理论的导读性文章，承蒙黄先生垂爱特别用来作为本书的代序。

具体从事本书编辑工作的是向云驹、刘江凯、王艳，如有编排不妥或整理不当，肯定是由于我们的水平和能力有限。全书的编辑工作得到了中国文化国际传播研究院所有老师、同学的热情帮助。能够在短时间内很快完成本书编辑工作是大家共同努力的结果。这里也一并致谢。

编辑本书也是又一次向黄先生学习的过程，感谢黄先生的指导和信任。

向云驹系中国文化国际传播研究院执行院长、中国文学艺术基金会副理事长兼秘书长

第三极文化：作为理论与实践的可能性

刘江凯

　　"第三极文化"是北京师范大学资深教授黄会林和老伴绍武先生在 2009 年"北京文艺论坛"上最先提出、[①] 2010 年公开发表的关于当代中国文化发展的一个理论构想。[②] 十多年过去，这一概念已由最初的构想开始落地生根，不断在理论和实践两个层面缓慢而有力地展开，学界对"第三极文化"也有不少讨论。[③] 在加强中国特色社会主义文化建设背景下，作为一种彰显民族文化自信的文化战略理论倡导，"第三极文化"体现了中国文化理论建设的一种具体的学术探索。它在十年左右的时间经历了怎样的发展变化？又对中国当代文化发展产生了哪些启示？这些都值得我们深入思考，也是本文意图探讨的核心问题。

---

　　① 黄会林：《〈导言〉我的学术自述：一直"在路上"》，见《学术知行——从影视民族化到"第三极文化"》，8 页，北京，北京师范大学出版社，2020。
　　② 黄会林、张颐武、霍建起、苏小卫：《关于"第三极文化"的设想与讨论》，载《艺术评论》，2010(5)。
　　③ 比较集中的讨论参见黄会林主编《中华文明的现代演进——"第三极文化"论丛》(第一辑)，北京，北京师范大学出版社，2011。此后在历年的"第三极文化"论丛图书和部分期刊上也有相关研讨文章。

一、"第三极文化"的理论设想与发展

2010年黄先生等人在《艺术评论》的发表《关于"第三极文化"的设想与讨论》一文中开宗明义地指出，"第三极文化"主要是针对当前世界文化格局而提出的战略性发展构想。她认为当今的世界文化格局大体可以分为欧洲、美国和中国文化三极，并承认世界文化发展存在不平衡现象，而且有强势文化与弱势文化的区分。用"第三极"来指称"中国文化"并非表面的数字排序，也不意味着等级差异，而是取意于自然地理科学中"南极""北极"和"第三极"——世界的最高极——青藏高原，它代表多元文化世界中所有不可替代、独一无二的文化类型。同时，中国文化因其独立、绵长、强大的生命力在这个多元文化格局中成为重要的一极，并有望成为和欧洲文化、美国文化鼎立的另一支拥有广泛世界影响力的文化力量。黄会林教授认为连续完整的五千年文明古国、漫长拼搏的近代革命史、不断发展的中华人民共和国变革史是"第三极文化"可以成立的依据，并从文化软实力、传统文化精华、电影文化三个角度提出"第三极文化"的基本内涵。

之后黄先生通过多篇文章对"第三极文化"这一设想蓝图不断地添砖加瓦，丰富并完善该理论。比如，在"第三极文化"成立的依据和必要性方面，认为"第三极文化"是东西文化的反思、转型期中国文化发展以及寻求文化自觉和文化自信的学术努力。[1] 在经济全球化背景下具有5000年悠久历史和深厚积淀的中国文化遭遇外来文化的强烈冲击，中国文化对外传播与中国经济的发展极不相称，中国文化的输出相对落后，中外文化传播很不对等，导致当代中国人普遍性的"精神缺钙"，因此我们需要保持自己的文化定力，坚守清醒的民族意识，坚守本土的文化自信，努力争取文化交流的话语权，

---

[1]　黄会林：《何为"第三极文化"，该如何发展?》，载《中国艺术报》，2011-01-12。

赢得世界的文化认可与尊重。① 黄先生在开阔的世界历史格局中提出人类历史的三次变革，分别是18－19世纪的工业革命，一个以战争为主要解决问题方式的"拳头时代"。20世纪的信息革命，一个知识发达且不断国际化的"头脑时代"。21世纪以来的文化革命，一个需要人类聚集全部智慧来应对集体危机的"心灵时代"。并认为这样的历史变革也是提出"第三极文化"的重要背景。② 在当下全球疫情带给人类的集体危机中，一定程度上验证了这一理论判断的前瞻性。

　　黄先生对"第三极文化"理论的基本内涵，在早期的三个内涵基础上不断地加以丰富、深化和细化。她认为"第三极文化"植根于中国数千年的文明传统，是与时俱进的文化，以倡导文化多元化为前提，并特别强调中国式的"第三极文化"以"和谐"为理念，践行创造。她指出"第三极文化"有两层基本的含义，第一层是要在中国文化自身系统内部进一步梳理、总结、继承和发扬其最为突出、最具特色、最有代表性的内容。第二层含义是指在第一层的基础上，把中国文化放在世界文化的背景下加以观照，与其他文化相互影响、相互借鉴，共同构成丰富多彩的人类文化图景。黄先生格外重视中国传统文化并总结了其中的核心价值和民族精神，如尊重和维护人的价值和"人为贵"的人文精神；标举"君子为上"的道德品格、精神气节、指向人的道德情感和道德意识；强调个人对社会、对国家、对民族的道义担当；崇尚"和合"的世界观、人生观、宇宙观。③ 她不断向传统文化资源汲取营养，推崇"士不可以不弘毅，任重而道远"的个人担当，并明确了"第三极文化"的目标是重塑文化自信，追求"会通以求超胜"的境界。④ 这些论述的重要意义在于强调了"第三极文化"

---

　　① 黄会林：《守住民族文化本性 创造不可替代的"第三极文化"》，载《山西大学学报(哲社版)》，2010(6)。

　　② 黄会林：《关于"第三极文化"的思考》，载《北京师范大学学报(社会科学版)》，2011(1)。

　　③ 黄会林：《守住民族文化本性 创造不可替代的"第三极文化"》，载《山西大学学报(哲社版)》，2010(6)。

　　④ 黄会林、高永亮：《"第三极文化"的命题、内涵及目标》，载《山西大学学报(哲社版)》，2011(6)。

对传统文化的基本态度是一种辩证的"扬弃"与继承，同时也对中外文化的交流关系表达了一种近乎直觉的主体性思想，而这一点在后期的思想发展中更加明晰。

强调知行合一，注重理论联系实践是黄先生影视教育及学术历程一个坚持始终的突出特点，可以说"践行学术、经世致用"是其最为核心的教育思想和学术亮点。因此，黄先生在丰富理论的同时也对"第三极文化"的实现路径进行了反复的讨论，比如，早在2010年就提出了四步走的基本思路：其一是通过学术研究进一步明确"第三极文化"的内涵及其理论和现实意义；其二是通过大量原创性的艺术创作来生成充分体现"第三极文化"特色的艺术作品；其三是充分运用各种手段打造文化符号、积极开展文化传播；其四是整合各种资源，调动社会各界力量共同努力参与。黄先生异于常人的能力在于她并不仅仅是反复地在文章里纸上谈兵，[①] 而是直接进行相关的实践尝试，并在多方面取得了极好的传播效果和推广经验。如在资源整合方面，2010年11月19日，北京师范大学与美国国际数据集团（IDG）共同组建了中国文化国际传播研究院，而研究院的工作又紧密围绕着"第三极文化"理论研究、人才培养、影视创作、国际交流等方面展开。它在文化传播方面启动了"看北京"2011中美青年暑期DV计划活动。它在学术研究方面开展"中国电影的国际影响力"问卷调查和电影银皮书报告、国际论坛等。这些年度活动标志着"第三极文化"最鲜明的特色：它从开始就是知行合一的，并始终坚持理论研究与实践活动互相促进、相辅相成的思路。

"第三极文化"理论在近十年的时间里不断向纵深方向展开，比如，关于中国传统文化的核心价值和当代意义、新时代中国文化的世界角色、"第三极文化"与马克思主义、文化多样性与人类命运共同体、世界文明格局中的中华文明主体性，以及围绕着国家社科重

---

① 相关讨论详见黄会林：《守住民族文化本性 创造不可替代的"第三极文化"》，载《山西大学学报（哲社版）》，2010(6)。黄会林：《何为"第三极文化"，该如何发展?》，载《中国艺术报》，2011-01-12。黄会林：《关于中国文化国际传播的思考》，载《山西大学学报（哲社版）》，2012(3)。

大项目"当代中国文化国际影响力的生成"展开的一系列研究等。① 同时，也有研究范围的横向扩展，根据该理论的基本精神在电影、艺术、动漫、美学等具体研究领域展开一系列延展性的思考。② 其中，"第三极电影文化"是"第三极文化"最早的内涵之一，也是目前"第三极文化"理论研究和实践结合发展表现最充分的一个领域。

二、"第三极电影文化"理论与"看中国"项目实践

黄先生作为中国当代电影学重要的奠基人之一，从 20 世纪 90 年代起倡导中国影视的"民族化"，该理论思考和 21 世纪以来的"第三极文化"紧密结合，在理论与实践两个方面都有令人钦佩的探索，尤其是"第三极电影文化"的实践项目"看中国·外国青年影像计划"，在多个方面都具有世界首创性，其实践价值已开始反哺理论，成为树立中国文化自信、"讲好中国故事"、进行中国特色社会主义文化建设的一个经典案例。

"第三极电影文化"是针对世界电影发展格局提出的带有一定战略性思考的学术构想，是中国文化在 21 世纪全面复兴对于中国电影提出的必然要求，提出之后也有学者撰文回应。③ 关于"第三极电影文化"，黄先生在《关于"第三极文化"的设想与讨论》一文中认为百年来中国电影大体分为三个时期，分别是上海时期，主要学习美国电影、学习好莱坞电影；中华人民共和国建立时期，主要学习苏联电

---

① 相关代表性文章主要收录于北京师范大学出版社 2011－2019 年出版的不同年度主题的"第三极文化"论丛图书。期刊的代表性文章如黄会林、刘江凯：《文化多样性与命运共同体：中国作为"第三极文化"的思考》，载《民族文艺研究》，2017(1)。黄会林：《新时代中国文化的世界角色》，载《红旗文稿》，2020(2)。

② 相关代表性文章如黄会林：《"第三极艺术文化"观》，载《大连大学学报》，2010(5)。黄会林、李明：《"第三极动漫文化"建设的必要性和重要性》，载《艺术百家》，2012(3)。

③ 如电影学相关学者王宜文、史可扬、丁亚平等人都有关于"第三极电影文化"的相关讨论文章。

影;改革开放时期,主要学习欧美电影。而现在中国电影开始进入第四个时期,其基本特点是在中国的文化、历史、现实的基础上学习国外先进经验,使中国电影在世界占有一席之地。她结合中国电影的发展,另有专文讨论了"第三极电影文化"的发展构想,并认为这一理论构想本身还需要进一步丰富和完善,这一目标的实现最终要依托大量的"第三极电影"作品,是一项任重而道远的目标。① 为了更好地落实这一理论构想,通过每年的中国电影国际传播问卷调查数据展开"第三极电影文化"的学术讨论,② 分享问卷调研结论,强调中国电影的"中国梦"就是守住自己的民族性文化并发扬光大,坚定地表达了中国电影走出自己文化之路的信心,③ 高屋建瓴地将"第三极电影文化"的特征概括为民族性、世界性、现代性。④ 这些文章和调研报告把"第三极文化"和作者积累最厚实的电影学结合起来,和同期展开的"看中国·外国青年影像计划"一起,构成了"第三极电影文化"理论与实践的双重路径。

黄先生 2011 年创办"看中国·外国青年影像计划"并持续推动至今,项目每年邀请 100 位外国影视专业大学生,在中方大学生一对一配合下,用十七天左右时间在中国各省市拍摄完成一部十分钟文化纪录片。项目截至 2019 年,已组织近 70 个国家 610 位外国青年,完成 609 部短片,共获 100 余项国际国内奖。国外合作院校累计 73 所,国内合作高校累计 27 所,涉及 24 个省市自治区数百个行业拍摄对象。

该项目在世界首创了影视学科国际协同教育的一种成功模式。它以创建世界一流的中国影视学科为目标,突破传统影视教育的学科、学校、国家边界,应该是目前世界唯一以中国一所大学影视学

---

① 黄会林、高永亮:《"第三极电影文化"构想》,载《现代传播》,2011(4)。

② 黄会林:《让"第三极电影文化"向世界绽放她独特而璀璨多姿的风采》,见《世界文化格局与中国文化机遇》("第三极文化"论丛 2013),191—194 页,北京,北京师范大学出版社,2013。

③ 黄会林:《中国电影·中国梦》,载《艺术百家》,2013(5)。

④ 黄会林:《"第三极电影文化"的再思考》,见《从"各美其美"到"美美与共"》("第三极文化"论丛 2014),204—207 页,北京,北京师范大学出版社,2014。

科力量为主导，具有国际化、连续性、专业化、影响大等特点的影视教学实践项目。它以"世界影视学科"的协同发展为目标，努力把专业教育、实践创作、人才培育、社会服务、国际交流进行创造性的跨界融合，帮助外国大学生主动"讲好中国故事"，促进中国大学生增强国家认同，探索了兼具世界性和中国特色、知行合一式的人才培育经验。可以说，开创了"跨国界专业化"的教学育人模式。"看中国"在专注于影视学科人才和作品培育的同时，也兼顾了社会服务、国际文化交流的贯通与融合，是北京师范大学创建"双一流"大学进程中，一项突破传统教育框架、极富前瞻实验性、具有世界首创性的中国特色影视艺术人才培育模式。它积累了专业学科与国家文化建设、国际文化交流的深度可持续发展经验。

"第三极电影文化"是整个"第三极文化"理论在电影学科一次具体化的研究落实，这一理论与实践密切互补互动的研究模式对于当代中国学术的发展以及有效扩大国际学术话语权也具有极高的启示价值。北京师范大学周作宇副校长评价黄先生"是'第三极文化'首创者和身体力行者。先生创办的'看中国·外国青年影像计划'被习总书记高度评价，也深得参与者的喜爱。黄先生把多年积累影视学科优势转化为推动中国文化国际传播的重要力量"①。

结语："第三极文化"与疫情下的文明出路

2020 年是"看中国"项目创办十周年，也是中国文化国际传播研究院成立十周年，更是"第三极文化"理论公开发表十周年。由于疫情的影响，今年的"看中国"项目主要是调动我们之前多年积累下来的外国青年导演人才资源和素材资源，采用更为灵活的"远程看中

---

① 这是周作宇副校长在"黄会林、绍武教育思想研讨会"上的发言，参见会议研讨论文集《回望·第三极——黄会林、绍武 60 年教育思想》代序，北京，北京师范大学出版社，2019。

国"和"在华看中国"两个类型，通过结对、分组、志愿服务、远程沟通等多种方式围绕着"农人·农事·农家"主题展开。同时还完成了一部"看中国"十周年的大电影，以 9 个国家、9 个不同语种的青年导演视角讲述 2020 的中国之春，目前在做最后的编修工作，其中有很多镜头真实地记录了疫情之下中国人民的生活样态和奋斗精神。这部影片对于疫情撕裂之下全球文明之间的理解与对话，应该说也有很好的示范作用。

新冠肺炎疫情的全球传播直接暴露了现代国际体系脆弱的一面。疫情撕裂了很多我们原本以为牢固和共有的现代文明观念，对经济全球化形成了巨大的阻力，加剧了包括中美关系在内各种国际关系的分歧与冲突，加速并放大了国家之间原本存在的军事、经济、制度、价值观、舆论等全方位的竞争。当我们把"第三极文化"纳入到这样的大背景中去观察和思考时，依然能够从十年来的理论与实践中感受到一种基于人类共同情感、理智、愿望的合作力量，能够感受到文明的出路才是"后疫情时代"处理国家关系的最高准则。疫情虽然加剧了世界发展的不确定性，但全球性的灾难也给了我们重新审视现存文明及其秩序的一次反思机会，从而在文明观的层面思考"后疫情时代"现代文明主体如何应对自身的国家治理挑战，并通过全球层面的讨论奠定国际合作与交流最基本的联合文明准则的可能性。这些既是"第三极文化"正在关注的重要对象和问题，也是今后需要在理论和实践方面不断深化发展的新可能性。

本文首发于《艺术评论》2020 年第 11 期
刘江凯系北京师范大学副教授

第三辑

当下中国艺术主体性的问题与表现

自适的中国艺术文明之自适意义

梁　玖

世上有些事，本来已经在那里了，可是它的命运却呈现出多舛之态，要么时常被自己或他人在不经意间忽略了，或被自己或他者刻意否定了，要么不被世人懂得它的珍贵价值。对其不论是哪一种态度都是对"那个"实在的存在本身有害。为何"自信"这个术语、概念、观念在中国近些年被不断地提及、主张和强调，就是因为在较长的历史阶段中，中国人对中国自己存在的、自己拥有的、滋养和证明自己的那些存在及其价值的认识不足，导致丧失了自己的自信心，从而也就迷失了自己前进的方向、定力和动力。总之，当下有必要充分讨论和认识"自适中国与中国自适"这一对概念包含的意义内涵，及其在当下和未来促进中国艺术文明发展的认识论价值。

一、存在的不可替代性存在

怎么样才能够真正确立自信？尽管系统的回答是很复杂的问题，但是从认识论上着手往往是一个有效的路径。

建立标准就是首要任务。这个标准就是要真正明确自己有了可靠价值的东西，这个"可靠价值的东西"，是足以支持自己去自在应对由外界、他者、问题、相应事项带来的挑战，并经由挑战而获得了肯定或成功，由此铸就起了自己认识的底色和行为模式。

那么，如何才能够达标呢？在诸多方法中，用思想、理论和灵魂来武装和支持去实现是一个根本性方法。比如，费孝通先生的"各·共美论"、黄会林先生的"第三极文化论"。

于此主张建构确立"存在的不可替代性存在"认识论，并依此来从三个方面达成"自我存在确信观念"的确立与行为实践的探索。一是专注思考是否有真正属于"自己的东西"，也就是真正属于自我——个体或群体——的事实存在。"存在＝无形＋有型之概念与事物。无形＝思维＋意识＋思想＋观念＋心理＋想象力＋创意＋情怀＋价值取向等不可见之在"。"有型＝自然物＋造物等可触摸存在物"。二是发现"自己东西"的真正用途。至少对自己有用，比如，筷子于中国人，始终是一个生活必需品。三是总结出"自己东西"的标识性意义内涵。比如，对中国书法艺术的评价，对中国文人画艺术的精神界定，都需要自己给出自己的标准与定位精神品位。

总之，一旦有十分准确的结论得出有具体实在的"自在存在的不可替代性存在意义"，自然会建构起个体和族群的自信心、自信力、自信为，最终获得自信之果。

二、中国艺术文明的自适性存在

中国艺术文明是人类世界中不可否定的一种文明。那么，中国艺术文明究竟是关于什么的存在？

中国艺术文明是关于中国人依据自己所有创造的独立性人类意义化悲欣情趣形式文化之光。这种独立的"意义化悲欣情趣形式文化之光"，不仅是体现在"中国自适存在"本质上，而且也充分体现在中国文明的独立生成、独立构成、独立体系、独立功能、独立意义和独立传承上。中国文明的这种"自适存在"决定了自身的独特价值、魅力和地位。意识不到、认识不到、理解不准中国文明的"自适存在"特质，不仅会患上中国文明自信心虚弱症，滋生存在卑微面相，导致自我生存之根的定力与精神家园的失守，而且还更容易放任邻家的野兽狂妄性践踏自己的文明家园，这一点在中国近代历史中已经有了惨烈的、深刻的、血腥式教训。所以，明白中国艺术文明的自适性存在特质，是确立中国文明自信心、提振自信力、更新创造力的思想所在、力量所在、方法所在。

文明≠文化。"文化是指族群存在的一切证明形式，包括人类价值意图实现的一切行为与造物存在和非造物与思想存在。"①文明是指基于文化而生的先进高级鲜亮象征性存在。象征性存在，是文明的本质精神。在人类现有的认识与知识系统中，凡是谈到文明，都是指称正向的、积极的、有时代弄潮儿的属性与气质。不像文化，还有先进与落后之分、有主流文化与亚文化之别、有革命文化与反革命文化之异。文化是文明的底色，文明是文化的光辉。文明具有的层级更高、更鲜活，精神性、意义性、理想性、象征性更强。中国艺术文明，自然是中国艺术文化的光辉性象征存在。比如，《考工记》于设计艺术、六法论于绘画、大音希声于音乐都是中国艺术文明的标识。艺术，是指绝妙性生成润心的意义化悲欣情趣形式文化。

任何一种艺术文明都是各自存在"自适"的结果，这一点是整合认识和把握中国艺术文明的前提和原则。

所谓自适，是指个体觉知切合性应生方式。应生，是指因应性形成自在物。自适与顺其自然不同，自适，始终是个体存在的所有主体性——先在与后在——充分运动的方式与结果。自适有三种基本运行方式与形态，一是先在自适，先在自适是指个体觉知和运用自己先赋力而生独特的安生与创生能力。安生＝非危险性存在。自适都有较强的确保个体非危险性存在机制。创生＝从有中生有。那种个体各有特别的天赋性擅长能力，就是个人先在自适的反映。先在自适力，不是勤学苦练所能及的力。二是内在自适。内在自适是指个体综合觉知和运用自己内外条件而生独特的安生与创生能力。

---

① 梁玖：《学科立场中的艺术教育概念》，载《艺术教育》，2020(9).

那种善于把握时机创造和发展自己的能力，就是个人内在自适的体现。内在自适力，是个体勤学苦练可以达到的力。三是外在自适。外在自适是指个体觉知置身环境而调控关系得安生与生长时空的能力。那种善于与环境和谐相处、快速适应新环境、生成鱼水关系，或善于察言观色、讨巧奉迎、变色龙式处理关系，就是个人外在自适的体现。外在自适力，也可称为社会自适力，正所谓"矮人看戏何曾见，都是随人说短长"（清·赵翼）。总之，自适是个体存在的核心动力机制，自适力彰显得越大，应生力会越强，反之则弱。但是，不论显现的强弱如何，自适，即是自在的力，不可忽视、不可替代、不可消灭。所谓龙生龙，凤生凤，除了遗传基因外，还有自适的生存力量。自适，也是新生的力，不可轻视、不可阻挡、不可放任。所谓"江山代有才人出"，强中自有强中手，就是自适力外化的结果。

基于对自适的系统内涵的认知和理解，可以把个体觉知切合性应生机制作为一种认识论、实践论、方法论看待，也就是确立一种关于个体生存和创造的理论——自适论。

自适论，是指系统性阐释个体觉知切合性应生与发展的观念。个体觉知切合性应生意义化存在，是自适论的理想和目的；个体不可替代、自己有办法是自适论的基本原则与规格；自适意识、自适思维、自适行为、自适调控、自适思想是自适论的结构系统；自醒＋自悟＋自为＋自生＋安适，是自适论的目标与实践方法。同时，自适论，并不仅仅指个人的自适，也指群体的自适。比如，有的艺术派别、学术共同体、集团、组织力量强大、创造力强劲、发展态势喜人，虽然其促生的因素较多，但与其群体自适力强劲是紧密相关的。所以，自适论具有普遍性应用和指导的价值，尤其在从客观与主观、个人与社会、族群与他者、历史与态度几个视点和领域认知中国艺术文明及其价值上，自适论都具有引导、定位、促生的作用。

综上所论，中国艺术文明是自适性存在，否认和忽视这个本质，不仅会徒生族群艺术自卑心，还会泯灭中国艺术文明的光辉，进而危害中国文化传承、创生和中华民族精神的发扬。

三、置身时代的个体自适性创造命题

无论是从人类社会发展史，还是艺术文明史都可以得出这样的结论：艺术，都是个体或群体置身所在时代而自适性创造的成果。无论是中国唐宋的艺术文明成就，还是意大利文艺复兴的艺术文明，都在事实上给予了证明。

现在我们面对着和需要认真思考的问题不仅仅是自适性承传好中国艺术文明的事，更为重要和关键的是要深入思考如何在置身当代这个百年未有之变革的时代里，个体和群体基于自信而自适性创造出新的中国艺术文明的大课题。其中，有三大认识与实践取向是值得重点关注和努力促进的。

一是要真正认识到和调动出个体的自适性力量。从近些年来看，对主体的自适性认知与发挥主体的自适力量，都是不足的。其中，艺术创作主体受外界干扰太多、想要的太多、静心太少，以至于时而忘掉了自己是谁和真正要干什么。所以，才让欠缺主体思想之态、欠缺彪炳史册的拓展之为、欠缺行业高峰之品成了普遍性事象。同时，在认识和调动自适性力量的过程中，还要历史性地深挖、系统性梳理和总结出中国艺术文明的自适性事实、历史、规律、特质、方法、思想与体系等不可替代的内容，以此作为自适新征程开始的逻辑起点与价值支柱。

二是要真正理解主体自适创造的意义。意义＝正向性帮助之道。中国艺术文明是帮助中华民族永远伟大的养料与证明。让个体的灵魂、心智纯洁地创生奉献出标识和象征时代的中国精神新文化、中国新艺术思想、中国新艺术杰作、中国新艺术精神，是当今所有艺术人存在的真正自适性意义与价值。在个体自适创生的全过程，去除迎合性、应付性、媚俗性、惯例性和无感性的艺术意识与艺术制作之弊，是艺术主体自适创造力释放的深层意义所在。只有真正理解和尊重主体自适创造的意义，全社会才能真正激励个体自适艺术创造力的全然释放，建构中国新的艺术文明才有真正实现的可能性。

三是生成具有满足当下需要和前瞻性满足象征的中国当代高级艺术文化。百花齐放，才是真正的个体自适创造和自适满足的艺术盛事之景，这也是中国本来的艺术世界和艺术文明景观。因此，中国自适的艺术方向，是中国新艺术文明生成的必由之路。一切的学习或借鉴都不是为了替代中国自适和自适中国艺术文明。

综上所述，现在的艺术个体和群体应当全方位地置于时代河流之中，全力以赴地拥抱时代、体悟时代、奉献时代，以及充分发挥个体自适力量从而创造自适化中国艺术文明的大好时机。总之，如果丢弃了个体和群体的自适意识、自适力、自适精神，中国艺术的自信心将永无确立与提高之日。

梁玖系北京师范大学教授

短视频对中国海外文化形象的塑造与传播

赵　晖　李旷怡

　　数字时代，短视频平台以一种全新的运营模式将社交媒体、视频网站和电商等数字平台的功能融为一体，实现了人类网络化虚拟场景的生活与娱乐，引发了"视频＋"的智能数字生活理念的更新。"短视频＋"是对原有视频叙事的话语的革命。万物借助短视频互联，在人工智能算法的精准推送下，锁定的用户基于集体认同的价值观之上，建立了具有社群属性的圈层，并以此将公域流量导向私域流量，形成私域经济下的媒介生活矩阵。

　　美国学者曼纽尔·卡斯特在《网络社会的崛起》一书中谈道："网络社会代表了人类经验的性质变化。"这就是说，网络对人类的生活是一次颠覆性的革命。万物皆媒，具有极强自媒体属性的短视频整合了诸多智能媒体的特性，实现了内容生产者与传播者的两者合一，强烈的个体风格和专业的内容垂类已经成为短视频内容生产的显著特点。

　　短视频平台兼容了传统视频平台和社交媒体的共同优势。在我国，它发端在 2014 年，腾讯推出了微视短视频，然而好景不长，因为运营模式的不清晰，很快就关掉了。快手、抖音等平台应运而生，这些发布视频内容的平台从一开始就把自身从内容的生产商角色上剔除，而成为国内最大的自媒体视频平台矩阵，其吸引了众多 PGC、UGC、PUGC 和 MCN 机构。2017 年，短视频平台大举走向海外，随着 App 短视频应用迅速在海外走红。截至 2020 年 4 月底，抖音及海外版 Tik Tok 在全球 App Store 和 Google Play 的总下载量已经突破 20 亿次，登顶美国、印度、日本等地免费榜总榜榜首，成为全球下载量最高的短视频应用软件之一。

短视频平台的出海，也将中国文化带向海外。在出海的短视频平台中，"中国风"元素引发海外用户的关注。国内视频创作者发布短视频内容或经由短视频平台转载的国内短视频也越来越多被发布到老牌社交平台 YouTube 上，让越来越多的海外用户通过短视频内容了解中国文化。

可见，短视频已经担负起讲述中国故事、传播中国文化的责任与使命。

一、短视频对中国文化的海外形象重塑

习近平于 2014 年 8 月在联合国教科文组织总部的演讲中指出："文明是多彩的，人类文明因多样才有交流互鉴的价值……文明是平等的，人类文明因平等才有交流互鉴的前提……文明是包容的，人类文明因包容才有交流互鉴的动力……让文明交流互鉴成为增进各国人民友谊的桥梁、推动人类社会进步的动力、维护世界和平的纽带。"国际化语境下，文明的碰撞与交融显得尤为重要，尤其是对 21 世纪。

英国学者雷蒙·威廉斯在《关键词：文化与社会的词汇》中对"文化"做了如下解释，"文化"的意涵是广义的，可以指涉全面的生活方式，包括文学与艺术，也包括各种机制与日常行为等时间活动；文化是由各个阶级共同参与、创造、建构而来的，并未成为少数人的专利。这也就是说，文化的外延可以延伸到整个社会生活。基于此，

短视频作为自媒体 UGC、PGC 以个体形式上传内容的视频，其创作的内容都带有强烈的个体化生活经验。这从某种程度上讲，满足了短视频消费用户的社交心理，也满足了用户既作为生产者又作为消费者对他者生活的猎奇。

2020 年 4 月 29 日，国内美食博主李子柒在 YouTube 的关注量突破千万，成为首位粉丝破千万的中文视频创作者，她在 YouTube 平台视频总播放量超过 13.3 亿，单个视频最高播放量超过 5200 万。李子柒海外粉丝量破千万的话题频繁登上热搜，微博热搜阅读次数达 4.5 亿，讨论次数超过 4.1 万。李子柒在海外视频网站的走红，带动了中华美食热，她以一种东方审美的视听美学形成了独有的类型创作特点，重塑了西方世界对当下中国乡村生活的认识，可以说，李子柒视频的走红是一次成功的文化交流与传播。这种成功还在于，她不仅表现了当下的中国生活，而且引发了国外用户对东方审美文化的追求。比如，越南网络 KOL 就直接抄袭了李子柒的视频，从发型、服饰乃至视听造型都惊人的相似。此事通过社交媒体的发酵，有关"越南博主抄袭李子柒"的话题在微博上的阅读量达到 12.4 亿次，讨论次数达 9.1 万。

李子柒短视频的成功使得更多的创作者意识到，除了国内爆火的短视频红海以外，海外平台则是传达中国文化的蓝海。对于创作来讲，短视频创作国际化共享是自身发展的关键步骤，而 YouTube 是内容出海的首选平台。不仅因为 YouTube 是全球最大的视频平台，而且因为 YouTube 自带的广告插播流量快速变现的形式可以减少很多创作带来的经济压力。2020 年 7 月，YouTube 推出 RPM（Revenue Per Mille）指标，即"每千次展示收入"，用来衡量创作者的多项收入指标，与之前 CPM（每千次展示费用）相比，RPM 对于创作者更具有参考价值。这一政策的推出，也是 YouTube 作为世界上最大的 UGC 视频平台持续提供多元化收入能力以留住、吸引更多的创作者，扩大内容生态的一大关键。

二、中国文化借助短视频出海的现状

1. 海外用户通过短视频了解中国文化已成趋势

放眼海外市场，海外各国年轻人通过 YouTube，Tik Tok 学中文、了解中国美食美景、学习中国功夫、文化，了解中国乡村生活等成为热潮。被称为网红城市的重庆和西安近年来在国外的知名度悄然提升，它们的走红也是通过在抖音上的两条不足一分钟的短视频。

"短视频＋文旅"带动了城市的景观在国际上的知名度，尤其是建立在熟人、朋友、网友分享基础上的短视频更是具有极强的社交黏合度。这种对于中国城市的认知，并非官方宣传片的效应，而是源自自媒体创作者自发的创作，融合故事性、个体性、互动性、游戏性于一体。通过短视频的内容，海外用户对于中国的认识已经不再仅停留于中国功夫、万里长城、京剧国粹等非遗文化，而是直观感受着来自现代中国的自然与人文景观。

2014 年，今日头条旗下的短视频产品 musical. ly 在北美上线，引起海外年轻人对于中国文化的热捧。musical. ly 里有一个"我们来自中国"的话题，汇集了中国用户发布的关于中国地域特色的视频。截至 musical. ly 被 Tik Tok 收购前，用户共创建了 7500 多个视频，观看的次数超 3100 万，点赞量超 430 万。在 Tik Tok 上线后，更是火遍海外，连续 2 年来，Tik Tok 一直是全球增长最快、下载量最高的短视频 App 之一。而在这些短视频中，几乎涵盖了中国非物质文化遗产 96％以上的项目。据统计，我国非物质文化遗产是 1318 项，2019 年在抖音上有 1275 项以短视频形式呈现。抖音里面涵盖非遗传承人、水墨画、传统戏剧、传统汉服、传统手工艺等。这些"中国视觉"的元素赋能短视频，引发年轻人的喜欢。比如，一首根据昆曲改编的《赤伶》，在抖音上，以此为背景音乐的视频播出量高达 44 亿次。

与此同时，中国元素也深受国外用户的喜爱与追捧。日本主播用毛笔字写中日歌词对照；越南姑娘身着古装弹奏古琴；印度尼西亚朋友模仿孙悟空等经典形象等。加上国内创作者内容出海的趋势，YouTube 和 Tik Tok 成为海外青年了解中国文化的一个最普遍的方式。

2. 短视频应用在海外的发展与问题

随着 TiK Tok 在海外的走红，相比较前几年，短视频行业也吸引了大批互联网巨头的注意，比如，拥有 20 亿用户的老牌视频平台 YouTube 在布局短视频市场。而对于 YouTube 来说，也开启了写短篇故事的功能，支持用户利用碎片时间随手录视频。除此之外，Snapchat 也在短视频领域占有一席之地。Snapchat 用户集中在 18～24 岁年轻群体，用户通过拍照、录制视频分享好友，发布内容连续播放，内容形式介于短视频与直播之间，日均活跃用户达 2 亿人。

总体来看，尽管目前 Tik Tok 等国内短视频平台受到海外的限制，但海外平台的各种发展现状及趋势仍很利于国内创作者的出海，向外输出中国文化、中国内容。

当然，短视频在发展中的问题也是不容忽略的，跟欧美日韩等国家相比，中国在海外利用短视频传播中国文化存在一定的短板与不足。整个短视频市场处于一个稍显混乱的状态，短视频的海外传播类型过于松散化、碎片化，更多则是对于娱乐性、流量化的追求，而关于文化传播与品牌建立方面并没有精细化的规划与设计。就目前而言，中国文化传播与品牌建立方面的市场稍显空缺。

3. 网络 KOL 撬动的短视频内容出海依然是主体

中国文化目前正在以各种角度实现着海外输出，以李子柒为代表的中国网络达人正在以强大的影响力通过短视频平台向海外输出中国文化。对于优质短视频内容的传播来说，并没有国际的限制、语言的障碍，头部网络达人走向国际化，既能提升达人们的知名度和影响力，又是中国软实力的体现。

作为首个在 YouTube 平台粉丝突破千万的中国视频创作者，李子柒已经收获了来自世界各地的粉丝。她以"四季更替，古风古食"的主题在镜头前还原着中国传统田园生活的安然与宁静，以一种清泉般的力量在 YouTube 上征服了来自世界各地的网友。李子柒以短视频形式向世界各地的人展示了中华传统文化，吸引更多外国人对中国产生兴趣与好感。在她的视频中，不仅有富有地方特色的美食制作，而且有印染、笔墨纸砚等非物质文化遗产展示。视频没有英文字幕，却能让外国友人们在屏幕前静静欣赏。

李子柒在视频中从容淡定地诠释中华文化的传统技艺，比如，用植物做天然染料染布、用树皮做纸张等都蕴含着中国传统技艺的智慧，她为中国传统文化跨文化、跨语境传播提供了良好的范例。

除李子柒之外，还有很多视频创作者以强烈的感染力展示着中国文化。以国宴大师教你做家常菜为定位的"老饭骨"，通过呈现中华传统美食，吸引以华人为主的受众群体。目前 YouTube 粉丝量达 50.7 万人，视频总播放量达 4932.5 万次。还有让古琴艺术走出国门的自得琴社。镜头中宛如古画里的宫廷乐师，伴着琴瑟和鸣悠扬的乐曲，竟也可以通过短视频的形式在海内外平台上广泛传播，将优雅唯美的中国古典文化穿越千年传入时今，传出海外。目前，自得琴社全平台总曝光达 3000 万次，总播放量达 300 万次。还有传递满满人情气息的"滇西小哥"，从她的镜头里感受最淳朴的云南特色风情。她把云南大地上时令作物制作出外国友人闻所未闻的美食——酸角糕、云腿酥、竹筒饭、蘸水辣等。越南网友评论说，尽管听不懂里面人在说什么，但有一种治愈心灵的气息蕴含其中。而来自四川大巴山深处的二米炊烟，通过镜头展示着带有儿时记忆的美食味道，每每炊烟在山间升起，地道的四川菜肴就要出锅。中国美食、古典音乐等这些文化元素都无关乎国界，无关乎语言，在海外渗透深入，流传甚广，让外国用户被持续吸引，直观感受到了中国文化的魅力。

中国拥有日新月异的现代化故事和深厚的传统文化底蕴，在视频内容话语权逐渐提高的环境中，这些出海的短视频无疑成为展现中国风貌的有效窗口。以李子柒为代表的这些创作者们，正在改变西方世界对东方的偏见，以自媒体的视听形式展现中国文化的魅力。

三、短视频出海的问题与展望

1. 国内创作者难以得到海外平台提供的支持

海外用户视频平台与国内不同，短视频出海则要求创作者将内容上传至海外视频平台上。但出于国家网络防火墙对于国内网民用户的保护，对于部分境外网站或有害内容进行访问限制，部分海外信息向国内传播相对困难。同时国内创作者在国内通过自己的力量去了解海外网络平台的信息、规则相较海外用户来说也更加困难。尽管国内短视频平台发展势头良好，向创作者提供大量的政策支持，但是海外平台要做到同国内平台一样对于大部分创作者提供支持与帮助是非常困难的。

2. 精细化文化传播与品牌建立方面市场相对空缺

前文提到，与欧美日韩等国家相比，中国在海外利用短视频传播中国文化存在一定的短板与不足。尽管国内头部网络达人内容出海取得一定的成绩，但整个短视频市场处于一个稍显混乱的状态。短视频的海外传播类型过于松散化、碎片化，更多则是对于娱乐性、流量化的追求，而关于文化传播与品牌建立方面并没有精细化的规划与设计。如有一部分短视频为博眼球做出荒诞、低俗的行为，有恶趣味之意，对于中国形象的塑造并无积极意义。

短视频出海应不断优化视频内容筛选机制。中国对于中国文化传播与品牌建立方面的规划还显得缺乏监督，利用短视频有系统、有策略地塑造中国文化的海外形象，仍然需要战略性的规划。立足国家文化安全，对于短视频出海，还要结合当地的政策和特殊的风土人情，优化人工智能算法，将合适的、优质的内容更为精准地传达至用户，达到精细化文化传播的效果。虽然当下短视频平台在海外的传播依然受到来自美国、印度等国政策上的抵制与打压，但是利用短视频传播中国文化、讲好中国故事已经是数字媒体时代发展的必然。

赵晖系中国传媒大学教授

李旷怡系中国传媒大学研究生

文化强国：新发展阶段的大使命

闫玉清

即将来临的"十四五"时期是我国全面建成小康社会、实现第一个百年奋斗目标之后，开启全面建设社会主义现代化国家新征程、向第二个百年奋斗目标进军的第一个五年。新时代中国将翻开又一个壮丽五年的发展新篇章。在这一历史节点上，习近平总书记亲自主持召开了 7 场座谈会。横向到边、纵向到底，为"十四五"画出了最大同心圆。

在教文卫体领域专家代表座谈会中，习近平总书记从党和国家事业发展的战略全局的高度，从中国特色社会主义事业是全面发展、全面进步的伟大事业的维度，用 4 个"重要"标定了文化在未来五年国计民生中的坐标：统筹推进"五位一体"总体布局、协调推进"四个全面"战略布局，文化是重要内容；推动高质量发展，文化是重要支点；满足人民日益增长的美好生活需要，文化是重要因素；战胜前进道路上各种风险挑战，文化是重要力量源泉。在两个 100 年奋斗目标交替的历史性时刻，这一重要论述发出了新发展阶段建设社会主义文化强国的宣言。

文化从来不是手段，而是重要的目的。这 4 个"重要"是我们党对文化发展规律的新把握、新认识，标志着文化建设被摆到了全局工作更加突出的位置，也标志着文化的繁荣发展具有更大的责任和使命。

党的十八大以来，以习近平同志为核心的党中央把文化自信和道路自信、理论自信、制度自信并列为中国特色社会主义"四个自信"，把坚持马克思主义在意识形态领域指导地位的制度确立为中国特色社会主义的一项根本制度，把坚持社会主义核心价值体系纳入新时代坚持和发展中国特色社会主义的基本方略，一步步将文化建设提升到了一个新的历史高度。

因为我们深知，没有高度的文化自信，就没有文化的繁荣兴盛，就没有中华民族伟大复兴。一个国家、一个民族的强盛，总是以文化兴盛为支撑，中华民族伟大复兴需要以中华文化繁荣为条件。下面我主要围绕建设文化强国与实现中华民族伟大复兴这一主题，谈一点认识和体会。

一、文化的繁荣兴盛与民族的伟大复兴息息相关

历史上中国文化在人类文明发展史上曾长期居于世界领先地位，对世界文明产生重要影响，这是中国文化自信的原动力。在漫长的封建社会，秦皇汉武开疆拓土，唐宗宋祖文治武功，绵延千余年的丝绸之路开创了中国文化影响世界的璀璨盛世。英国人赫德逊说："蒙元世纪欧洲发现旧世界的最大意义是发现中国。"欧洲中世纪晚期有关中国的三大游记——《马可·波罗游记》《曼德维尔游记》《鄂多立克东游录》，近乎一致地将中国表述为地大物博、城市繁荣、商贸发达、交通便利、政治安定的人间乐园，塑造了此一时期西方对中国形象的集体记忆。明清时期，欧洲大陆在 17—18 世纪掀起了空前的"中国文化热"；据统计，1700—1759 年的近 60 年间，欧洲出版了近 600 部有关中国的各类著作。像学者朱谦之在 20 世纪 40 年代研究指出："18 世纪实为欧洲文化受中国哲学文化洗礼的时代。"法国启蒙运动领袖人物伏尔泰曾经这样说："当中国已经成为繁华而且制度完善的国家时，我们还只是一小撮在阿尔登森林中流浪的野人呢！"

　　然而这一自信在资本主义殖民地的迅猛开拓和经济全球化的快速发展下，经由近代鸦片战争、中日甲午战争、八国联军侵华战争等之后，古老中国的文化彻底崩解，文化发展与经济、政治、社会一样处于萧条时期。汲取了大量中国文化滋养、完成了现代性转变的欧洲，反将中国文化视为落后、专制、野蛮的象征。尽管我们认识到黑格尔及其他一些欧洲哲人对中国封建社会制度的评价有其客观进步性的一面，但他们从中西对立的立足点出发，将中国哲学排除在世界哲学史之外，强化的是欧洲意识形态中的西方中心主义逻辑，因而从学理上成为近代乃至现代西方优越论的滥觞。清末虽然还发生了洋务运动、戊戌变法、辛亥革命等运动，但正如毛泽东所总结："从一八四〇年鸦片战争到一九一九年的五四运动的前夜，共计七十多年中，中国人没有什么思想武器可以抗御帝国主义。……旧的顽固的封建主义的思想武器打了败仗了，抵不住，宣告破产了。……不得已，中国人被迫从帝国主义的老家即西方资产阶级革命时代的武器库中学来了进化论、天赋人权论和资产阶级共和国等项思想武器和政治方案，组织过政党，举行过革命，以为可以外御列强，内建民国。……但是这些东西也和封建主义的思想武器一样，软弱得很，又是抵不住，败下阵来，宣告破产了。"[①]

　　新文化运动和五四运动的发生使中国人民有了新的觉醒，中国人民学到了马克思列宁主义的真理，从马克思列宁主义的伟大真理中找到了复兴中国的文化自信。中国共产党的成立，中华人民共和国的成立，让中国人民的文化自信在坚实的中国大地上站稳了脚跟，开启了文化繁荣的新天地。对此毛泽东深刻总结道："自从中国人学会了马克思列宁主义以后，中国人在精神上就由被动转入主动。……从这时起，近代世界历史上那种看不起中国人，看不起中国文化的时代应当完结了。……伟大的胜利的中国人民解放战争和人民大革命，已经复兴了并正在复兴着伟大的中国人民的文化。……这种中国人民的文化，就其精神方面来说，已经超过了整个资本主义

---

　　① 《毛泽东选集》第四卷，1513～1514 页，北京，人民出版社，1991。

的世界。"①

二、坚持历史唯物主义文化观，从国家民族
前途命运的高度来理解文化问题

从全球范围看，文化问题之所以引起关注，是因为西方资本主义工业化发展导致了全球范围内的精神失衡、道德失范、信仰失缺、价值失落，而西方自身又找不到解决问题的出路。而对我们国家来说，文化自信之所以引起高度重视，就是因为我们必须跨越近代百年来曾被西方列强欺凌而导致自信力不足的屈辱历史，必须以新的文化自信与繁荣为民族复兴凝聚起磅礴力量，以回击当下那些贬低中华文化、否定和歪曲"四史"的恶言恶行。这是现实的需要，更是历史的启示。

我们从中国文化的悠久历史与创造中华文化新辉煌的伟大实践中体悟到，文化自信、文化繁荣绝不是文化自身的自我演绎，而是与国家、民族的前途命运息息相关、紧紧相连。文化是维系民族生存发展的精神纽带，也是战胜困难、赢得挑战的精神支撑。70 年前中国人民抗美援朝的伟大胜利更能说明这一切。这一伟大胜利一举确立了中国在世界上的大国地位，标志着中国文化的新生。从此，中国人一改"东亚病夫"的旧形象，以崭新的面貌傲然登上世界舞台。新加坡前总理李光耀回忆说，朝鲜战争前他在欧洲旅行，人们常对华人持歧视态度，可是中国出兵朝鲜并连获胜利后，欧洲海关人员一见华人都肃然起敬。从此，李光耀开始认真学习汉语。美国陆军官方战史说，中国在朝鲜战争中提高了地位。"从中国人在整个朝鲜战争期间所显示出来的强大攻势和防御能力中，美国及其盟国已经清楚地看出，共产党领导的中国它再也不是第二次世界大战时的那

---

① 《毛泽东选集》第四卷，1516 页，北京，人民出版社，1991。

个软弱无能的国家了。由于共产党领导的中国有取之不尽的人力资源和坚强有力的领导，因此它也在朝鲜战场上赢得了自己的声誉。"①另一本陆军官方战史说："中共一个引人注目的收获是从去年（指1950年）冬天的战斗胜利中得到的。这些胜利提高了毛泽东政权的威望，并为之赢得了军事强国的地位。"②R. 麦克法夸尔和费正清主编的《剑桥中华人民共和国史》认为，由于中国人民志愿军给人深刻印象的表现，使中华人民共和国成为一个应予以重视的军事强国。可以说，坚定文化自信，就是坚定民族的自尊自强。抗美援朝的胜利既是中国人民政治自信、军事自信的胜利，又极大地、空前地激发了全民族的文化自信。

　　我们从改革开放40多年来波澜壮阔的现实实践中体会到，文化自信与繁荣折射的不仅是文化价值本身，而且是国家硬实力、国家经济基础的自信与繁荣。但是一个更为客观的、更具规律性的东西时常提醒我们：经济发展与文化的发展必须同步同行，经济发展越快越好，文化发展越需要与其同步同行。在这方面，习近平总书记强调："一个民族的复兴需要强大的物质力量，也需要强大的精神力量。……没有先进文化的积极引领，没有人民精神世界的极大丰富，没有民族精神力量的不断增强，一个国家、一个民族不可能屹立于世界民族之林。"③我们将文化自信定义为更基础、更广泛、更深厚的自信，是更基本、更深沉、更持久的力量，认为坚定文化自信是事关国运兴衰、文化安全、民族精神独立性的大问题。党的十九大报告中更是将文化作为国家和民族的灵魂，指出"文化兴国运兴，文化强民族强"。因此，只有站在国家战略层面的高度，才能理解推动

---

①　[美]沃尔特·G. 赫姆斯：《朝鲜战争中的美国陆军——停战谈判的帐篷和战斗前线》，565页，北京，国防大学出版社，1988。

②　詹姆斯·F. 施纳贝尔：《朝鲜战争中的美国陆军——战争爆发前后》，北京，国防大学出版社，1990。

③　《习近平关于社会主义文化建设论述摘编》，7页，北京，中央文献出版社，2017。

中华文化繁荣兴盛的重大意义和实践价值。

三、建设社会主义文化强国，新发展阶段的大使命

1939 年毛泽东主席在《中国革命和中国共产党》一文中，充满自信地描述了中华民族文化的历史发展。他指出："在中华民族的开化史上，有素称发达的农业和手工业，有许多伟大的思想家、科学家、发明家、政治家、军事家、文学家和艺术家，有丰富的文化典籍。在很早的时候，中国就有了指南针的发明。还在一千八百年前，已经发明了造纸法。在一千三百年前，已经发明了刻版印刷。在八百年前，更发明了活字印刷。火药的应用，也在欧洲人之前。所以，中国是世界文明发达最早的国家之一，中国已有了将近四千年的有文字可考的历史。"中国的历史、中国的文明史、文化史、发明创造史，体现的正是中华民族自强不息的奋斗精神和伟大的创造精神。对此，习近平总书记在文艺工作座谈会上指出："中华民族有着强大的文化创造力。每到重大历史关头，文化都能感国运之变化、立时代之潮头、发时代之先声，为亿万人民、为伟大祖国鼓与呼。中华文化既坚守本根又不断与时俱进，使中华民族保持了坚定的民族自信和强大的修复能力，培育了共同的情感和价值、共同的理想和精神。"新时代只有进一步彰显文化自信，才能担当起建设文化强国的大使命。

进一步彰显文化自信，彰显的首先是中华优秀传统文化的时代价值，彰显革命文化、社会主义先进文化中熔铸的共产主义远大理想和中国特色社会主义坚定信念。要做到这一点，我们就要理直气壮地坚持马克思主义的指导地位。我们还要把提高社会文明程度作为建设社会主义文化强国的重大任务，我们还要繁荣发展文化事业和文化产业，不断提高国家文化软实力，增强中华文化影响力。

推动文化繁荣兴盛、建设文化强国是一项长期艰巨的任务，"文

化战"注定是一场持久战，这是由文化的性质和文化建设的性质本身所决定的。正如列宁所说："文化任务的完成不可能像政治任务和军事任务那样迅速。……在危机尖锐化时期，几个星期就可以取得政治上的胜利。……在战争中，几个月就可以取得胜利，但是在文化方面，要在这样短的时间内取得胜利是不可能的。从问题的性质看，这需要一个较长的时期，我们应该使自己适应这个较长的时期，据此规划我们的工作，发扬坚韧不拔、不屈不挠、始终如一的精神。"①

久久为功，持之以恒。在中华民族伟大复兴的新征程上，文化强国的步伐正铿锵前来。

闫玉清系《求是》杂志社文化部副主任

---

① 《列宁全集》第四十二卷，211页，北京，人民出版社，2017。

钱德明对中国音乐的研究——背景、著作与影响

彭　蓓

内容摘要：要叙述中国音乐在西方的传播，就必然要从法国人钱德明谈起。他对中国音乐的总结与叙述，虽然受到时代与知识的诸多局限，但从 18 世纪至今，仍然是西方学者研究中国音乐的最权威文献之一。

1793 年 10 月，法国人约瑟夫·马利·阿米奥（1718—1793）在北京去世。他生前以"钱德明"为名在中国生活了 42 年之久。作为"最后一位耶稣会士"去世后，钱德明被埋葬在北京耶稣会墓地。而他的去世也标志着基督教传教士在中国活动的阶段性终结。钱德明 1737 年就来到中国，从 1751 年开始在北京生活，成为乾隆皇帝宫廷中的天文学家，并参与到当时对年轻中国科学家的培养中。作为一位耶稣会士，他在北京的任务主要是说服皇帝重新恢复基督教在中国范围内的活动，同时，作为一位学者与观察者，他也撰写了大量关于中国的文章，其中包括了中国的历史、语言、哲学思想、科学技术和艺术等。这些文章向欧洲教廷与文化圈报告了中国当时社会以及文化的发展情况，也成为中国文化的珍贵记录。

18 世纪正是中国艺术在欧洲备受青睐的时期。

钱德明虽然不是一位音乐家，但是他会一定程度地演奏笛子和羽管键琴，并且对中国音乐充满兴趣。我们现在已知钱德明并非是第一位提及中国音乐的传教士，但是其撰写的 *Mémoire sur la musique des Chinois, tant anciens que modernes*（中文译名：《中国古今音乐考》，直译《中国人音乐回忆录，从古代到现代》）却是第一本全面系统又详细介绍中国音乐的著作。这本书的成书过程较为复杂：首先，1754 年，法国人收到了钱德明书写的一本名为 *De la Musique moderne des Chinois*（《论中国人的现代音乐》）的书信集。这本书稿本身并不完整也并未被出版，其内容根本是李光地《古乐经传》一书不完整的译本。据钱德明自己说，当时他还发出了第二个包裹，其中包括了另一本书 *Musique que les Chinois cultivaient anciennement*（《中国人古代所习音乐》）。这两本书可能是钱德明之后的著作《中国古今音乐考》的雏形。但需要注意的是，学界常有学者将这两套书混为一谈。之后，钱德明在 1774 年意外收到了一个法国学者鲁西埃寄到北京的新著《论古人的音乐》。鲁西埃在此书中提出了世界音乐的起源是在古埃及和古希腊。但是钱德明却以他对中国音乐的了解出发，认为音乐的最早起源应该在中国，而希腊则有可能是学习了中国的音乐理论。因此，钱德明撰写了一本名为《中国古今音乐考》的著作，从北京寄给鲁西埃，又让他对此书进行注释，希望能说服鲁西埃。1779 年，*Mémoire sur la musique des Chinois, tant anciens que modernes*（《中国古今音乐考》）一书在巴黎首次正式出版了。1780 年，又在 *Mémoires concernant l'histoire, les sciences, les arts, les mœrs, les usages &c. des Chinois, par les missionnaires de Pekin*（《北京传教士关于中国历史、科学、艺术、风俗习惯的论文集》）丛书中，在第六册出版了第二版，书名稍微更改为 *De la musique des Chinois, tant anciens que modernes*（《论中国人的音乐，从古代到现代》）。这两版都以钱德明书信的方式加了一个序言。

《中国古今音乐考》一书从内容构架上分为两个部分：第一部分，钱德明介绍中国八类乐器。在关于丝弦乐器一段，他特别引入了朱载堉对琴的理论。他还尝试将中国乐器与其他文明的乐器进行比较，这些与欧洲不同形式的乐器成为中国音乐历史悠久且平行于西方音乐发展的佐证。第二部分，他试图系统化讲解中国音乐庞大且复杂的音乐理论体系。除此之外，钱德明还在此书中翻译了一些相关中国音乐表演的信息，例如朱载堉《律学新说》中的《初献乐章－思皇先祖》的乐谱，并且还有祭祀时的乐舞图例。可惜这些内容在此书出版时，被大量删节，也未在之后的欧洲音乐界得到应有的重视。这本书的重要之处在于，钱德明强调了一个完全独立于欧洲音乐体系的、完整的中国音乐理论和音乐实践体系，并且看到了中国音乐的历史根源。

　　这本书是西方对中国音乐史的第一次叙述。但钱德明本人并不是职业音乐家，他对中国音乐的考察，一方面，受到他自身的音乐知识的局限，另一方面，受到时代的局限。他难以准确用古法语来表述中国音乐那些对欧洲学者来说十分生僻的概念。因此这本书十分晦涩难懂，给欧洲后世的研究者带来了很大困扰。但在当今西方音乐学研究中，我们可以发现一个问题，即使在对中国音乐有了更多系统研究的今天，200多年以前钱德明的《中国古今音乐考》仍然是西方学界研究中国音乐的权威著作，为什么今天仍然没有出现能够代替这本书的研究著作呢？这是一个非常值得我们深思的问题。

　　目前就笔者了解，当今西方对中国音乐的认识，仍然是贫乏且过时的。西方学者们普遍将中国传统音乐作为一种古老、朴素和陈旧的音乐传统看待。在"欧洲中心论"的思维中，中国音乐总是在"文明进化论"的排序中远远落后于"复杂"与"优美"的欧洲艺术音乐。学者们忽略了中国音乐其实是一个非常复杂的文化现象，具有完整的理论体系和历史发展背景，以及多样化的风格。除了传统音乐之外，中国还有少数民族音乐、当代流行音乐、戏剧音乐等丰富多样的音乐形式。而很多西方音乐爱好者甚至学者对中国音乐的了解只停留在五声调式和京剧上。造成这种情况最根源的问题是，绝大多数西方人不具备最基本的汉语知识，对中国文化与音乐背景知之甚少，无法自主获得足够的相关原始材料。因此，在中国音乐对外传播的工作中，出版关于中国音乐史和音乐基础知识的外语译本可以说是解开问题的关键所在。另外，西方研究中国音乐的学者从 18 世纪开始至今，数量都极少，他们在西方音乐学术界中一直没有形成专门的中国音乐或者亚洲音乐的研究圈子，同时也缺乏与中国学者足够的交流与沟通。

由此，笔者在中国音乐对外推广和传播上有四点建议：1. 在国外开展不同形式的中国音乐演出：既要有大型音乐文化活动，又要有贴近市民生活的小型音乐活动；既要有中国音乐家演奏，又要鼓励国外音乐家演绎中国作品。2. 在西方音乐思维的习惯中，每一种伟大的音乐文化必须有充分的音乐理论作为支持才能成立。因此，要提供关于中国音乐的优秀的学术译本，鼓励国外学者用学术化的语言对中国音乐进行总结和提炼，并且将这些成果带到国际化的学术讨论中去。3. 在上面两点的基础上，鼓励国内外学者进行大量的学术交流。4. 积极运用融媒体的力量，用电影、纪录片、短视频、网络宣传等手段，让国外音乐爱好者有机会亲近和了解中国音乐。

总而言之，音乐是世界的语言，相比其他文化行为，音乐极少引发文明冲突。音乐一方面能积极展现一个民族独特的审美水平和价值观，另一方面又能通过特定的共通的音乐元素，把不同的文化融合连接在一起。因此，音乐在国际格局中，在国际文化交流中具有非常重要的意义。在"一带一路"文化交流的语境下，我们需要用音乐作为纽带与其他文明进行沟通和交流。要让其他民族的人，因为中国音乐的魅力主动来亲近中国文化。在此借大会的机会，我也呼吁各位学者能在未来多关注中国音乐的对外传播活动。

彭蓓系德国海德堡大学音乐学博士，任职于北京师范大学珠海校区全球化与文化发展中心

"第三极文化"视野下世界电影格局与国际传播模式

李雅琪

　　近年来全球电影市场整体保持增长的态势(除疫情影响外)。北美地区(美国、加拿大)依然是世界最大的电影票房市场,占据着 70% 左右的全球电影票房,但因增速缓慢并几近饱和,美国电影更加重视向其他国家进行势力扩张。以法国、英国为主的欧洲电影,因经济危机、数字对传统电影业的冲击、以及英国脱欧等政治因素等影响,市场稍有萎缩,但欧洲市场依然稳固。与欧美不同的是,以中国、韩国、印度为代表的亚洲电影突飞猛进、增速惊人。世界电影目前基本可分为美国、欧洲、亚洲三个主要市场,而这些地区在保证内需的情况下,都不约而同地将目光锁定在海外市场。

一、美国电影海外传播模式

　　自第一次世界大战以来,好莱坞就一直主导着世界电影业,霸占着全球电影市场。美国影视产业在全球各个国家中几乎都保持贸易顺差的强势地位。美国出现了一大批成功的国际传播案例。

1. 美国电影行业协会的市场保障

　　从 20 世纪初开始,美国政府便通过外交手段、税收杠杆、资金和设施服务等方式扶持好莱坞电影业的海外扩张。美国政府渐渐意识到电影的海外传播对美国经济和文化的对外输出有着不可替代的作用，在意识形态传播、文化输出方面显示出极大的优势。好莱坞电影业一方面通过联合各力量建立行业协会，共同发声；另一方面也借助美国政府的力量展开国际贸易方面的谈判，拓展海外市场，如在与世界各国的贸易谈判中，美国政府往往将其他国家是否开放好莱坞电影进口作为重要的条件以评估美国是否给予对方贸易优惠。

美国电影协会不仅是美国内部电影行业管理者，而且在国际运作方面，协会抹去了"美国"二字，有利于在国际市场上进行更大范围扩张。其前身是 1945 年成立的美国电影出口协会，协会的宗旨是"在世界市场上重建美国电影，并应对日益高涨的保护主义，避免其设置障碍，限制进口美国电影"。在国际电影市场上，其始终倡导电影的市场属性，提倡电影自由贸易，因此扮演着国际市场管理者的角色。美国政府和美国电影协会将国际贸易中的电影完全视为受市场力量支配的商业产品，这与其他地区有着根本上的不同。

2. 制作"世界电影"，进行海外扩张

作为强大的移民国家，美国具有较大的文化包容性，世界各地的文化在这里碰撞、交汇，多样化、国际化本身就是美国文化的一大特点，在美国电影中表现突出。面对多样化受众群，必须尽可能最大范围满足受众需求，呈现移民国家文化特点，有"世界电影"文化倾向。此外，好莱坞电影在制作团队上走"国际化"道路，提高影片的演员和主创团队的国际化程度。概观好莱坞电影，选用外籍导演、主演的影片不胜枚举，好莱坞电影在选择演员时，一方面考虑其在美国境内的影响力，另一方面是将目光投向全球范围内具有较大知名度和票房号召力的明星，作为保障票房的手段。

除了主动输出外，好莱坞也注重对差异文化（其他国家传统文化、故事）的吸收，制作用好莱坞方式去讲述他国故事的好莱坞电影。一种模式是美国投资、他国取景，为增加合作，国外很多地方政府为电影取景拍摄提供税收优惠。对美国而言，这种"异国情调"

可以更好地吸引全球各地的观众，为海外传播铺路。对于一些本土保护比较好的国家，尤其是亚洲地区国家，采取"曲线占领"的方式，首先，好莱坞大的制片公司也加强了在亚洲的投资制作，参与一些影片的投资，如中国电影《全城热恋》《刀见笑》均有美国投资。其次，采用"所在国故事＋美国制作"的创作模式，在故事中借用这些国家的传统元素。如2008年以人见人爱的大熊猫和中国功夫作为故事主线的《功夫熊猫》，全球上映之后大受欢迎，影片充满浓浓的中国味道。又如《花木兰》，曾被纳入迪士尼全球公主系列动画电影之一，2020年迪士尼推出真人电影《花木兰》也备受瞩目。此后还发展为"所在国故事＋所在国制作"的合拍模式，如《长城》《功夫之王》等。

3. 美国电影全球发行体系

有了面向国际市场的内容基础，抵达海外受众只需要打通海外发行渠道，因此，好莱坞建立起了遍布全球的网络发行体系。事实上，好莱坞在早期就通过雇佣代理机构、中间人的模式在海外销售美国电影。势力壮大后在全球设立分部，用雇佣员工经营的方式在海外发行电影，负责好莱坞电影的海外放映，还要针对不同地区进行宣传包装及推广，甚至还包括当地市场调研、收集反馈信息等，并能根据不同地区的受众需求反哺内容创作。如根据中国市场的调研反馈，《钢铁侠3》增加了王学圻、范冰冰的出演，并根据中国观众的接受设计了一个"中国式"结局。美国电影从制作到发行都很重视海外市场受众需求，这也是美国电影世界性的重要体现。除设立分部外，好莱坞还与海外当地的公司合作成立国际发行部门，甚至成立合资公司，如我国华纳兄弟国际发行部门、香港的安乐电影公司。

这些传统的海外发行放映体系需要源源不断地将内容输出到世界各地，但另外，随着近几年数字化的加剧，传统的电影发行体系受到了极大冲击，传统放映业及音响销售节节下滑，与此同时，美国涌现出一大批数字化电影发行平台，电影在线发行收入迅速增长，遍布世界各地的发行网络为好莱坞电影海外发行提供了天然优势，加速了美国电影数字化全球发行体系的形成。

二、欧洲电影的国际传播模式

1. 政府政策的支持

在法国，推动电影走向世界成为政府的一项重要责任。政府出台很多政策来推动电影的发展，同时又通过支持一些机构组织各项电影活动，来扩大法国电影的影响力。其中包括行使国家电影政策的行政机关法国国家电影中心，他们对电影制作、销售、放映、国际交流等十多个领域进行资助，对电影配售进行补贴。1949 年，法国国家电影中心每年拨付经费的法国电影联盟成立。法国电影联盟是法国电影出口的有力平台。法国外交部也对法国电影联盟给予政策倾斜。为寻找海外发行路径，联盟会适时举办一系列活动来拓展法国电影海外影响力，包括在外国组织法国经典影片展、寻求海外代理商、扩大海外发行、支持法国影片参加海外电影节等，争取在世界范围内更大程度上推销法国电影。在英国，电影委员会为出口英国电影制定了一系列政策。他们支持电影企业创造电影出口机会，维护和扩大英国电影国际市场份额。包括制定政策、成立出口机构、提供项目资助、确定重点区域、组织参加电影节等。

以法国、英国为主的电影大国在电影海外传播方面做出了极大探索，政府作为主要推手在电影的海外传播过程中起着至关重要的作用：首先，政府直接介入电影的海外推广，不但成立相应的机构专门负责海外推广工作，而且制定一些政策促进对外流通，甚至直接参与海外推广的实际操作中；其次，运用较为丰富的多元化手段来促进海外推广，包括政治、经济和市场运作手段，如法国政府以电影融资、电影补贴的方式刺激电影创作积极性，英国政府扩大资金来源以资助英国电影出口等；最后，政府重视以参加海外国际电影节的方式推广本国电影，并重视对电影人才的扶持，以提高内部生产动力来提升国际竞争力。

2. 合拍片成为欧洲电影国际通行证

由于地理和文化原因，大部分国家热衷于合拍。华谊兄弟研究院一项基于 1990—2018 年全球制作的 160618 部电影的研究表明，美国影片制作数量排名第一，甚至多到超过了其后 5 个国家（印度、日本、法国、英国、加拿大）的影片总量，其中大多数为合拍片。数据显示，除美国外，欧洲国家合拍数量最多。以英国电影为例，由于语言的优势，英国电影在美国市场、欧洲市场流通范围较广、影响较大，但与此同时，由于语言带来的融合的另一个侧面，也有研究证明，事实上纯正的英国电影已不存在。合拍片、海外发行等方式已经成为英国电影国际传播的主要路径。英美合拍片占英国电影的 16%，但仅占美国电影的 3%。相反，英国和爱尔兰的合拍片只占英国电影的 3%，而占爱尔兰电影的 27%。英国脱欧事件势必会对英国与其他欧洲国家的合拍电影产生一定的影响，但由于语言的优势，可能对英国电影自身的影响并不是很大。

欧洲国家的多国合拍片可以分为以下两种：一种是官方合拍电影，要求每个国家的政府进行谈判，并签署一项联合制作协议。有些是长期合约，有些则可以更新。如英国在 1992 年签署了一项涵盖大多数欧洲国家的协议，但在 2017 年，只签署了与巴西的协议。另一种模式是即使合作国之间没有官方协议，每一合作方国家的制片人和电影制作人仍需要协同工作。这一合作包括双方通过沟通达成合作协议，并确保在每个电影生产阶段协同合作。每部电影都有各自的模式，因此也没有一个固定的合作模板。在许多情况下，每个制作国家都要努力筹备资金，因为在电影制作过程中，双方各自的权利与其融资水平相关。

3. 欧洲国家电影协会的平台交流

欧洲各国除了重视在各个国家内部的电影发展外，还重视各国之间的相互合作、共同推进电影事业的发展。如由 38 个国家电影促进机构组成的欧洲电影促进会，促进会成员国之间本着发现欧洲电影人才、促进欧洲电影发展的精神，在重要国际电影节和市场上开展欧洲电影及人才的促进和推广工作。欧洲电影促进会的宗旨是推广欧洲电影，协调宣传、发行和上映等环节，促进欧洲电影国际拓展，包括促进欧洲电影进入国际市场，促进欧洲电影人才进入国际市场，以及将欧洲电影销往欧洲以外的地区。2010 年 10 月，欧洲电影促进会成员集体出席第 15 届韩国釜山国际电影节推广欧洲电影。2020 年 4 月，为应对新冠肺炎疫情对欧洲电影产业以及戛纳电影节的影响，有 37 个成员组成的欧洲电影促进会成立"危机委员会"，召集业界人士商讨可行的戛纳电影节"虚拟市场计划"。

除了欧洲电影促进会外，欧洲各国也建立电影推广协会促进海外推广，如英国电影学会致力于英国电影国际推广，由 100 多个电影机构与协会团体组成的法国电影及视听联盟（FFCV），西班牙文化部下设的电音管理推广机构西班牙电影及视觉艺术学会（ICAA），以及意大利、瑞典、爱尔兰、挪威、芬兰等国也都成立了电影委员会，负责电影的管理以及对外推广工作。

三、影响中国当代电影国际传播的因素分析

近年来，随着国家政策扶持力度加大、电影业界努力、电影观影体系的丰富与发展，中国电影取得了长足进步，票房取得惊人成绩，然而国内电影市场的繁荣并没有真正改变中国电影在国际市场的地位。在世界电影市场中，好莱坞以其强大的资源整合能力统治了世界电影市场，也影响着多个国家的内容生产和传播路径。而中国电影海外传播主要得益于海外华人文化群的亲缘性，作为外语片很难应对世界电影格局和多元市场的挑战。"当两种异质文化相遇时，相互间能够展开对话、交流并达成某种精神上的分享与共契，是决定它们相互遭遇之方式和结果的关键因素。"①

---

① 万俊人：《为什么基督教更容易进入中国文化？——从利玛窦传教中国的进入方式看宗教与道德的文化亲缘性》，载《东方文化》，2003(4)。

1. 跨文化传播中的文化差异与多元选择

从全球市场范围来看，国际影视文化传播历来是不平衡的。据多年来北京师范大学中国文化国际传播研究院"中国电影国际传播"调研数据显示，国外观众在观看中国电影过程中对喜剧片、家庭伦理片接受较难，与之相较，武侠片、动作片、动画电影、恐怖片、悬疑片等类型影片对外传播文化折扣较低。其中武侠片、动作片接受度较高，武侠电影是中国电影打入世界电影市场的首选类型，从海外受众的接受角度，一方面，武侠片展示了中国文化特色，是一种历史文化奇观；另一方面，武侠片较少通过语言来阐述内涵，而是结合了肢体美感，有着观众熟悉的动作元素、更易于接受。追溯武侠片的海外传播之路，从李小龙到成龙、李连杰等动作明星，在好莱坞都享有一定的地位，他们进入好莱坞的路径更为清晰容易。以好莱坞和中国香港为代表的动作片，在世界范围内都可以进行无阻流通，这类影片通常节奏快、叙事清晰、动作多对话少，能够克服文化传播中的羁绊，更容易在国际电影市场中得到发行商和观众的认可。

世界观众需要什么样的电影，什么电影才是大众认同的好电影，是海外接受中必须要面对的问题。华语电影也一直在总结经验、争取更多的观众资源，用国际化视听方式讲述中国故事。而中国文化深厚，有着"得意而忘言"的审美主张，使得一些"言外之意"难于理解，"因而在制作中要把有中国文化内涵的语言尽量用简单易懂的语言表达出来"。所以对白少、动作场面丰富的影片更容易打进海外市场。可以看出，成功的商业类型片关注的是最主流的大众美学文化知识，而大众美学的核心就是对于普遍价值的理解。这就要求一方面要扎根于中国文化的民族性，另一方面，在世界日益走向一体化的今天，更要突出文化产品的适应性、共性，如爱与生命的世界性主题阐释，进而将民族性作为易于接受的吸引力所在。

2. 中外合作的发展与局限：以合拍片为例

合拍片通常在叙事方面很难进行完全统一，带有某一国家的叙事主体色彩。在中美合拍片中，生搬硬套好莱坞叙事对于中国影片来说，是一次极大的自我伤害和损失，对中国文化的深入挖掘与运用是决定影片人物矛盾冲突的重要判断。同样是美国用高科技讲述"冒险游戏"大片，《阿凡达》和《长城》在创作和形象塑造上略有共通性，但就影评人反馈而言相差甚远。对于《长城》中饕餮的设置存在很大争议，影片对这一历史元素缺乏解释力。相较而言，阿凡达这一"从无到有"的蓝色精灵却比"从历史中来"的饕餮更有说服力。《长城》中人物和情节的设置也大受诟病，从海外影评人角度看来，人物设置突兀，使观众无法充分理解牺牲自己的"大义"精神，除电影本身存在的东西方文化差异之外，更重要的是人物缺乏生动性、缺少共通情感的表达，以至于难以认同，甚至看上去很荒谬。因此，合拍不是为了炫技，为的是用人物、情节、主旨去构建一个好的故事，视听技术、演员、场景等是服务于讲故事本身的，不可本末倒置。

对于"如何讲好本国故事"，要充分利用合拍过程中存在的文化差异，这也是合拍片的最大裨益所在，合拍国家可以利用合作机会相互学习、探讨，实现电影资源共享，甚至在发行放映阶段，可以利用本国优势资源打通发行放映环节，以使影片在相应国家产生较好的反响，大大缩短了对外宣发之路，降低了宣发成本，因此更要重视对内容的甄选、创作，合理利用合拍条件和资源。

3. 海外传播背景下的内容创作短板

提升中国电影的海外竞争力，除了对外传播因素外，更要有坚实的内容创作基础，增强产品竞争力。因为电影作为文化产品，如果没有市场空间，没有受众对象，所谓的文化输出也只能是单向的、缺乏接受行为的，无法达到传播效果。所以，中国电影的国际传播还应该回归到影片自身，可以从中国文化元素、类型电影、国际合拍片的角度来思考创作。

第一，降低电影制作中的"文化折扣"，提升文化商品流通性。电影作为一种文化产品，蕴含着多种文化符号元素。电影创作其实也是一个编码的过程。中国电影能够在多种文化之间交流和碰撞，在不同的语言、文化、价值观背景下，难免会有文化折扣现象出现，尤其是对具有深层意味的文化作品来说，在解读的过程中，难免形成较大偏差。因此，为了降低文化折扣带来的传播困难，在创作过程中应该更注重全球性话题和价值观，应考虑到海内外受众的不同，力图实现共同价值观阐释。

第二，丰富海外传播类型电影。在较长一段时间内，武侠片、动作电影成为最具中国特色的电影类型，这也是中国电影在海外传播中影响最大的电影类型。武侠片不仅成就了一批功夫明星，而且有效促进了中国文化的海外传播，一些经典作品还一度掀起了中国武侠热。在抵抗好莱坞类型电影的强大竞争力时，中国武侠电影的海外传播也很难取得较好成绩。近年来武侠电影北美票房处于持续低迷状态，一方面，由于中国武侠电影缺乏创新性，海外观众已经形成了审美疲劳；另一方面，中国电影类型生产较为单一，不足以形成成熟的类型创作体系。对于类型电影来说，既要发挥自身优势，又要借鉴别国成功经验。因此，需要在此基础上以国际化电影类型标准来进行制作，增加战争片、灾难片、恐怖片等类型以丰富中国电影创作。

第三，加强合拍片扶持力度，创作具有国际视野和国际影响力的作品。在经济全球化背景下，合拍片无疑是最具有国际合作和发展潜力的运作模式。合拍片不仅能实现国际融资，降低投资风险，而且有助于开拓国际市场，实现在其他国家的推广和传播。随着中美、中英、中法合拍片的深入合作，"合拍片"已经达到了更深层次的合作，远远大于资本层次的融合，更多在于文化方面的渗透与联结。

李雅琪系陕西师范大学教师

中国魔幻电影中的传统伦理观念探析

孙子荀

　　所谓"伦理"，《辞海》定义称："伦理是人们相互关系的行为准则，或指具有一定行为准则的人际关系。"以"礼仪之邦"著称于世的中国，向来对伦理极为重视，有学者指出，中国哲学"不执着于首先去探索世界万物的起源，不过分寻求人们自身的享乐，而是以其特有的精神，探索人生的意义和价值，探索道德在人类社会发展中的重要作用"[①]，显示出一种伦理本位主义的取向。在相当长的历史时期内，伦理观念虽然与哲学、宗教、文学等思想交融在一起，并未形成独立的系统，但古圣先贤们留下的深厚而丰富的古典伦理学说，已成为后人取之不竭的宝贵文化资源。

　　中国电影一向注重"文以载道"，凸显伦理意识，强调教化功能，有学者指出："在电影的本体形态与电影的社会功能之间，明显地更重后者"[②]，"中国电影道德意识或精神的充盈，可以说是其最为突出的一个特征"[③]。然而魔幻电影作为新兴的类型片种，又是一种超现实、超自然的

---

① 罗国杰：《传统伦理与现代社会》，7页，北京，中国人民大学出版社，2012。

② 史可扬：《"象"、"气"、"仁"与中国电影——中国电影的美学范畴分析》，载《当代电影》，2004(2)。

③ 史可扬：《影视文化学》，70页，重庆，西南师范大学出版社，2018。

虚构文本，其伦理观念和文化价值较少被论及。事实上，魔幻电影具有其特殊的伦理研究价值，主要表现在以下几个方面。

首先，魔幻电影大多改编自人们耳熟能详的古典文本，其中包含了诸如仁爱、忠孝、人本主义等许多具有民族特色的传统伦理观念。从文化研究的角度来看，传统具有持续性和连贯性，对于构建当下文化有着重要作用。正如李泽厚先生所指出的，"传统既然是活的现实存在，而不是某种表层的思想衣装，它便不是你想扔掉就能扔掉、想保存就能保存的身外之物"①。魔幻电影为我们提供了保存传统价值观念的样本。通过分析电影文本，可以探究电影中伦理传统的呈现，以及这种传统是如何被现代化演绎的。其次，许多魔幻电影取得票房成功，意味着其伦理观念得到了当下观众的认同，契合了现代社会的某种心理结构——电影之所以引导观众进入影院，就证明了影片具备在文化心理与情绪方面的吸引力。因此，研究魔幻电影的伦理观念，对于考察当今社会的道德价值取向有着较为重要的价值。

一、人伦关系

在中国传统的伦理学中，最为核心的特征是对人伦关系的重视。在某种程度上，中国传统伦理就是研究"人伦"之理的学问，即在群体主义伦理观的基础上，对人伦关系、人伦秩序、人伦规范的探究。而对于中国电影而言，人伦关系是一种重要的内在结构法则，亦是构成戏剧冲突、塑造人物形象的重要手段，如有些学者所指出的，"遵守人伦常情构筑情感世界和借助人伦情感来褒贬判断，成为中国电影常见的情感支撑点"②。在21世纪魔幻电影中，人伦关系是最常

---

① 李泽厚：《中国现代思想史论》，43页，北京，生活·读书·新知三联书店，2008。

② 周星：《论中国电影教化传统与道德表述特点》，载《宁夏社会科学》，2004(4)。

见的主题之一，成为许多影片叙事的出发点和落脚点，如《捉妖记》《捉妖记2》中的父子关系，《画皮》《白蛇传说》中的夫妻关系，《寻龙诀》《狄仁杰之四大天王》中的朋友关系，《西游记之三打白骨精》《西游降魔篇》中的师徒关系等。就具体的表达方式和价值取向来看，主要呈现以下几方面特征。

1. "非人"的人伦观念

在古代先哲看来，是否拥有人伦理念，是区别人类与禽兽草木的重要标准之一。《孟子·滕文公上》："逸居而无教，则近于禽兽，圣人有忧之，使契为司徒，教以人伦。"《管子·八观》："背人伦而禽兽行，十年而灭。"而在许多魔幻电影中，叙事主体恰恰是神仙妖魔等非人异类，人伦的范畴也就随之得到拓展，人与妖，人与神之间亦产生了伦理关系，并引发出种种特殊的情节趣味。

一方面，在"神魔皆有人情，精魅亦通世故"的魔幻语境下，这些非人类角色具备了某些人性化的特质，拥有了种种情感伦理纠葛，在一些情境下，他们甚至比人类更加深情、多情；与此相对，处于人伦关系另一端的人类也并不将其视为异类，而是平等相待，回报以热诚真挚的感情。如影片《捉妖记》中，小妖王胡巴外表可爱，内心纯粹，与捉妖师宋天荫、霍小岚组成奇特而温馨的三口之家。由于妖类天生带有吃人的本能，胡巴以"父亲"天荫的血液为食，而后者心甘情愿做出了牺牲。看似极端的情节设置，却因魔幻片的高度假定性和超现实性而并不显得突兀，反而展现出人妖间超越种族的亲密情感。接下来，胡巴在两人教导下，渐渐意识到"吃人"的罪恶，于是努力压抑自己的天性，俨然是一个听从父母教导，改正错误的乖巧幼童，体现出一种父慈子孝，和睦温馨的人伦关系。影片《白蛇传说》中，白蛇素素嫁给许仙后，操持医馆事务，当百姓中妖毒时，她将自己的百年道行注入药汤之中，帮助许仙救人。两人体现出一种志趣相投的伙伴关系。随着剧情发展，白蛇不慎露出原形，许仙没有表现出一丝恐惧或厌恶的情绪，而是为其安危深感忧虑，冒生命危险盗取仙草拯救她的性命。影片展现的虽然是人妖之间的结合，但体现出一种不离不弃，不因危难而动摇的真挚感情。影片《西游伏妖篇》中，即便是妖魔鬼怪也重视自己在人伦关系中的角色，将其视为成人的必要条件。如白骨精小善被怀疑是妖怪时，反驳的证据是自己拥有一个和睦的大家族，事实上，所谓家人都是变化出来的幻象，既为了蒙骗别人，又用来安慰自己，让她忘却孤魂野鬼的可悲身份。当孙悟空将"家人"一一打死时，小善表现出了强烈的痛苦，因为她已经在这种虚假的人伦关系中注入了真实的感情。

　　另一方面，由于身份的特殊，非人类角色大多是相对天然、未经教化的，其对待人伦关系的态度往往有一个从不接受到接受的适应过程，并展现出对传统伦理中不平等关系的反抗。由于对"孝"和"忠"的道德规范的强调，中国传统人伦思想带有一定的等级制的尊卑色彩，除朋友一伦较为平等外，其他所有人伦关系都被分化为两端，一端掌控权力，制定规则，另一端保持服从，尽伦尽职，其个性和自由都受到压抑。以《西游记》为例，在原著小说中，师徒关系是具有严明的等级性的，唐僧从观音处得到咒语和金箍，相当于从更高阶级处得到了驯服低阶级的工具，而孙悟空对唐僧的态度也是恭敬、顺从居多。但在 21 世纪的《西游记》改编电影中，师徒四人之间的关系显然变得更加平等，孙悟空对师徒关系的接受以及"金箍"所象征的服从意味的反抗也更加激烈。如影片《西游伏妖篇》中，孙悟空对玄奘的教导并不信服，甚至与猪八戒等人联手，试图扳倒对方，玄奘对孙悟空亦有恨意，常常非打即骂，任意驱使，伤害徒弟的尊严。在几次激烈冲突之后，双方终于敞开心扉，各自进行了反省，决定以一种更加坦诚、平等的方式相处。两人之间的关系与其说是师徒，倒不如说是好友。影片《西游记之三打白骨精》中，唐僧性格温和，从来不以师父身份和紧箍咒的法力约束别人，其诚意渐渐打动了桀骜不驯的孙悟空，使其对唐僧的态度从轻蔑转向尊敬，最终真正成为他的徒弟。总而言之，魔幻影片中的孙悟空不再像原著中一般，因为戴上金箍而自动进入师徒的人伦关系中，而是遵从自己的判断，逐渐接受新的使命和身份，体现出一种更为现代、独立的人伦观念。

2. 以人伦对抗天意

中国的文艺创作向来有"主情"的美学传统，无论是亲情、友情或是爱情，人伦情感总是中国魔幻电影中最为常见的主题，这与西方魔幻电影经常表达的个人冒险、正邪对立等有着显著的区别。不过，在中国魔幻电影中，人伦情感也常常面临一种强大力量的压迫和冲击，这就是"天意"。

"天意"的概念具有悠久的文化传统。早在上古时期，"天"就被看作主宰一切的绝对力量，天人交感的思想流传已久，西汉哲学家董仲舒尤其宣扬"天意""天理""天人感应""天人相与"等观念，认为人间的一切权力来自上天的意志，建立起"道德天赋"的神秘主义宗教伦理。当然，这种观念并不是中国传统思想的主流，许多古代哲人并不将天等同于人格神，相反，他们认为"天人秩序和人间秩序互相相应共通，其间并没有神意的独断"①，但"天意"的说法仍产生了广泛而深远的影响，当人们遇到不可解决的灾难或困厄时，就将希望寄托于这种超越了自然和社会的力量，或者是皇天上帝，或者是佛陀观音，或者是其他任何一种"天意"的代言人。

在魔幻电影中，"天意"却常常被描述为一种负面的力量，如无法扭转的宿命，等级森严的秩序，冷酷无情的轮回，独断专行的神明等，它们表面上是一种正当的、权威的势力，但实际上却扮演了阻隔人伦情感、拆散人伦关系的反面角色。如影片《无极》中，满神是无常世界的代言人，残酷地捉弄着倾城、昆仑的命运；影片《大话西游3》中，玉帝书写的天书决定着一切世事，因天书出了差错，玉帝用阴谋手段修改，导致了一系列悲剧发生；影片《画皮2》中，小唯以妖灵拯救了王生的性命，反而因为破坏了妖界的"规矩"而被打入寒冰地狱。总而言之，这些所谓的神的旨意也好，世间秩序也好，因果报应也好，都因破坏了人伦关系而成为影片中被反抗的对象。

从伦理的角度来看，这实际上反映出了一种落后的宗教道德思想对人性的钳制。所谓宗教道德思想，张岱年先生认为，即是与人

---

① 许倬云：《中国古代文化的特质》，52 页，厦门，鹭江出版社，2016。

本主义伦理思想相对的，"从天意或神的意志中引出道德，或以祸福报应生死轮回的观念来加强统治阶级道德对人民的权威"①，其特征是"把道德说成神的指示，说成神的意志的体现，以所谓的'天意'与'天道福善祸淫'的说教作为统治阶级道德的支柱，宣传人们必须服从神的旨意，接受神的命令来实行他们所宣传的道德"②。在中国伦理学的发展过程中，这种宗教道德思想与人本主义思想的斗争是长期存在的，而魔幻电影通过叙事情节和主题呈现，明确地批判了前者的观点，展现了一种现代的、人本主义的价值理念——伦理既不来源于任何神明的意志，又不是祈求天意福佑的手段，而是取决于人世间的关系，是完全由人类自身所主导的。

因此，在魔幻电影的叙事中，人伦与"天意"的对抗虽然力量悬殊、过程曲折，但最终获胜的一方总是人伦情感。如影片《无极》结尾，昆仑以令时光倒转的速度回到从前，改写悲剧宿命；影片《画壁》结尾，众人联手对抗姑姑的暴政，换来平等自由的新秩序；影片《画皮2》结尾，小唯牺牲自己救活靖公主，最终妖灵与人身合一，达到"共享此生"的圆满结局。这种处理方式，既满足了观众对团圆结局的心理期待，又体现了魔幻电影中弱能胜强、"爱能战胜一切"的超现实、超逻辑的特质，折射出了一种情胜于理、人性胜于强权的人文理念。

二、"仁"的理念

中国电影从诞生之初起，便注重改良社会的教化功用，延续人本主义的创作倾向，"无论从主题，还是从立意、价值的判断上，都

---

① 张岱年：《中国伦理思想发展规律的初步研究·中国伦理思想研究》，31 页，北京，中华书局，2018。

② 张岱年：《中国伦理思想发展规律的初步研究·中国伦理思想研究》，30 页，北京，中华书局，2018。

将伦理道德作为其基本选择之一"①，这种伦理道德的核心精神就是"仁"。

"仁"是中国传统伦理思想中最重要的观念之一，是处理人我关系的准则，从孔孟开始便成为道德价值的核心。孔子认为，仁的中心思想是"爱人"，强调一种舍己爱人的无私精神，即"己欲立而立人，己欲达而达人"，要把他人当成自己看待，设身处地地理解他人的欲求。此后，孟子提出"仁也者，人也"的观点，认为仁是人的内在本质，一种天然的恻隐之心。除此之外，仁还可以延伸出另一层含义，即仁慈、宽恕，这与佛、道等宗教性的伦理是分不开的。宗教原本追求入道和出世，随着时代的发展，渐渐呈现世俗化的趋向，如许倬云先生所指出的，"从理论的阐述转化为虔敬与实践，由寻求出世的解脱转向入世的救助与扶掖世人"②。

1. 仁者爱人：仁在电影中的层次

纵观中国魔幻电影，仁往往是影片的核心价值思想，人物的基本行为原则。在某种意义上，电影的主人公可以无能力，可以不勇敢，可以缺乏这样或那样的优点，但唯有一点是不可或缺的，那就是仁的品质。

出于"先抑后扬"的叙事要求，在许多影片中，主人公登场时通常处于弱势或困境，唯一拥有的就是一颗仁爱之心。随着故事展开，当主人公面临一个又一个困难的抉择时，仁的理念往往成为其选择的依据，并像催化剂一样推动剧情发展和人物关系的升级。如影片《无极》中，昆仑原本是身份低微的奴隶，在奉命勤王时目睹了王对倾城的暴行，出于恻隐之心，他杀死王救走了倾城，后来追兵赶到，他又为保护倾城而跳下悬崖……在虚幻冷漠的无极世界中，昆仑所具有的仁心使其比那些位高权重的王、将军、公爵们更加高贵。凭借一次又一次的道义之举，他最终改变了这个"天地不仁，以万物为刍狗"的冷酷世界的规则，拯救了倾城的悲剧性命运。

---

① 史可扬：《影视文化学》，70 页，重庆，西南师范大学出版社，2018。
② 许倬云：《中国文化的精神》，北京，九州出版社，2018。

　　仁不仅是电影主角的必备品质，也是结构叙事的基本支点。《西游降魔篇》是中国魔幻电影中对仁的探讨较为深入的一部。主人公陈玄奘手无缚鸡之力，胸怀天下之溺，虽爱上段小姐，但因为自己对"大爱"境界的追求，决定压抑心中的感情，直到对方为救自己而死，他才痛苦难当，继而顿悟，发出如下感慨："男女之爱也包含在所谓的大爱之内，众生之爱皆是爱，没有大小之分。有过痛苦才知道众生真正的痛苦，有过执着，才能放下执着，有过牵挂，了无牵挂。"从本质上讲，陈玄奘当初的纠结心理背后是宗教伦理与世俗伦理之间的矛盾，是超脱与有情的矛盾，爱世人与爱一人的矛盾，但从儒家仁的观点看来，这种矛盾其实是不存在的，因为"立爱自亲始"，仁爱本就是由己推人、由近及远的，小爱是大爱的必由之路，这也是陈玄奘最后感悟的中心思想。

　　在魔幻电影中，仁的施予对象不仅有弱者和平民，而且有遭受偏见的异类，这使影片的伦理观在传统的仁爱思想上，还增加了平等和博爱等现代伦理价值。如影片《捉妖记》中，宋天荫发现自己的儿时玩伴小武其实是披着人皮的妖，经过一番激烈的思想斗争，依旧对其进行了援助；影片《新倩女幽魂》中，宁采臣知道小倩是妖，但对她的感情并未改变等，在这些影片中，仁不仅仅是拯救，也是一种接受和理解。

　　值得一提的是，魔幻电影中仁的理念的传达往往是民间立场的私人叙事，而非宏大叙事；是平凡人物的义举，而不是高高在上的施舍，那些权威秩序、等级樊篱等，反而站在了仁的反面。魔幻电影的主人公往往并未把自己放在救世主的角色中，他们仁爱理念的体现，出自人性中的善良和恻隐。他们的力量或许十分有限，但仍义无反顾地投入仁义的行为中，因为仁是不需要前提，不需要缘由的。在这一过程中，他们的仁打动了更多的人，终于获得胜利。

2. 仁者无敌：对二元叙事的弥合

　　类型电影的身份，决定了魔幻电影必须拥有简明、清晰的叙事模式，不能夹带太多复杂暧昧的信息，阻碍观众对影片内容的辨识。如前文所述，魔幻电影最常见的一种情节模式是正邪双方对某一力量/目标的争夺，在简单有效的二元对立结构中完成叙事。在西方魔幻电影中，双方阵营往往具有清晰的分界，正义是纯粹的正义，邪恶是终极的邪恶，结局指向正义对邪恶的消灭。而相比之下，中国魔幻电影中的二元对立却并没有那么彻底，仿佛阴阳相生太极图一般，两者虽然有所分隔，但也存在互融、转化的趋势。正如有的学者所指出的："中国叙事的一个基本原理：对立者可以共构，互殊者可以相同……这就是中国所谓'致中和'的审美追求和哲学境界。内中和而外两极，这是中国众多叙事原则的深处的潜规则。"①而从伦理的角度讲，弥合二元对立的关键性因素就是"仁"。

　　首先，仁增加了人物的层次感和人性的复杂程度，让观众意识仁爱之念、恻隐之心天然地存在于每个人的身上。以电影《妖猫传》为例：少年白龙化为邪祟，本是一个彻底的反面形象，但影片仍刻画了其悲剧性的一面——直至死亡，白龙的心中仍然保持着对爱人的无限深情，矢志不渝。在对人物的塑造中，最精妙的一处在于：白龙目睹贵妃身上的蛊毒，意识到自己需要用一块生肉引出毒虫，而山洞中的活物只有他和猫二者。白龙与猫对视，似乎准备对猫下手——毕竟与爱人的生命相比，一只动物的死活算不了什么——但出人意料的是，他迟疑片刻，最终放弃了这个念头，而选择牺牲自己的身体。这个富有张力的细节，令观众设身处地地感受到人物的痛苦、挣扎和恻隐之心，突破了正与邪的简单对立，更深刻地展现了人性的复杂内涵，也折射出"仁"的可贵意义。

　　其次，仁弥合了对立双方的差异，使恶的一方被善的一方所宽恕、感化。不同于西方文化中界限分明的善恶观，中国文化中的恶的界限是相对模糊的，正如学者所指出的，"在中国的宗教文化中，类似于基督教中撒旦的恶的化身是不存在的，善势力与恶势力在中国人想象的神灵世界中也并非那么泾渭分明"②。因此在中国魔

①　杨义：《中国叙事学》，21 页，北京，人民出版社，1998。
②　[美]万志英：《左道：中国宗教文化中的神与魔》，廖涵缤译，5 页，北京，社会科学文献出版社，2018。

幻电影中，神明可以作恶，妖魔可以向善，改邪归正、弃暗投明的情节也时常发生。具体而言，许多影片在描写妖魔恶行的同时，也揭示了其作恶背后的隐情，将其从"妖魔化"的异类还原为同类，最终在心理层面上将其消解，而不是在物理层面上消灭。

不过，值得注意的一点是，对"仁"的过分强调，有时也会使影片陷入寡白和虚无之中。一方面，当"仁者无敌"成为一种默认法则时，"仁爱"成为解决一切问题的万金油，必然会减损叙事的悬念和张力，消解人物和故事的复杂性和开放性。另一方面，许多影片为了避免塑造脸谱化、同质化的反派角色，过多地展现恶人值得同情的一面，结果造成了一种新的同质化。恶的弱化，令其与善的冲突变得空洞肤浅，丧失了批判的力度。

结语

从传统到现代社会，伦理道德和价值基准发生了很大的变化，但其依旧深入地、广泛地存在于人们的日常生活之中。在中国魔幻电影中，仁爱、忠孝、人本主义等传统伦理观念既有全面呈现，又经过一定的现代化演绎，使其更加契合现代观众的心理结构。鲜明的伦理观念，深厚的文化联结，无疑构成了中国魔幻电影的独特魅力之一。如何认真挖掘本土资源，更深入、更生动地将伦理观念与影片叙事相结合，应当成为未来魔幻电影创作的关注重点。

孙子筍系北京师范大学博士后

第四辑

中国文学主体性的冲突与融合

澳门文学特质理解与《澳门新文学大系》的组编

朱寿桐

澳门文学是汉语文学世界独特的板块，它在学理和逻辑上应该与香港文学、台湾文学并列，但必须承认，澳门文学无论是成就还是影响，都难以与香港文学和台湾文学相提并论。任何一个在澳门文学中出类拔萃的文学家都还未能在任一时代的汉语文学视野中脱颖而出。澳门文学家一般难以理直气壮地作为澳门文学的代表进入汉语文学共有的阅读平台，澳门文学家的出版物一般也难以成为澳门以外的读者普遍阅读的对象。

澳门文学应该属于并不直接贡献经典作品的特殊板块，但它的文学生态非常可圈可点。要求和期盼一个地区的文学贡献出有全局性影响的经典作品，或者有历史影响的文学作家，这当然是非常正常的，但并不是唯一的一种文学评价。文学呈现的途径未必只是经受历史的优选。如果一个地域的文学能够满足更广大的群体表现自己、抒写自己的要求，能够帮助有一定文学技能的人圆他们的文学梦，也就是说能够形成一种文学的绿色生态，那么，在这片土地上即使未能生长出几棵参天大树，那也是有价值的，而且可能是最符合文学生态学原理的。澳门在一定意义上就是这样一块文学的热土，它的存在为汉语文学界探讨文学生态学提供了有价值的资源。经过长期锻造、锤炼，澳门文学的确形成了特定的文学生态，而且是弭平了文学发展高峰现象和地标人物的特定生态。这样的文学生态不仅为汉语文学世界做出了板块性的贡献，而且也对汉语文学的理论建设提供了经验性的启迪。

弭平文学发展高峰现象的澳门文学生态呈现出一种文学发展的自然状态。从政治和意识形态方面而言，澳门文学在社会生活中的影响力从来没有得到意识形态上的夸大，因而也未纳入社会管理序列进入某种调控程序。这样，澳门文学的创作和制作机制便处于相对涣散的自由状态，其实也是一种自然状态，而政府相关部门以及澳门社会中起主导作用的社团运作又能够对文学出版和发表提供一定的资助条件和激励措施，于是在澳门，文学的发表和出版基本上处在没有明确的"门槛"状态，文学发表和文学出版所需要的许可机制基本上处在隐匿状态。这样的创作自由和发表自由在许多地方都是稀缺资源，特别是无门槛的出版和发表许可机制所造成的发表自由，在网络文化形成之前，几乎成为怀有文学梦想的人们共同期盼的境界。澳门的文学爱好者和澳门的文学梦持有人早就拥有了这样的境界。这是澳门文学特定生态形成的基本条件之一。

"澳门文学"的学术定位和文化定位都有着不可否认的理论意义。澳门文学在汉语文学和汉语新文学中所处的特定链接，是澳门文学建设者应该明了，也是澳门文学研究者和理论探索者更应该明确的理念认知。澳门是一个特殊的区域空间，有着极其丰富的文化内涵，有着特别的历史经验和生活态势，这些内容成为文学的内质，就需要在跳脱于澳门文学自身的宏观视野中加以凸显。

澳门也是如此，一个区域文化的特殊性只是一个区域文学写作资源的体现，一般不能成为这个区域中的文学写作者在写作水平和文学贡献上自我设限的借口。文学创作具有普遍的法则，其中，体现在文学描写经验层次的地方色彩和文化厚重度往往能够决定文学的特色乃至某种特质，但绝不应该成为文学水平设定的基本依据。文学经验的判断和欣赏的依据显然需要参照浓厚的地域性和文化含量，而在学术意义上以及文学史研究层面所做的文学水平的衡量与评定，则不可能囿于这样一种地域标准。因此，澳门文学不能成为衡量作品水平与档次的标准，水平与档次的审视应该越出地域范畴，在具有普遍意义的汉语新文学视野中进行。如果说在注重培养文学人才的文化含量较低的地区对待文学创作可能采用因地制宜的标准，则作为文化和文学热土的澳门不应该属于这样的区域。

在汉语新文学的总体格局与框架中审视澳门文学，也并不意味着对澳门文学界提出了不切实际的臆想。澳门文学曾有的辉煌以及现有的成就都足以说明，澳门的文学写作者应该也能够以汉语新文学的整体建设为自己的一方责任，并且积极创造条件负起这样的责任。20 世纪 80 年代末 90 年代初澳门文学热土上兴起的现代诗歌热，其文学成就就足以烛照相对幽暗的汉语新文学的诗歌世界，彼时内地的朦胧诗潮正在遭遇论争，台湾、香港的现代诗在"后摄"的包围中举步维艰，唯有澳门这片热土上，多元地生长着各色各样的诗歌之株，在远避了嘈杂的喧闹也避开了挑战的尴尬之外我行我素，互不相扰，那时候一批现代诗人的歌吟卓有成效地免除了汉语新诗世界的暂时寂寞。

在这样的意义上，我们可以全面、系统地审视澳门文学的创作成就及其在整个汉语新文学领域的地位，这是我们组编《澳门新文学大系》的理论基础。

澳门文学的命题正式形成于 20 世纪 80 年代，围绕着这一概念的探讨所参照的是中国当代文学与海外华文文学；澳门文学的主流是汉语写作，而且是新文学创作。《澳门文学大系》宜在这样的学术框架中进行设计。

澳门早在 1920 年就有诗人习写并发表新诗。澳门文献学研究者发现了该年度冯秋雪发表于澳门出版物上的新诗《纸鸢》，并断言这是"澳门的第一首新诗"。虽然从 20 世纪 50 年代到 80 年代中期，"澳门还没有出版过一本公开售卖发行的文学杂志"，然而澳门仍然存在着文学写作和文学交流、文学阅读读活动。

澳门文学具有自身特有的生息状态，对汉语文学特别是汉语新文学做出了独特的贡献。的确，澳门文学没有形成雄踞一方、称霸一时的文学高峰现象，没有多少经典性的文化积淀，在汉语文学历史上甚至难以列举出可圈可点的文学史景观。澳门文学在汉语新文学世界一般被认为是乏善可陈的，因而常常被忽略。但这些都是长期以来主流文学界没有对澳门文学予以足够重视、给予特别关注的结果，是对澳门文学历史审美的存在长期忽略而造成的一种误解。澳门文学通过五月诗社以及相关的诗学刊物向汉语新文学世界贡献了卓越的后现代诗篇，在后现代诗歌创作方面引领了潮流，这是汉语新诗史上值得大书特书的一笔。澳门特有的葡萄牙人的生存状态和心理状态，是中国经验和澳门经验的结合体，也是中国经验和澳门经验的一种特征性体现。它只能诉诸澳门文学。而澳门文学特别是小说创作也确实在这一特定的经验表现中做出了令人满意的贡献。澳门历史与现实中的许多环节交织着若干民族问题的纠结和现代人精神情感的困惑。澳门戏剧创作围绕着这些纠结和困惑展开了艺术性的演绎，取得了令人瞩目的成就，同时也是对汉语戏剧文学创作做出了澳门经验书写的贡献。而在澳门人的人生，安宁、静好、缓慢、朴实，同时又浅显、浮泛、平凡、庸碌，非常符合散文的表现，这是澳门体散文形成的重要的生活资源和文化资源。在安宁、缓慢中散步，同时在婉讽、唠烦中解脱，这是澳门体散文的风格和魅力，也是它的内容表达。

本大系的编辑纲领是：全面呈现澳门文学的历史风貌和时代风采，为确证澳门文学作为汉语新文学不可或缺的有机部分提供文本依据；集中显现澳门文学的地域文化特征和艺术审美特性，确认澳门文学相对于其他区域汉语文学的不可替代性；系统展现澳门文学的思想、美学和艺术贡献，为文化市场提供更加丰富的阅读资源；准确体现澳门文学的价值、生态与形态，为澳门文学研究乃至整个汉语文学研究准备丰富可靠的材料。

本大系参照《中国新文学大系》以及《香港文学大系》的编撰经验，更重要的是从澳门文学发展演变的实际情形出发，且便于学术研究，设计出基本体例。

澳门文学从总体上而言，经典作品不多，造成文学史和文化史上重要影响的作品更少,大量的作品都没有引起过学术讨论与批评的洗礼,于是,所选择的作品主要依据其艺术水平和文学特色而定,这样,同一时代作品的美学、文学与艺术比较就变得非常重要。如果不在同期比较中进行选择,很可能造成大系选本的倚重倚轻现象。因此,本大系的作品选择和编排宜按照时代分卷,而不按体裁分列。

朱寿桐系澳门大学教授

王蒙作品在新疆的维吾尔文译介与接受研究

王　玉

新疆经验成为王蒙重要的创作资源，那些描写新疆伊犁地区的维吾尔族人民的日常生活、风俗人情和幽默诙谐个性的作品，独具魅力，深受新疆少数民族读者的喜爱。少数民族批评家亲切地称他为"我们的王蒙"。从 20 世纪 80 年代初期开始，王蒙的作品就陆续翻译成新疆少数民族语言文字。现已经出版的王蒙作品的译本有 16 部，其中以维吾尔文字译本为主。研究这些作品在新疆少数民族读者中的接受情况，是观察和认识王蒙创作的一个新的角度，丰富和补充王蒙研究，同时又更好地体现了多元一体化格局中各民族文学与文化融合与发展的命题。

一、王蒙作品在新疆的翻译与出版

1963 年王蒙举家调往新疆维吾尔自治区文联工作，1979 年 6 月调回北京，先后在新疆工作生活 16 年。这期间，他和家人调往伊犁工作生活 6 年。在伊犁，王蒙在伊宁市附近的一个生产大队劳动改造，与农民同吃同住同劳动。这段新疆生活经历成为王蒙创作的重要资源。1978 年刚恢复写作，王蒙发表的两篇中篇小说《向春晖》《队长、书记、夜猫和半截筷子的故事》，就以新疆少数民族生活为题材。1983—1984 年前后发表的"在伊犁"系列小说，描写 20 世纪六七十年代伊犁维吾尔族农民的生活，生动再现了伊犁地区维吾尔人的日常生活细节、劳动场景和风俗风情。这些作品一经发表，很快就被翻译成新疆少数民族文字。16 年的新疆生活与工作经历，他熟练掌握维吾尔语言和文字，在新疆文学界有许多各民族同事、朋友。例如，维吾尔族诗人铁依甫江、翻译家克里木·霍加，他们都是王蒙的朋友，也是他作品的忠实读者、翻译者。据初步统计，在数量众多的新疆翻译出版的当代作品中，王蒙作品译介数量仅次于鲁迅，是当代作家中作品译介数量最多的一位。少数民族文字的王蒙作品又以维吾尔文译本最多（见表1）。本文以维译本作为考察对象，王蒙作品在新疆的译介有以下特点：

表 1 王蒙作品维吾尔文译介出版一览表

序号	作品	译者	出版社	时间
1	《相见时难》	沙比尔·艾力	中国青年出版社	1985
2	《淡灰色的眼珠》	海热提·阿布都拉、米娜瓦尔·艾力、吾甫尔·买买提	新疆青年出版社	1989
3	《心的光》	沙比尔·艾力、亚森·阿瓦孜、艾合买提江·吾守尔	民族出版社	1990
4	《名医梁有志传奇》	艾丽玛·司马义力	新疆人民出版社	1992
5	《球星奇遇记》	艾合买提·帕萨	民族出版社	1993
6	《王蒙和他笔下的新疆》	乌斯满江·萨吾提、吐尔地·阿西木	新疆人民出版社	2006
7	《王蒙小说选》	不详	新疆人民出版社	2010
8	《你好，新疆》	海热提·阿布都拉、吾买尔江·阿木提、艾尔肯·西里甫、穆纳尔江·托合塔洪、亚森·阿瓦孜、艾力·托合提	新疆人民出版社	2011
9	《王蒙作品选》	不详	新疆人民出版社	2011

续表

序号	作品	译者	出版社	时间
10	《组织部新来的年轻人》	雪赫来提·穆罕默德（翻译并选编）	新疆人民出版社	2011
11	《热爱与了解》	雪赫来提·穆罕默德	新疆人民出版社	2011
12	《临街的窗》	雪赫来提·穆罕默德（翻译并选编）	新疆人民出版社	2012
13	《青春万岁》	雪赫来提·穆罕默德	新疆人民出版社	2012
14	《王蒙在新疆》	祖丽呼玛尔·吐尔干、穆合塔尔·马合木提等	新疆人民出版社	2012
15	中国当代文学作品选粹（中篇小说集）《悬疑的荒芜》	卡米莱·热合曼	新疆人民出版社	2013
16	《这边风景》	买苏提·哈力提、阿不都外力·穆克依提、古丽巴哈尔·艾海提、巴力江·孜帕尔、艾孜热提艾力·巴拉提	新疆人民出版社	2014

第一，译本数量多，译介品种全，除小说之外，诗歌、散文随笔和评论都有一定数量的译介。

王蒙是当代罕见的高产作家，已经出版王蒙文集45卷，包括卷帙浩繁的小说以及大量的散文随笔诗歌以及评论和学术研究。维吾尔文的王蒙小说译本有9部，包括51篇中短篇小说和两部长篇小说，出版的维吾尔文译本散文集《热爱与了解》《王蒙在新疆》《临窗的街》3部，诗歌译介9篇。2003年出版的《我的人生哲学》是王蒙颇有影响的散文随笔集，这些散文篇幅不长，包含王蒙对人情世态、个人命运的荣辱兴衰的感悟，对生活的热爱，面对曲折艰难的豁达，有一种历尽劫波又风轻云淡的洒脱自如。著名翻译家雪赫来提被这本书吸引，深受感动，着手翻译并发表了其中的几篇。没想到受到少数民族读者的一致好评。随后，将这本书完整翻译出版。雪赫来提是一位优秀的翻译家，也是王蒙的忠实读者，他翻译了很多王蒙的散文。王蒙的散文随笔数量巨大，多写自己的见闻和人生感悟，写人记事简洁流畅，信手拈来地描写抒情议论，文风明快而气韵滔滔，颇有维吾尔人说话的方式和气派。20 世纪 80 年代纪实散文《访苏心潮》《访苏日记》以及《塔什干晨雨》《撒马尔罕》译介之后发表在《文学译丛》，满足了少数民族读者了解苏联的愿望，在读者中引起不小的轰动。①

在当代作家中，王蒙作品在新疆的译介数量是最多的。当然，与王蒙作品总量相比，新疆民族文字译介只是其中很少的一部分。

第二，译介及时，持续时间长。王蒙作品的译本出版时间与作品发表时间基本同步，最早的译作是短篇小说《心的光》，该作品发表于 1981 年，译介发表于 1982 年 4 月《文学译丛》（维吾尔文）。小说描写一个漂亮的、极有艺术天分的维吾尔族女孩，因为满足眼前的安逸生活，轻易放弃了可能改变人生的机会。长篇小说《这边风景》2013 年出版，维吾尔文译本 2014 年与读者见面。从 1978 年恢复文学写作至今，王蒙的文学创作一直在持续，不断有新作发表。从统计资料可以看出，王蒙作品在新疆的译介与他的创作相伴随，也持续至今。

王蒙作品在新疆得到及时而持续译介，其中重要原因是作品题材、内容与新疆相关。

第三，王蒙作品在新疆的译本以新疆题材作品为主，而发表于 20 世纪 80 年代初期、引起强烈反响的意识流小说基本没有译介，另外一些重要作品，例如 20 世纪 80 年代末期的长篇小说《活动变人形》，以及 20 世纪 90 年代以来带有自传性的"季节系列"长篇小说也未译介。目前，出版的 16 部作品（集），从题目看，有 7 部作品集的题目与新疆或新疆题材作品有关，其他作品集也收录了新疆题材的作品。

---

① 楼友琴：《维吾尔友人谈王蒙》，见《你好，新疆》，435 页，北京，人民文学出版社，2011。

　　说起 20 世纪 80 年代初期文学潮流，就不能不提王蒙的"东方意识流"小说。发表于 20 世纪 80 年代的一系列结构、叙事新颖的意识流小说，让文坛耳目一新，显示了不走寻常路、敢为人先的创新精神，也开启了 20 世纪 80 年代文学观念更新和艺术形式探索的潮流。作为 20 世纪 80 年代重要的文学现象，王蒙的意识流小说已经被写入了文学史。不过，这些小说发表之初，就有中文系的大学生给王蒙写信，大喊看不懂小说。所谓看不懂，实际上是小说思考和表现现实的方式溢出了读者的阅读期待视野。这些小说语言和艺术形式的大胆创新、实验以及对现实问题的观察和思考，与当时流行的伤痕、反思文学明显不同，不是对现实问题做出明确的二元对立的判断，而是通过联想、想象以及时空跳跃的叙事，表现主人公的困惑、反省和质疑。习惯了明确的二元对立主题的读者，感觉被五光十色的细节和变动不拘的思绪所淹没，不知道作者到底要表现什么。实际上，对于跨语际翻译而言，这类小说也存在不好把握的难题。20世纪 80 年代的意识流小说基本没有译介。

二、王蒙作品在新疆的传播与接受

　　在当代作家中，王蒙作品在新疆的译介数量最多，品种丰富，小说、诗歌散文、演讲随笔、评论等都有译介。这些作品大部分与新疆少数民族生活相关，受到少数民族读者的喜爱。少数民族读者对王蒙作品如何认识和评价？当下年轻的读者对王蒙作品阅读与接受情况如何？以维译本为基础，对这些问题进行考察和研究。

　　第一，传播与接受有多种渠道，除了出版作品集之外，更多读者通过期刊媒体和教材了解王蒙及其作品。

　　王蒙作品维译本在新疆主要有三个传播渠道：出版专辑、期刊和教材。维文期刊是王蒙作品译介的重要传播渠道，大量的短篇小说、散文随笔、诗歌的译介首先在期刊发表，而后才结集出版。在 20 世纪和 21 世纪初，读者首先是从期刊、报纸了解与阅读王蒙作品。新疆的少数民族语言文字期刊数量远远多于汉语期刊，各种民族文字的文学类期刊有大约 27 种，其中大部分是维吾尔文期刊。《文学译丛》是新疆文联主办、专门刊登翻译作品的维文期刊。据不完全统计，从 1982—2011 年，共刊发王蒙作品翻译 11 篇，维吾尔文文学期刊《塔里木》《梅拉斯》《伊犁河》《天儿塔格》(《天山》)等以刊发维吾尔文的原创作品为主，偶尔也刊登翻译作品，这些期刊上刊登王蒙译作 33 篇(见表 2)。

表 2　王蒙研究译介一览表

序号	作品	作者	译者	刊物、时间
1	《话说王蒙》	冯骥才	热合曼·马木提	《文学译丛》1983—2
2	《〈来劲〉争鸣文章》	王堃	司马义·伊不拉音	《文学译丛》1988—4
3	《我与王蒙度过的四十年》	方蕤	雪赫来提·穆罕默德	《文学译丛》2007—1
4	《维吾尔友人谈王蒙》	楼友勤	雪赫来提·穆罕默德	《米拉斯》2007—3
5	《王蒙与维吾尔语》	陈柏中	雪赫来提·穆罕默德	《文学译丛》2007—5
6	《王蒙与维吾尔语》(连载)	陈柏中	雪赫来提·穆罕默德	《新疆日报》2007.5.26、2007.6.2
7	《从〈青狐〉说开去——著名作家王蒙访谈录》	不详	雪赫来提·穆罕默德	《文学译丛》2007—7
8	《德国汉学家访问著名作家王蒙》	吴漠汀	雪赫来提·穆罕默德	《哈密文学》2008—5
9	《论维吾尔文化对王蒙人生观艺术观的影响》	时曙晖	雪赫来提·穆罕默德	《新疆日报》2008.6.13
10	《王蒙，鲁迅和诺贝尔文学奖》	不详	热比古丽·外力	《塔里木》2008—11

续表

序号	作品	作者	译者	刊物、时间
11	《"我国著名作家访问新疆活动"开幕式暨"王蒙新疆题材作品创作研讨会"演讲词》	铁凝	雪赫来提·穆罕默德	《新疆作家》2009—1
12	《王蒙对于新疆文学的意义》	夏冠洲	祖丽菲娅·阿不都热依木	《新疆作家》2009—1
13	《维吾尔文化对王蒙创作的影响》	时曙晖	雪赫来提·穆罕默德	《伊犁河》2009—4
14	《多一双眼》	崔瑞芳	雪赫来提·穆罕默德	《米拉斯》2009—5
15	《跨文化写作的独特魅力——王蒙反映新疆生活作品的审美价值》	陈柏中	雪赫来提·穆罕默德	《腾尔塔格》2009—6
16	《忽然展翅》	崔瑞芳	雪赫来提·穆罕默德	《米拉斯》2009—6
17	《王蒙与新疆》	夏冠洲	雪赫来提·穆罕默德	《文学译丛》2010—1
18	《特殊时期乡村叙事》	胡平	雪赫来提·穆罕默德	《新疆日报》2010.1.9
19	《王蒙与新疆》	夏冠洲	雪赫来提·穆罕默德	《新疆日报》2010.6.26
20	《王蒙眼中的伊犁》	李建平	雪赫来提·穆罕默德	《新疆日报》2010.10.30
21	《〈葡萄的精灵〉编辑追忆》	陈柏中	雪赫来提·穆罕默德	《亚心》
22	《王蒙夫妇赴伊犁前夕》	陈柏中	雪赫来提·穆罕默德	《亚心》

　　从 20 世纪 80 年代初期以来，王蒙的作品以及有关王蒙的报道、评论，经常占据新疆维文文学期刊、报纸的头条。由于王蒙与新疆的特殊关系，新疆的一些重要文化宣传活动经常邀请王蒙以特邀嘉宾身份参加，他还多次受邀到新疆演讲。另外，他还是几所新疆高

校的客座教授。2011 年，人民文学出版社出版《你好，新疆》（汉、维两种文字版本，维吾尔文版由新疆人民出版社出版）。乌鲁木齐举办"王蒙新疆题材作品创作研讨会"系列活动。很多读者慕名而来，签名售书活动曾出现一个小高潮。这些文化宣传活动增加了王蒙在新疆各民族读者中的知名度，扩大了其作品的传播度与接受度。

一直以来，各级各类语文教材是当代文学传播与接受的重要渠道。新疆维吾尔文中小学语文教材（旧版教材，2016 年停止使用）曾入选王蒙的散文《善良》《黑黑的眼睛》。2016 年秋季开始使用的维吾尔文教材选了王蒙小说《春之声》以及阿拉提·哈斯木的散文《和维吾尔人在一起的王蒙》（这套教材主要根据人教版语文教材，翻译其中大部分篇目，又增加了一些有关新疆的文章。阿拉提·哈斯木的文章就是增加的篇目之一）。在新疆高校广泛使用的《大学语文》（南开大学主编）选了王蒙的一篇演讲《语言的功能与陷阱》。通过教材实现的课堂文学阅读，尤其是义务教育阶段的语文课堂，是一种"强制性"阅读，会给学生留下深刻印象，对学生阅读趣味的影响也是深远的。

第二，一方面，有相对稳定的朋友圈、读者群；另一方面，当下年轻读者并不熟悉王蒙。

王蒙的作品带有很强的自传性，大多数主人公有作者个人经历的影子，属于知识分子气质的革命干部一类人物。纵观王蒙创作，从中华人民共和国成立初期的《青春万岁》《组织部来了个年轻人》的青春写作，再到 20 世纪 80 年代初期大胆探索的意识流小说和"在伊犁"系列，以及 20 世纪 90 年代以来的季节系列长篇小说，其主人公形象构成一个成长序列，从中华人民共和国成立初期执着于信念、理想又热情感伤的青年，到经历磨难，仍坚持理想、信念，迎接和拥抱改革开放新时代的中年知识分子和革命干部，这些人物就是王蒙的人生写照，也是成长于新时期一代人的集体记忆。

由于在新疆生活工作的经历以及作品描写了新疆少数民族群众的生活，王蒙在新疆有一批忠实的读者，不仅包括与他有相似经历的同龄人，而且有昔日的朋友、同事。他们对王蒙作品的喜爱，是因为作品令他们感到"熟悉和亲切"，包含着许多共同的人生经验和时代记忆。值得一提的是，王蒙在新疆有一个由文化界读者形成的朋友圈，其中有已经去世的著名诗人铁衣甫江，翻译者克里木·霍加；还有诗人热黑木·哈斯木、乌斯曼江，翻译家阿卜杜拉，批评家买买提·普拉提、阿不都秀库，以及陈柏中、夏冠洲、楼友勤。他们首先是王蒙作品的欣赏者、赞美者，有的人因此成了王蒙作品的翻译者，乃至评论者、研究者。在诗人热黑木·哈斯木眼里，王蒙是维吾尔人心目中最伟大的小说家。"因为他懂我们维吾尔的语言，懂我们的心，写出的作品让维吾尔读者称赏叫绝"①。维吾尔族作家阿拉提·阿斯木在文章中亲切地称王蒙为"我们的王蒙"。无疑，这些读者对作品传播与接受起到了积极推进作用。

当下的年轻读者对王蒙作品的阅读、接受情况则是另一番情景。2019 年进行两次关于文学传播与阅读的问卷调查显示，在所列出的55 名当代作家中，新疆各民族大学生最熟悉、最喜欢的当代作家，鲁迅、莫言居首，王蒙排在第八，在韩寒、郭敬明之后。从未阅读王蒙作品、不知道王蒙的大学生也有不少。维吾尔语言文学专业大学生的问卷调查结果显示，王蒙排名第三。2014—2016 年，笔者给少数民族研究生（他们所学专业是翻译专业）上现当代文学名著导读课程，学生们对王蒙作品是陌生的，大部分学生甚至没有听说过王蒙的名字。应课程要求，他们阅读了王蒙《葡萄的精灵》《虚掩的土屋小院》《淡灰色的眼珠》等几篇作品，谈到阅读感受，大部分人表示小说描写维吾尔人的生活是基本真实的，但是不太喜欢，主要理由是日常生活描写太细、太琐碎，到底要表现什么不明确。

一个时代有一个时代的文学，随着时代变化，读者也在变。社会生活节奏加快，各种传媒提供了海量的阅读材料，读者有更多元的阅读选择。另外，快餐式、简单轻松的阅读侵占大量阅读时间，也毁掉了文学阅读所必需的耐心。"在伊犁"系列小说对于日常生活

---

① 楼友勤：《维吾尔友人谈王蒙》，原文收在《你好，新疆》，435 页，北京，人民文学出版社，2011。

有浓墨重彩的细致描写，婚丧嫁娶、饮食礼仪、劳动生产，甚至邻居之间为鸡毛蒜皮的小事而起的争吵，在王蒙笔下都得到了生动的表现，用文学记录了那个时代伊犁地区少数民族生活和风俗民情，让这些作品具有超越文学和时代的价值。王蒙喜欢说的一句话"生活是强大的"，这是他的人生观，也是他的文学观，实际上这也是"在伊犁"系列小说的总主题。小说的叙事者王民从维吾尔族老人穆敏老爹那里所汲取的不被苦难打倒、压垮的生活智慧，塔玛仙儿的乐生态度，幽默诙谐又令人感动。但是，这些故事与其中的情感体验与当下时尚快捷的生活有不小的距离，最能体现王蒙小说魅力的日常生活细节描写，却有可能是当下年轻读者的"阅读杀手"。

第三，王蒙研究的译介（简称研究译介）与少数民族批评家的研究（简称原创研究）的数量，存在相对多与绝对少的现象。这些研究在一定程度上对读者阅读起到了引导作用。

在传媒时代，文学作品的批评与研究对文学传播是一种加持，扮演着越来越重要的角色。很多时候，读者是通过各种媒体的相关报道，以及书评、作家访谈、文学批评，甚至是差评、恶评，来认识一个作家，并进一步阅读、了解其作品的。批评家是专业读者，"洪钟万钧，夔旷所定"，他们理解作品的眼光、观点和方法，给普通读者带来启发，引导阅读与接受。优秀作品离不开深入浅出的阐释，也需要学理性的专业研究。纵观新疆当代文学翻译，文学批评的译介一直被忽视，与文学作品的译介数量、规模极不相称。例如，莫言的长篇小说译介出版有 14 种，包括维、哈、蒙、柯、锡伯等不同文字版本，还有其他作品集，作品译介数量算是最丰富的作家之一，而莫言作品评论和研究的译介基本上是空白，少数民族学者的原创批评文章也只有一篇。

国内外的王蒙研究成果丰富多样，《王蒙文集》（2014 年版）收录的王蒙主要国内研究资料索引近 400 条（1956—2012 年），可谓汗牛充栋，而新疆少数民族文学对这些研究成果的译介非常少。初步统计，研究译介有 25 篇（包括回忆性文章的译介），原创研究（包括回忆性散文）有 20 篇（见表 2、表 3）。与王蒙研究成果的巨量相比，王蒙研究译介的数量非常少；但是，与当代其他作家研究的译介数量相比，王蒙作品研究的译介数量与少数民族批评家原创研究的数量，则是最多的。相对的多与绝对的少，反映了新疆当代文学译介的一个侧面，即研究译介的缺乏，也反映出少数民族读者对王蒙及其作品的喜爱无人能比。

已有的研究译介都围绕着王蒙与新疆这一命题，新疆批评家的文章的译介居多。陈柏中、夏冠洲是新疆著名批评家，也是王蒙的老朋友，他们的文章提供了许多鲜为人知的王蒙研究资料，对王蒙创作与新疆经验之间的联系，也作了别开生面的分析和解读。楼友勤是原《新疆文学》的编辑，是王蒙在新疆文联时的同事，又是王蒙和妻子的患难之交。她的回忆文章《维吾尔友人谈王蒙》收集了维吾尔族同事、朋友对王蒙的评价。维吾尔族人擅长言辞，王蒙的维吾尔族朋友聚在一起，话题自然离不开王蒙，常谈起对王蒙及其作品的评价，以及与王蒙交往的逸事，但他们很少将看法、交往逸事写成文章发表。楼友勤正好与维吾尔族同事、朋友相熟，收集、整理了他们对王蒙的评价。崔瑞芳是王蒙的妻子（方蕤是笔名），她的几篇回忆散文都被翻译成了维文，记录了她和王蒙在新疆生活时期的人与事。通过她的回忆文章，可以看到在人生至暗时刻，王蒙依然坚持对文学的热爱与执着。回到北京一年之后的1980年，王蒙迅速进入创作高峰期，这是磨难岁月的压抑与积累之后的创作井喷，也是生命力的爆发。

少数民族评论家的原创研究有20篇，以回忆性散文为主。这些文章亲切回忆了与王蒙交往的琐事以及王蒙在新疆生活的故事，让读者了解在维吾尔人中间的王蒙，一个能用维吾尔语与老房东交流、幽默风趣、容易动情的王蒙。阿拉提深情写道，"在新疆，王蒙先生又是一个各族人民家喻户晓的朋友，是作家，是永远的歌者，是文化使者"①。

---

①　阿拉提·阿斯木：《维吾尔人，我爱你们——我眼中的王蒙》，载《文艺报》，2010-01-13。

三、"我们的王蒙"：少数民族批评家对王蒙及其作品的评价

新疆少数民族文字的王蒙研究译介有22篇，大多是新疆批评家的文章，内容集中在王蒙创作与新疆经验的关系这一命题。少数民族批评家的原创批评文章共有 20 篇，其中用汉语写的15篇，大多是一些回忆性文章。有几篇用维文写的评论文章，暂时不能查阅。

表3　少数民族学者王蒙研究成果一览表

序号	作品	作者	刊物、时间	备注
1	《王蒙在新疆的生活和文学创作》	阿拉提·阿斯木	王蒙文学创作国际学术研讨会（2003 年 9 月，青岛）	汉文
2	《王蒙文学智慧与语言风格探源》	艾克拜尔·米吉提	王蒙文学创作国际学术研讨会（2003 年 9 月，青岛）	汉文
3	《维吾尔人当中的王蒙》	阿拉提·阿斯木	《腾尔塔格》2005(1)	维文
			《文艺报》2005-12-15	汉文
4	《伊犁河谷滋润了王蒙》	阿拉提·阿斯木	《中国民族报》2005(9)	汉文
5	《我们的王蒙》	阿拉提·阿斯木	《西部》2006(2)	汉文
6	《王蒙与铁衣甫江》	阿拉提·阿斯木	《伊犁河》2006(6)	维文
7	《王蒙和他的朋友》	阿不来提·阿布杜拉	《新疆文化》2008(3)	维文
8	《伟大的作家，可爱的学生——王蒙》	玉素甫·伊萨克	《新疆作家》2009(1)	维文
9	《真实和自然的文学反映》	阿布杜如苏力·吾买尔	《新疆日报》2009-08-29	维文

续表

序号	作品	作者	刊物、时间	备注
10	《文学描述与文化记忆——读王蒙新疆题材作品有感》	艾克拜尔·米吉提	《伊犁师范学院学报》2010(3)	汉文
11	《维吾尔人我爱你们——在我眼中的王蒙》	阿拉提·阿斯木	《文艺报》2010-01-13	汉文
12	《王蒙眼中的维吾尔文化》	买买提卡孜·艾莎	《新疆文化》2010(3)	维文
13	《论王蒙的维吾尔文化情结》	时曙晖、巴图尔·买合苏提	《西北民族大学学报》2012(5)	汉文
14	《这边风景，隔世年华——简评王蒙长篇新著〈这边风景〉》	艾克拜尔·米吉提	文学记忆——王蒙《这边风景》评论专辑 花城出版社出版，2014	汉文
15	《王蒙：一个新疆知情人》	雪克来提·扎克尔	文学记忆——王蒙《这边风景》评论专辑 花城出版社出版，2014	汉文
16	《以"民族志"书写方式讲述"国家的故事"——王蒙长篇小说〈这边风景〉读后》	姑丽娜儿·吾甫力	文学记忆——王蒙《这边风景》评论专辑 花城出版社出版，2014	汉文
17	《我和王蒙的民族文学情结》	艾克拜尔·米吉提	《中国政协》2016(5)	汉文
18	《王蒙小说〈杂色〉中的马意象》	吐尔逊·买买提	《理论与创新》2017(10)	汉文
19	《论王蒙长篇小说〈这边风景〉中干部形象刻画》	吐尔逊·买买提	《理论与创新》2017(11)	汉文
20	《维吾尔人民的亲密朋友——王蒙》	司马义·艾买提	《你好，新疆》序言	汉文

　　王蒙 20 世纪 80 年代的新疆题材小说都有一个外来者视角，以此观察、记录伊犁地区各民族人民的生活。对于小说中伊犁维吾尔人的日常生活、劳动生产，以及婚丧嫁娶等民俗风情的描写，少数民族批评家如何认识和评价？因文化立场和观察角度不同，这些评价与主流批评家的评价形成对照，相同话题的不同言说相映成趣。这些观点既有洞见，又有遮蔽，看到的与被有意或无意忽视的东西，是观察他者的方式，有助于丰富王蒙研究。形成观点差异的原因也值得关注，它是认识和反省当代新疆多民族文学和文化，以及观察新疆社会问题的一个独特角度。

1. 民族志书写、城市记忆与新疆经验

　　王蒙对细节具有特别的感受力，甚至有时候细节成为创作的灵感。在新疆题材小说中，伊犁地区维吾尔人日常生活细节和自然民俗风情的描写，可谓"排山倒海"，细致而活色生香。这一特点，在长篇小说《这边风景》中体现得更充沛、饱满。小说初稿于 1976 年完成，两条路线的阶级斗争是情节主线，情节结构、人物设置都打上那个时代文学的烙印。时隔近 40 年，小说于 2013 年出版后引来不少争议。不过，小说受到普遍肯定的是，浓墨重彩的伊犁各民族人民日常生活和自然民俗风情描写，例如饮食起居、婚丧嫁娶、劳动生产、日常交往方式、麦西来甫、摇床喜等饶有趣味，成为当代文学中难得见到的亮丽的新疆风景线。少数民族研究者姑丽娜儿的文章指出这些日常生活和风俗民情的描写呈现了"活生生的、有个性但也有缺点的真实客观的维吾尔族文化"，"改变以往读者对维吾尔文化、维吾尔族的伊斯兰教文化的单一理解"，这些日常生活、风俗民情的描写是"一种民族志的书写"。维吾尔人日常生活例如乃孜尔和托依等活动，以及文学艺术中都会融入、渗透一定的宗教色彩，这让没有宗教信仰的外来者王蒙好奇而敏感。他的作品不仅有相关的细节，而且以特有的"抒情议论信手拈来"的言说方式，表达自己的感受和赞叹"没有这种价值崇拜，没有经文诗的和音乐的魅力，也就没有乃孜尔感人的力量"。研究者姑丽娜儿赞赏王蒙理性而深入的观察与描写，认为这些民俗风情的描写"远远超出了人类学家的民族志书写"①。哈萨克族作家艾克拜尔·米吉提是伊犁人，现在北京某文学期刊任职。他对王蒙的"在伊犁"系列小说和其他新疆题材小说所描写的伊犁大街上的六根棍马车，汉人街的繁华，街边聊天的维吾尔族姑娘，夜晚马车夫的忧伤的歌声等生活细节感触颇深，认为小说艺术再现了伊犁地区的民情民俗，成为 20 世纪六七十年代伊犁的城市记忆。②

在另外一些批评家眼中，这些"排山倒海"的伊犁少数民族民俗风情和日常生活细节描写，别有一番意味。新疆著名批评家陈柏中、夏冠洲是王蒙的朋友，也是资深的王蒙研究者，他们与王蒙有相似的经历，都是年轻时代来到新疆工作、生活。不同在于，他们至今仍然生活在新疆。身处新疆多民族聚集的社会生活环境，对于"新疆的文化对于逆境者是一件御寒的袄祥，是一碗热茶"（王蒙语）这样的生动概括，能产生更多的情感共鸣。维吾尔族馕与茶的饮食，拌面的做法，请客的礼仪，维吾尔人物的性格心理以及塔玛仙尔的生活哲学等气韵生动的伊犁民俗风情和生活细节，令这两位研究者感到"新鲜和亲切"，有一种感同身受的体会和感慨，正如陈柏中所说"逼真饱满的令人称绝的生活细节，也引起我不少回忆和联想，真是感慨万千，思绪万千"③。以经验主义眼光来考量这些作品，新疆经验、维吾尔文化之于王蒙的影响，就成为他们评价的基本角度，从中清晰地看到王蒙的变化，"这种文化的包容性给了王蒙更加开阔、更加宽容、更加健康的人生态度"④。另一位新疆批评家时曙晖通过这些民俗和细节描写，看到了王蒙的维吾尔文化情结，王蒙"具有一种有待于唤起的、潜在的幽默禀赋，只要遇上适合的契机，他的幽默之火就会被点燃"，正是维吾尔文化世俗性倾向和幽默诙谐的性

①　姑丽娜儿：《以"民族志"书写方式讲述"国家故事"——王蒙长篇小说〈这边风景〉读后》，载《文艺报》，2013-05-22。

②　艾克拜尔·米吉提：《文学描述与文化记忆——读王蒙新疆题材作品有感》，载《伊犁师范学院学报》，2010（3）。

③　陈柏中：《读〈这边风景〉四题》，载《伊犁师范学院学报》，2015（3）。

④　陈柏中：《读〈这边风景〉四题》，载《伊犁师范学院学报》，2015（3）。

格，给予王蒙温暖，也激活他幽默禀赋。①

2. 高大全的少数民族干部、国家形象与现实主义创作方法的胜利

小说《这边风景》创作于特殊时期，人物形象、结构模式不可避免地留下时代痕迹，主人公伊利哈木基本是按照三突出模式塑造的高大全人物。批评家陈柏中肯定这个人物的艺术独创性和思想意义的典型性，也客观指出这个人物有"拔高""美化"之嫌，有政治宣扬的倾向。指出将这位少数民族干部写成质疑者，给了他过于沉重的思想负荷②。有趣的是，维吾尔族批评家姑丽娜儿对这一人给予肯定，认为小说中"柔美、善良的女性形象与干部所代表的国家形象"，写出了他们身上所具有的农村基层干部、勤劳善良的农村女性共有的特点。少数民族干部伊利哈木是那个时代文学作品中基层干部普通的一个，这样的描写改变了以往"新疆的想象和书写模式"③。维吾尔族研究者姑丽娜儿从文化认同、政治认同角度来认识与评价这一人物形象的意义，肯定了作者没有简单地表现少数民族干部的民族性。

著名学者郜元宝从"当代中国社会史和文学史"的宏大视野，认识与评价小说主题、情节和人物的思想艺术价值。小说从初稿完成到最终发表，沉睡近40年。这时期的中国社会经历了史无前例的发展与变化，但是，在政治、经济和文学发展的转型中，某些问题与主题，例如，这部小说情节所呈现基层干群矛盾、干部作风，新疆的民族问题，各族人民对新中国的热爱，伊犁的劳动生活以及自然风俗等，在中国当代社会和文学中并"没有发生根本的断裂"。这说明"小说所反映的历史连续性，也是作者对中国社会关注与思考的连续性"④。这篇小说的人物与主题在王蒙创作中也具有连续性，伊利哈木身上似乎可以看到林震、钟亦诚的影子。小说真诚赞美少数民

---

① 时曙晖，巴图尔·买合苏提：《论王蒙的维吾尔文化情结》，载《西北民族大学学报》，2012(5)。

② 陈柏中：《读〈这边风景〉四题》，载《伊犁师范学院学报》，2015(3)。

③ 姑丽娜儿：《以"民族志"书写方式讲述"国家故事"——王蒙长篇小说〈这边风景〉读后》，载《文艺报》，2013-05-22。

④ 郜元宝：《"旧作"复活的理由——〈这边风景〉的一种读法》，载《花城》，2014(2)。

族，赞美民族团结，赞美各民族人民对国家的热爱。同时，批判和揭露某些干部的腐败，干群矛盾引发的民族矛盾，批判狭隘的民族主义、分裂主义，这些命题与王蒙秉持的现实主义文学观，以及在热爱赞美与揭露批判两个维度上展开的创作实践，一脉相承。正是这种"一脉相承"，小说的许多情节、主题，以及所揭示的现实问题，与今天新疆现实中的一些问题遥相呼应。对此，生活在新疆的研究者姑丽娜儿有更深的感触，称赞"（小说）能直面现实中存在的问题，有些问题至今都在困扰着新疆"①。

由于批评者的不同民族文化身份、地域差异而带来的政治文化的站位不同，理解作品的立场不同，他们对作品的解读和评价必然存在一定的差异。生活在新疆的汉族批评者对作品所反映的民族问题、少数民族文化对王蒙创作的影响，有更深刻体会和感受，也做出阐释。少数民族批评家则基于对当下新疆现实问题的观察和思考，有感于 40 年前作品所反映问题与当下现实问题的连续性，提出自己的认识和判断。这些不同角度的评价和观点相互补益，不仅丰富、充实了王蒙研究，而且成为多元一体文化格局中各民族文学、文化交流与融合的最好见证。

此文为国家社科项目"当代文学在新疆的跨语际传播与中亚影响研究"（17XZW045）的中期成果之一

王玉系新疆师范大学教授

---

① 姑丽娜儿：《以"民族志"书写方式讲述"国家故事"——王蒙长篇小说〈这边风景〉读后》，载《文艺报》，2013-05-22。

译者身份与古典诗歌的英译—— 以理雅各、宇文所安、许渊冲 英译《诗经》为个案

曲景毅　钱　昊

近代以来，在中西交流的大潮中，既有西学东渐，亦有中学西传。谈及西学东渐，译界先驱严复（1854—1921）是绕不开的大家。严复以译介西学著作之丰厚名世，他提出的"信、达、雅"的"译事三难"学说被后世奉为圭臬，然而严复在具体的翻译实践中并未完整贯彻这一学说，他的译著多有与原著不符之处，当代出版者有如下评价：

> 从严译的实际来看，多是意译，不采直译，难于按原文字比句次加以对照。严复往往就原著某一思想或观点，脱离原文，发抒自己的见解。有的注明"复按"字样，有的则未加注明，夹译夹议于译述之中。严复的译作，在很大程度上可以视为他的著述。①

不难看出，严复翻译西学著作有"译"也有"著"，这是由严复翻译家以外的身份所决定的。严复首先是一位改良运动的鼓吹者，他的翻译家身份实际上是从属于此的。严复翻译西学著作多

① ［英］赫胥黎：《天演论》，严复译，Ⅱ页，北京，商务印书馆，1981。

是为了以西学为国人之借鉴，以求有补于时局。诚如他在《译〈天演论〉自序》一文中所指出的那样：

> 讨论国闻，审敌自镜之道……赫胥黎氏此书之旨，本以救斯宾塞尔任天为治之末流，其中所论，与吾古人有甚合者，且于自强保种之事，反复三致意焉。①

严复认为《天演论》多言"自强保种之事"，又指出《天演论》所论"与吾古人有甚合者"，这种将西方学说比附于中国古代学说的做法显然是为了减轻译著的传播障碍，更有利于读者的理解与认同。在完成《天演论》的翻译后，严复对译著的传播不遗余力，他先将《天演论》译稿寄给《时务报》主笔梁启超，希望在梁氏所编报刊登出。后严氏与友人创办《国闻报》，他又将所译《天演论》分章节连载于《国闻汇编》当中。② 将译文付之报纸，宣传、鼓动之意显而易见。不唯西学东渐，致力于中学西传者也往往具有多重身份，他们的身份深刻地影响着他们对中国典籍的译介，这是本文所要着重探讨的。

一、《诗经》英译史与三位译者身份

《诗经》为六经之首，《礼记·经解》曰：

> 孔子曰："入其国，其教可知也。其为人也：温柔敦厚，《诗》教也；疏通知远，《书》教也；广博易良，《乐》教也；洁静精微，《易》教也；恭俭庄敬，《礼》教也；属辞比事，《春秋》教也。"③

---

① ［英］赫胥黎：《天演论》，严复译，Ⅹ页，北京，商务印书馆，1981。
② 参见罗耀九、林平汉、周建昌：《严复年谱新编》，93－100页，厦门，鹭江出版社，2004。
③ 陈戍国校：《礼记校注》，385页，长沙，岳麓书社，2006。

　　孔子于六经之中首提《诗经》，可见在孔子心目中，《诗经》是儒家教化的第一读本。中国历代注疏《诗经》者繁多，到了汉代，更形成了诗教传统与说诗体系。① 《诗经》最早的外译目的语是法语，法国传教士马若瑟（J. H. Marie de Premare）于 1698 年赴中国传教，这期间，他选译了《大雅·皇矣》等 8 首诗，这 8 首译诗被法国汉学家杜赫德（Du. Haldle）选入其编纂的《中华全志》（1736）②，而《中华全志》在 1736 年及 1738 年两度英译，英语世界读者始得一瞥《诗经》的部分内容。《诗经》的第一部英语全译本是英国传教士理雅各（James Legge）的 *The She King*（1871），收入其所译《中国经典》（*the Chinese Classis*）中，该译本是散体译本，尔后理雅各将所译《诗经》改为韵体，再次出版（1876）。而中国学者英译《诗经》较西方学者要晚，诗僧苏曼殊曾英译《诗经》61 首，收入其《文学因缘》（1908）中。至此，《诗经》英译的园地之中，中西学者齐汇。③ 据汪榕培统计，至 20 世纪 90 年代中期，《诗经》英译的全译本已有 10 余种。④ 综上可见，自 18 至 20 世纪，始终有译者致力于向英语世界的读者译介《诗经》。本文选取三部有代表性《诗经》英译本：理雅各《诗经》（*The She King*），宇文所安（Stephen Owen）《中国文学作品选：起源至 1911》（*An anthology of Chinese literature : beginnings to* 1911）中选译《诗经》部分以及许渊冲《诗经：汉英对照》⑤予以评析。三位译者都供职于高等院校，但他们的学者身份存在差异，以下试予简述。

---

　　① 参见袁行霈主编：《中国文学史》，66 页，北京，高等教育出版社，2003。

　　② 全称《中华帝国及其所属鞑靼地区的地理、历史、编年纪、政治及博物》（*Description geographique , historique , chronologique et , physique de L'Empire de La Chine et de la Tartarie Chinoise*）。

　　③ 以上《诗经》外译的历史，可参见梁高燕：《〈诗经〉英译研究》，58－67 页，北京，知识产权出版社，2013。

　　④ 汪榕培：《漫谈〈诗经〉的英译本》，载《外语与外语教学》，1995(3)。

　　⑤ James Legge, The She King, London：Trübner ＆ Co, 1876；Stephen Owen, An Anthology of Chinese Literature：Beginnings to 1911. New York：W. W. Norton ＆ Co, 1996；许渊冲：《诗经：汉英对照》，北京，中国对外翻译出版公司，2009。按：本文所引三位译者译文皆自上述三书，以下不一一出注。

1. 从事传统经学研究的翻译家理雅各

理雅各高等教育阶段就读于苏格兰阿伯丁国王学院，毕业时凭借在希腊语、拉丁语、数学、自然哲学与伦理哲学等科目的优势，获得学院最高奖学金（1835）。后理雅各又在伦敦海伯里神学院学习神学（1837）。理雅各 24 岁时（1839）师从伦敦大学教授修德（Samuel Kidd）学习中文，同年赴马六甲传教，在当地创办英华书院，四年后，英华书院由马六甲迁至香港，理雅各转而赴香港任教，在香港任教期间，理雅各在日记中立志学习汉学，翻译中国经书。① 而理雅各研读中国经书以官方编订之《十三经注疏》为底本，并参考历代大儒所注经书，遂成经学专家。曾襄助理雅各翻译中国经书的改良思想家王韬（1828—1897）在《送西儒理雅各回国序》一文中指出：

> 然此特通西学于中国，而未及以中国经籍之精微通之于西国也。先生独不惮其难，注全力于十三经，贯串考核，讨流溯源，别具见解，不随凡俗。其言经也，不主一家，不专一说，博采旁涉，务极其通，大抵取材于孔、郑而折衷于程、朱，于汉、宋之学两无偏袒……呜呼！经学至今日几将绝灭矣……今海内顾谁可继之者，而先生独以西国儒宗，抗心媚古，俯首以就铅椠之役，其志欲于群经悉有译述，以广其嘉惠后学之心，可不谓难欤？②

王韬此文不仅称赞理雅各治经学时能钩沉考索、折中汉宋，而且直称理雅各为"西国儒宗"，认为理雅各以西儒之姿振兴了行将灭绝的经学，功绩非凡。

从理雅各的履历来看，他是在西方古典学的熏陶下接受高等教育的，尔后又曾进修神学，西方古典学及神学有着历史悠久的解经

---

① 以上理雅各生平参见岳峰：《架设东西方的桥梁——英国汉学家理雅各研究》，博士学位论文，福建师范大学，2003。刘方：《理雅各对〈诗经〉的阐释与翻译——以〈中国经典〉内两个〈诗经〉译本为中心》，硕士学位论文，北京大学，2011。

② 王韬：《弢园文录外编》，316—317 页，沈阳，辽宁人民出版社，1994。

传统，这种解经传统与中国古代对经典的阐释是相通的。沈岚指出：

> 《圣经》是古代的历史文档，也涉及版本鉴定、文本解释等问题历史解读法。《圣经》也是一本文学性的著作，使用了人类的语言，在语法和句法的环境中使用了具有特定意义的词汇，必须遵循文法解经法。这些和中国的儒学经典解释有许多相似之处。①

可见，理雅各所受的西方古典学与神学训练对其成为中国经学研究者贡献甚大。

2. 从事文学史研究的翻译家宇文所安

宇文所安与理雅各不同，理雅各研习中文属半路出家，宇文所安则是中国语言文学科班出身。1968 年，宇文所安本科毕业于耶鲁大学东亚系，后直接进入博士阶段学习；1972 年，宇文所安以论文《孟郊和韩愈的诗歌》(The Poetry of Meng Chiao and Han Yu)获得博士学位，留耶鲁大学任教，后转入哈佛大学任教至 2017 年退休。

宇文所安治学兴趣在诗歌，他不像理雅各一样重视以经学的方法对文学作品进行阐释和译介，而是着眼于文学史的建构与书写。宇文所安的博士论文《韩愈和孟郊的诗歌》把孟、韩二家诗置于文学复古运动的大潮中来谈，宇文所安指出他撰写本文意在回答两个问题："中国诗歌是如何变化并给传统以关注的？这种变化如何评价？"②这两个问题显而易见都是具有文学史意义的。尔后，宇文所安相继撰成《初唐诗》(The Poetry of the Early T'ang)(1977)、《盛唐诗》(The Great Age of Chinese Poetry ：The High T'ang)(1981)、《晚唐诗》[The Late Tang：Chinese Poetry of the Mid-Ninth Century (827—860)](2006)等著作，勾勒唐代诗史之意十分

---

① 沈岚：《跨文化经典阐释——理雅各〈诗经〉译介研究》，博士学位论文，苏州大学，2013。

② ［美］斯蒂芬·欧文：《韩愈和孟郊的诗歌》，田欣欣译，导言，6 页，天津，天津教育出版社，2004。

明显。而其《中国传统诗歌与诗学：世界的征兆》(*Traditional Chinese Poetry and Poetics：Omen of the World*)(1985)一书更是深刻地贯穿着文学史意识。易霞指出，宇文所安将视野放视到整个中国文学史，就诗歌的动机、主题、思想等具体问题进行深入的对比分析。[①]

1996 年，宇文所安主编之《中国文学作品选：起源至 1911》问世；2010 年，由他和耶鲁大学教授孙康宜合编之《剑桥中国文学史》(*The Cambridge History of Chinese Literature*)亦与读者见面，李佳、曲景毅指出：

> 宇文教授编写《中国文学作品选：起源至 1911》(*An Anthology of Chinese Literature：Beginnings to 1911. New York/London：W. W. Norton & Company*)时用实践打破了传统的以朝代对文学史进行分期的理论主张，通过题材展现文学发展的真实面貌，将每一文本置于其他相关文本的系统中形成"话语群体"，构筑文学史貌，此即历史主义的研究方法……而《剑桥中国文学史》则又是宇文教授文学史理念的践行。[②]

可见，宇文所安在其长期教学、科研历程中始终保持着对书写中国文学史的热忱。

3. 从事翻译理论研究的翻译家许渊冲

许渊冲与宇文所安不同，他不是专门的中国古代文学学者，但他很早就对英译中国文学作品产生了兴趣。1939 年，许渊冲考入西南联合大学外文系，同年，许渊冲便将林徽因纪念徐志摩的诗《别丢掉》翻译成英文。[③] 1948 年夏，许渊冲赴法国巴黎大学留学，抵达法

---

① 易霞：《宇文所安对中国文学思想的诠释之再诠释——以〈中国文学思想读本〉为例》，硕士学位论文，上海师范大学，2014。

② 李佳、曲景毅：《试论宇文所安〈剑桥中国文学史〉的理念与呈现》，见童庆炳、王一川、李春青主编：《文化与诗学》（第 12 辑），301 页，北京，北京大学出版社，2011。

③ 张智中：《许渊冲与翻译艺术》，20—21 页，武汉，湖北教育出版社，2006。

国时，巴黎大学尚未开学，许渊冲利用这段时间前往英国牛津游学，期间他住在其表叔熊式一（1902－1991）家中，熊式一当时正致力于将中国文学作品译介到英语世界，许渊冲晚年回忆：

> 表叔三十年代在英、美上演英文剧《王宝钏》，得到萧伯纳的赞赏，红极一时……后来他译了《西厢记》，林语堂认为诗味不足，于是，我就把他的散体译文改成韵文了。①

《西厢记》共 5 本 21 折，故事曲折跌宕，既熔铸了清丽典雅的古典诗词，又提炼了生动诙谐的民间口语，翻译难度甚大，尚不足而立之年的许渊冲敢于在前辈翻译基础上将《西厢记》改译为韵文，值得称赞。1950 年，许渊冲自法国返回中国。之后他辗转执教于北京外国语学院、洛阳外国语学院等高校，1983 年，许渊冲调入北京大学。次年，许渊冲所著《翻译的艺术》出版，这是其翻译理论第一次集中、系统地呈现。

许渊冲在《翻译的艺术》中提出了一些颇有见地的观念，如其在论述"意译"这一概念时，不仅将其与"直译"进行比对，而且引入了"硬译"这一观念，他指出：

> 既忠实于原文内容，又忠实于原文形式的的译文是"直译"，只忠实于原文内容而不忠实于原文形式的是译文是"意译"，只忠实于原文形式而不忠实于原文内容的译文是"硬译"。②

在这三种译法中，许渊冲最赞成的是"意译"，他以俄罗斯作家果戈理小说 Мёртвые души 为例，该小说题目的中文一般被译为"死

---

① 许渊冲：《追忆逝水年华——从西南联大到巴黎大学》，182 页，北京，生活·读书·新知三联书店，1996。
② 许渊冲：《翻译的艺术》，33 页，北京，中国对外翻译出版公司，1984。

魂灵"，鲁迅译本即如是，然而许渊冲指出鲁迅所译为"硬译"，
души 一词在俄语中一般指"魂灵"，但在这部小说中却是指"农奴"，
南昌师范学院万兆凤认为书名可译为"死农奴"，而许渊冲则认为这
一小说的题目还可译为"农奴魂"，他指出：

> 那就既传达了"死农奴"的内容，又保存了"魂"的形式，但
> 没有保存原文"死"字的形式，所以我想这可以说是"意译"。①

20 世纪 80 年代中后期至今，许渊冲进入了他翻译中国古典文学
的丰产期，相继出版有《唐诗一百五十首》(1984)、《唐宋词一百首》
(1986)、《唐诗三百首新译》(1987)、《中国古诗词六百首》(1994)、
《汉魏六朝诗一百五十首》(1996)、《元明清诗一百五十首》(1997)、
《诗经》(2009)、《楚辞》(2011)等。许渊冲的这些译著多能将他的翻
译理论融入其中，在翻译《诗经》时，许氏青睐的"意译"风格得到了
发挥。

二、译者身份对译作的影响

同为中诗英译，理雅各是经学家、宇文所安是文学史家，而许
渊冲则是翻译理论家。这三种不同的身份使得他们英译的《诗经》呈
现不同的面貌。

先说理雅各的译本。理雅各所译《诗经》是英语世界第一个完整
的《诗经》译本，有开山之功。诚如王韬所言，理雅各要以"中国经学
之精微通之于西国"，因此，他勤于阅读《十三经注疏》及历代大儒的
《诗经》注本，理雅各翻译《诗经》的底本便自十三经而来，即《毛诗正
义》。通过理雅各的译介，《诗经》毛传所呈现的观念传播到了英语世
界。理雅各在其译本中为部分诗篇写下了题记，这大部分题记都译

---

① 许渊冲：《翻译的艺术》，33 页，北京，中国对外翻译出版公司，1984。

介了《诗经》毛传以及孔颖达正义的观点，如《汉广》一诗，理雅各在题记中写道，"Through the influence of Wan，the dissolute manners of the people，and especially of the women，in the regions south from Chow，had undergone a great transformation. The praise of the ladies in the piece，therefore，is to praise of Wan"。

此段意指"周南"地域那些风流放荡的人在周文王的影响下发生了转变，这实际上是在介绍《汉广》"德广所及"之说，源自《诗经》毛传：

> 《汉广》，德广所及也。文王之道，被于南国，美化行乎江汉之地域，无思犯礼，求而不可得也。①

提取毛传中的关键词，可将《汉广》主题理解为"（文王）德广所及，（人民）无思犯礼"，理雅各所撰写的题记表达了这一含义。

理雅各译本亦有对孔颖达正义的译介，如《野有死麕》一诗，理雅各在题记中写道："A virtuous young lady resists the attempts of a seducer"。

这一阐释源自孔颖达正义，作《野有死麕》诗者，言"恶无理"，谓当纣之世，天下大乱，疆暴相陵，遂成淫风。被文王之化，虽当乱世，犹恶无礼也。②

可见，理雅各所言之"A virtuous young lady resists the attempts of a seducer"正是对"其贞女犹恶其无礼"这一观点的注解。

《诗经》毛传、孔颖达正义都属于中国传统汉学的范畴，而王韬说理雅各翻译中国经典："大抵取材于孔、郑而折衷于程、朱，于汉、宋之学两无偏祖。"在翻译《诗经》时，除《毛诗正义》外，理雅各也参考了朱熹的《诗经集传》，把宋学观点译介给英语世界的读者，

---

① 毛亨传，郑玄笺，孔颖达正义：《毛诗正义》，见《十三经注疏》本，52 页，北京，北京大学出版社，1999。

② 毛亨传，郑玄笺，孔颖达正义：《毛诗正义》，见《十三经注疏》本，98—99 页，北京，北京大学出版社，1999。

如《关雎》一诗，理雅各在题记中指出：

"Celebrating the virtue of the bride of King Wan，his quest for her，and welcoming her to his palace.

"This is the view of Choo He，and so is in the accordance with the language of the stanzas，that is not worth while to discuss the view of the older school，—that the subject of the piece is Wan's queen，and that it celebrates the her freedom from jealousy，and her anxiety to fill his harem with virtuous ladies！It is，moreover，entirely from tradition，that we believe the subject to be the famous T'ae—sze，Wan's bride and queen"。

这段文字是对《关雎》吟咏"后妃之德"一说的阐释，即《关雎》意在称颂周文王之妃太姒的美德，理雅各在其中明确提及朱熹之名，朱氏《诗经集传》曰：

> 周之文王生有圣德，又得圣女姒氏以为之配。宫中之人，于其始至，见其有幽闲贞静之德，故作是诗。①

由此不难看出，理雅各所论与《诗经集传》契合程度甚高。

不论是《十三经注疏》还是《诗经集传》，理雅各所参考的《诗经》注本都是历代朝廷认可的注本。据日本学者长泽规矩也考证，《十三经注疏》在明万历十四年到二十一年首次由朝廷合刻，由国子监刊行，被称为"监本"，而到清乾隆年间，则出现了武英殿合刻的《十三经注疏》，被称为"殿本"。② 而《诗经集传》在明清两代也成为官方定本，士子参加科举考试，都要以它的解说作为标准。③ 重视从官方认可的《诗经》注本中汲取阐释材料，可见王韬称其为"西儒"所言不

---

① （宋）朱熹：《诗经集传》，摛藻堂《四库全书荟要》本，卷一，页二。

② 参见长泽规矩也著，萧志强译：《关于和刻本十三经注疏》，载《中国文哲研究通讯》，2000（4）。

③ 参见（宋）朱熹注，赵长征点校：《诗集传》，3页，北京，中华书局，2011。

虚，理雅各经学家身份也显露无遗。

再论宇文所安的译作。宇文所安所译《诗经》重视选择那些有文学史价值的诗作。如其选译的《秦风·黄鸟》一诗三章首句分别为："交交黄鸟、止于棘。谁从穆公？子车奄息"；"交交黄鸟、止于桑。谁从穆公？子车仲行"以及"交交黄鸟、止于楚。谁从穆公？子车针虎"这是一篇控诉秦国殉葬恶习的著作。宇文所安继而指出《左传·文公六年》提及了《黄鸟》：

Qin's earl Ran—hao [Duke Mu]died. Three men of the Zi-ju Clan——Yan-xi, Zhong-hang, and Qian—hu——were sent to die with their lord. All three were the best men of Qin. Man of the domain mourned for them and composed "Yellow Bird" on their behalf. 秦伯任好卒，以子车氏之三子，奄息，仲行，针虎，为殉，皆秦之良也，国人哀之，为之赋《黄鸟》。①

宇文所安这种在翻译《诗经》时穿插其他文学作品的做法是其余二位译者不具备的，由此可见，通过宇文所安的译介，英语世界的读者可以体认到《诗经》诗作得到了后世文学作品所接受，在文学史上得以延续。除了《诗经》本身的传承外，宇文所安还考察了《诗经》注本的传承，如《汉广》一诗，其主题除了《毛诗》所持文王"德广所及"一说外，还有《齐诗》《鲁诗》认同的"神女遗佩"说：

鲁说曰：江泛二女者，不知何所人也，出游于江汉之湄，逢郑交甫，见而悦之，不知其神人也，谓其仆曰：我欲下请其佩……齐说曰：乔木无息，汉女难得，橘柚请佩，反手离汝。②

《鲁诗》《齐诗》建构了一个人神交往的神话故事，其男主人公为

---

① 李梦生：《左传译注》，359 页，上海，上海古籍出版社，1998。
② （清）王先谦：《诗三家义集疏》，同治元年南书房调阅本，卷一，页三四。

郑交甫，所交往对象为江汉二女。在译诗后附加的说明文字中，宇文所安将《鲁诗》《齐诗》合称为"several early interpretations"，指出："Several early interpretations of this poem link the first stanza with the story of the two goddess of the Han River who were encountered by one Zheng Jiao-fu"。

　　而宇文所安并不满足于译介《鲁诗》《齐诗》的观点，他别出心裁地在《汉广》一诗后加入了"Other Voices in the Tradition"一节，该节开宗明义：Jiao-fu's amorous nymphs of the Han River appeared often in later poetry.

　　宇文所安继而译介了两篇与郑交甫有关的诗歌，阮籍《咏怀诗》之"二妃游江滨"，此处节录其与郑交甫直接相关的首二句：

> Two maidens roamed by river's shore,
> they freely moved, borne by the breeze.
> Jiao—fu put their pendants in his robes;
> they were tender, young and sweet of scent.
> 　　二妃游江滨，
> 　　逍遥顺风翔。
> 　　交甫怀佩环，
> 　　婉娈有芬芳。

　　又如孟浩然《万山潭作》末二句：

> Once roaming girls untied their pendants
> on this very mountain, so legend says.
> He pursued them, he didn't get them—
> moving in moonlight, I turn back with a rowing song.
> 　　游女昔解佩，
> 　　传闻于此山。
> 　　求之不可得，

沿月棹歌还。

此二句亦是用《汉广》郑交甫追求江汉二女，而二女解佩以赠的典故。宇文所安通过三首诗的连缀，把郑交甫这一文学形象和"神女遗佩"这一典故在文学史上的传承呈现了出来，而《诗经》正是开启这一传承的源流。

最后探讨许渊冲的译本。许渊冲译诗最大的特点是"意译"，贯穿了许氏本人的翻译理论。现以两处诗题的翻译为例加以说明。先看《关雎》一诗，理雅各将诗题译为：Cooing and wooing。cooing 和 wooing 分别为"鸣叫"和"求偶"，其中 wooing 一词用得很巧妙，如不将《关雎》视为吟咏"后妃之德"而是赞扬男女爱情之作，wooing 无疑是在充分理解诗歌主旨的基础上的一种比较好的意译。但 cooing 一词或可商榷，coo 有鸣叫之意，一般指比较轻柔的鸣叫声，《柯林斯字典》将 coo 解释为(of doves，pigeons，etc.) to make a characteristic soft throaty call。然而，"关关"是否是一种比较轻柔的鸣叫声还需再做考察，朱熹《诗经集传》、朱鹤龄《诗经通义》皆指"关关"为和鸣之声①，并没有指出其音色特点。因此，许渊冲以 cooing 与"关关"对应并不十分准确。

再看《静女》，许渊冲将诗题译为 A Shepherdess，许渊冲在将"死魂灵"改译为"农奴魂"的时候尚能准确把握果戈理小说题目的含义，而他对《静女》诗题的翻译就失之偏颇。Shepherdess 意为"牧羊女"，尽管《静女》有"自牧归荑"一句。但"牧"却与牧羊无关，朱熹《诗经集传》解释道，"牧，外野也"②。因此，"牧"实与现代汉语语境中"放牧"相去甚远。退一步说，即便"牧"可解释为"放牧"，静女所牧也未必是羊，因此，许渊冲以"牧羊女"对应"静女"多有不确。

许渊冲采用意译方式翻译《诗经》不仅出现了失之偏颇的情况，

---

① （宋）朱熹：《诗经集传》，摛藻堂《四库全书荟要》本，卷一，页二；（清）朱鹤龄：《诗经通义》，文渊阁《钦定四库全书》本，卷一，页二。

② （宋）朱熹：《诗经集传》，摛藻堂《四库全书荟要》本，卷二，页十五。

而且有时过度地将个人理解融入翻译之中，出现了背离《诗经》原意的讹误，如《齐风·东方之日》一诗，许译诗题为 nocturnal tryst，汉语意为"夜间的约会"，《东方之日》全诗并未明示约会时间，其两章中的"日"、"月"都是比喻女子颜色盛美的喻体，并非时间的叙述，即便理解成约会时间，许译之"夜晚的约会"亦有以偏概全之嫌。因此，以意译的方式进行翻译需要小心谨慎。

余论

译者的不同身份对他们的翻译理念及译诗实践产生了不同的影响，理雅各重在对《诗经》进行经学上的阐释和译介，许渊冲重在将本人的翻译理论贯彻于译诗之中，宇文所安的情况比较特殊，他所翻译的《诗经》为选译，在考虑翻译文本时，他有意识地选择了一些具有文学史价值的诗作，并参较其他文献，对诗经的文学史意义进行了揭示。

当然，在具体字句的翻译中，译者不同身份的影响就削弱了，如《诗经》中存在的大量名物，译者不论是何身份，都应予以准确翻译。试举一例，《野有死麕》中"白茅包之"中的"茅"，理雅各译为 white grass，宇文所安把为 white rush，而许渊冲译文"茅"字缺失，三家译文翻译质量皆可商榷。许渊冲的译文未能译出自不必言，而宇文所安把 rush 译为"灯芯草"，"灯芯草"在古代汉语中一般称为"蔺"。理雅各所译 grass 指称范围太广。在英语中，cough grass 指茅草，《柯林斯词典》将 cough grass 解释为：a grass, with a yellow‑ish－white creeping underground stem by which it spreads quickly。这一解释指出 cough grass 的茎为泛黄的白色，与《野有死麕》所谓"白茅"基本契合，故笔者认为，以 cough grass 翻译"白茅"最佳，为突出其颜色，可再冠以 white。另外，《诗经》的人称也是无论什么身份的译者都需要注意的，如《竹竿》"巧笑之瑳，佩玉之傩"一句，朱熹《诗经集传》指出此句意指"子恨不得笑语、游戏于期间也"①。因此，该句的主语仍当是指称女子的"我"方才合适。三家译文中只有许渊冲采用第一人称，其余二家译文自然不确，应做相应的修正。

本文以"译者身份"这一角度管窥三家译本的大体情形，难免挂一漏万。有关理雅各、宇文所安、许渊冲三家译本的细读与评析，特别是对三位译者遣词造句的具体比较，笔者将在未来的研究中以专著形式呈现，恳请同仁不吝赐教。

曲景毅系新加坡南洋理工大学中文系长聘副教授、博士生导师

钱昊系新加坡南洋理工大学中文系博士生

① （宋）朱熹：《诗经集传》，摛藻堂《四库全书荟要》本，卷二，页三十一。

中国当代文学海外传播的"研以致用"

刘江凯

相关的研究资料显示：严格意义的中国当代文学海外传播研究，大概从 20 世纪八九十年代开始，进入 21 世纪后蓬勃发展，2012 年莫言获奖后进入快速发展阶段。

我本人大概是从 2009 年在德国留学期间开始关注这个研究领域，博士论文及之后的许多研究也是围绕着这阵地展开的。

一、"知"与"行"辩证发展的由来

2015 年回到北京师范大学跟随黄会林先生做博士后研究并留校工作以来，深受先生"知行合一、践行学术"思想的影响，全面参与研究院的学术科研和项目实践工作，并主要负责研究院的学术科研工作。

2016 年我们申请了国家社科基金重大项目《当代中国文化国际影响力的生成》，目前也处于结项阶段。应该说，前期扎实的当代文学海外传播基础研究，很好地为后期的当代中国文化国际影响力生成研究，以及"看中国"实践项目的管理优化、理论总结、项目提升奠定了坚实的基础。这些年，对于我本人最大的变化或者说挑战就是由先前相对纯粹的基础研究，开始更多涉及实践管理，在黄先生的团队里历练了我由"知"到"行"的能力和思维。反过来，前期的基础研究积累也会很好地帮助我更好地实现由"行"到"知"的反哺性理论提升。

以上，算是我今天提出"研以至用"的由来所在吧！

二、打通跨界的障碍，协同解决中国当代
文学海外传播的现实问题

那么，基于近十年的基础研究和五年多的项目实践经验，我想重点谈从当代文学海外传播的角度，我们可以在哪些方面展开跨界协同的"研以至用"？

中国当代文学海外传播会涉及哪些主要的环节或者群体机构呢？我想主要的大概有：作家、翻译家、经纪人、中外学者、中外出版机构、中外书店、中外媒体、中外政府文化部门。

从基础研究的角度讲：以上所有对象及涉及的相应行为与效果都属于研究的对象。其研究的理想目标自然是对其内部或者之间做出深入分析阐释，批准问题，看清出路。

同时，以上对象都是自己关切的问题，互相之间也存在信息不畅，甚至互相脱节的表现等。例如，关于当代中国作家海外译本，如果我们想要一个准确的数据信息，中国作协那边可能无法提供完整的信息。如果大家想了解某个作家的海外接受情况，恐怕有的作家本人也未必能够提供完整准确的研究情况。作家们若想联系专业的经纪人、权威的翻译家来争取最好的经济交易和海外影响，渠道是否畅通无阻？如何更好地衔接作家、翻译家、出版机构、科研机构、政府部门的资源，实现高效、专业、权威的信息交换与分享？

以上应该都是中国当代文学海外传播过程中无法绕过的实际问题，也是我们基础研究应该关注的现实课题。

三、打造一个中国当代文学海外传播动态
交互平台的必要性与可能性

2011 年博士论文答辩现场，答辩主席，北京大学的陈晓明教授问过我一个问题：你觉得当代文学海外传播面临的最大的问题或者说困难是什么？

我当时的回答是：观念上，我们不要用国内文化发展和宣传的那套思维和方式进行海外传播的工作；创作上本着文学艺术本身的规律按照更加注重质量的思路去发展；国家在文化政策上尽量给予文化艺术创作更加宽松的环境并提供必要的经费资助；顶层设计方面更加注重相关部门、行业、从业人员之间的跨界协同合作。最终是心态上要学会"平常心"对待，避免急功近利的文化面子工程。

十年过去，我认为自己当年基于当代文学海外传播得出的基本结论依然是有效的。这十年来，我也一直在中国当代文学海外传播的基础研究在协同实践两方面努力推进，四处呼吁。虽然进展缓慢，但我想正确研究方向值得自己坚持下去。

在当代文学海外传播基础研究方面，我们通过省级、教育部、国家级各类课题已经团结了国内包括北京师范大学、南开大学、人民大学、山东大学、上海外国语大学，国外包括德国波恩大学、慕尼黑大学，英国剑桥大学，瑞士苏黎世大学，以及韩国、日本、越南等国的大学的一批研究人员，不断在国内各类专业期刊推出深入的作家作品海外传播研究。这些研究一方面积累了广泛而深入专业信息，另一方面为搭建实践性合作平台奠定了扎实的基础。

在当代文学海外传播的跨界协同与融合方面，我们通过项目合作、研究合作、会议合作等各类方式，努力和涉及中国当代文学海外传播相关个人、机构、部门建立合作关系，通过国家相关项目申报等形式，积极开拓渠道，争取相关经费支持，筹备打造"中国当代文学海外传播动态数据库"。通过这个平台我们将努力把涉外人才的

培养和专业基础研究、学术交流服务等充分结合起来，我觉得也可以是新文科建设背景中文专业跨学科交叉与实践应用的一种有益的尝试。这种尝试也会和我们正在进行的电影与纪录片工作进行深度融合。我们也期待各位专家老师给予我们更多的指导和帮助，希望有更多有志于此的同仁们一起投身到这项伟大而持久的工作事业中来。

刘江凯系北京师范大学副教授

主体化与去主体化之间的主体性问题

冯　强

　　从黑格尔开始，主体性已经成为现代性的首要原则，它的历史语境是理性主义。根据哈贝马斯《现代性的哲学话语》一书，理性主义为我们提供了一个分岔路口：一是像尼采那样，离开理性主义而代之以审美，最后走向虚无主义；二是在康德之后继续细化理性，回避一元化的工具理性而代之以理性的分层与联动。学界之前多以审美现代性与社会现代性的二元对立来描述现代性的特征，可能很大程度上受到尼采的影响。但在哈贝马斯看来，二者并非绝对对立，是可以联动的。从这个角度看，福柯描述的主体死亡就是可疑的，实际上，主体仍然有力量进行主体化，以加强主体性。

　　另外，欧洲内部，在虚无主义和理性分层联动之外，还有一种以去主体化的方式加强主体性的思路，比如，毕尔格《主体的退隐》从女性角度考察法国从蒙田到罗兰·巴特这段历史时期内主体的变迁，指出男性主体性之外还存在一种柔和、包容的女性主体性，它以退隐而非侵略的姿态呈现出来。这就丰富了主体性的构成，即主体性不仅包括主体化的一面，而且包括去主体化的一面，为主体的成熟开辟了更宽广的历史语境。

综合哈贝马斯和毕尔格的思路，我们会发现所谓的西方文化内部已经对主体性的危机做了比较充分的批判和重构，而且进一步，他们已经超越了现代性的人类中心特征，比如斯普瑞特奈克《真实之复兴》从自然的角度进行的现代性批判，指出现代性对自然的分隔和统治以及非人之人的必要性。而中国文化恰恰能顺着这一思路进一步完善主体性问题。（中国文化中，与现代性的工具理性和价值虚无主义一面最能投契的思想是法家循名责实的思维——鲍曼《现代性与矛盾性》里讨论的现代性主要指向这一面向——谭嗣同主张集中反秦政（大盗）与荀学（乡愿）。）与分层联动理性相投契的则是儒家正名思维，即在一个时机化的语境中对尺度的把握，所谓君君臣臣、父父子子，当然中间需要依据现代原则对之进行转换。这种转换在内部也有很多资源，最重要的比如庄子——历代很多学者认为庄子与老子相隔，列在儒门——以自然悬置各种权威，一方面繁荣了儒家（孔夫子也有"天何言哉"的自然冲动），另一方面可以充分地以去主体化的方式重建主体。

综上，一个成熟的主体其实同时面临着主体化和去主体化两个维度。一个成熟的文明同样如此。中华文明主体性绝非一成不变，铁板一块。印度的佛教曾对我们构成重大挑战，但我们没有变成印度人，反而借助宋明理学很好地吸收了佛教。同样的道理，我们今天讨论文化自信，前提是对自身和欧美等文化的双向了解。知人者智，自知者明。其中的一个悖论是，越是要具备主体化的能力，相应的去主体化能力就要加强，这如同一个人的呼吸，需要间歇和空隙。

冯强系广西师范大学副教授

在当代社会潮流中坚守传统价值主体性

陈义望

众所周知，中国近代史可谓迂回曲折，经历了一百多年的雪雨风霜，而今的中国已然全面进入了国际社会，中国文化也在不断地、主动和被动地融入当今世界。一百多年前的五四运动在启蒙与救亡的双重变奏中开启了中国革命的新篇章，其里程碑式的历史意义是毋庸置疑和无可撼动的。但我们也要清醒地看到，中国不仅是一个政治性的统一体，而且是一个文化性的共同体，从某种意义上讲，以"德先生"和"赛先生"取代中国文化传统的伦理，将文化上的分野一分为二，事实上切断了中国传统与现代间的延续，也因此，进入20世纪80年代以后，我们有了对五四运动的重新审视。

20世纪80年代是一个改革开放、文化复苏、思想饥渴的时代，国内出现了空前的文化热潮。面对广大读者积极想要了解世界新思潮的迫切要求，"文化：中国与世界"编委会成立，"现代西方学术文库""新知文库"等一批重量级出版物应运而生，对于当代中国的人文精神和学术思想产生了深远的影响。翻译出版许多西方经典，也是借助西方反思自身，求新求变，重新认识中国，重新认识中国文化，重塑一个伟大民族的精神传统，以期更好地融入当今世界的发展潮流。20世纪80年代还出现了文化寻根热潮，致力于对传统意识和民族文化心理的挖掘。我们可以看到，随着国际化的步步深入，随着中国综合国力的日益增强，发展滞后所带给我们的焦虑已然逐渐让位于丧失自我的危机感，"承继"的问题变成一个更迫切的话题——从自身传统当中寻找生命力并在当下的环境中予以新生。

下面，我从三个角度对这一问题谈点看法。

一、传统文化的当代阐释

从"打倒孔家店"开始，传统儒家思想就被放入了现代化的对立面，被视为进步与改革的"障碍"。客观来说，与道家的自由与豁达相比，儒家思想具有经世致用的现实使命，正是它建立了一套行之有效的伦理秩序，形塑了中国文化中的行为模式和价值取向。我们要看到，中国的传统思想既包孕于往古相沿之历史传统，又在社会习俗之中代代相袭，具有自身独特的伦理道德体系，但运用传统思想提出符合时代的人文精神并非易事，不可一蹴而就。如陈来先生所讲："儒学要在其中找到自己的定位：不是为改革提出具体设计，而是提出跟改革相互补充的人文主义的世界观。"他在《中华文明的核心价值》一书中探讨了中华传统价值观的哲学基础，讨论其传承与发展，尤为关注它对当代社会的影响。这本书出版之后，至今已经输出到二十多个国家和地区，足见其价值和影响。陈来先生认为，在现代社会中，儒学作为一种价值理性，仍有强大的生命力。中国传统的价值观具有"责任先于自由、义务先于权利、群体高于个人、和谐高于冲突"的特色，作为改革的价值和精神补充，它可以"引导中国人的一般精神方向"，与变革、与发展是有益的互补。

以儒家思想为例，并非要将传统价值定于一尊。中国文化博大精深，我们不但要研究上层的经典，而且要注重民间的思想，既要有文本的研读，又要有切身的实践，以通古今之变的视野方能勾勒中国文化的开拓与流变。生活·读书·新知三联书店曾经推出两套李零先生有关中国传统文化的著作——"我们的经典"与"我们的中国"。"我们的经典"讲现代人眼中最能代表古代中国智慧的四部书：《论语》《老子》《孙子》《周易》，可以说基本代表了中国传统文化的不同面向。"我们的中国"从地理地域的角度来触摸中国传统文化文明稳定与变迁的发展脉搏，给中国上古以来的人文和精神世界勾勒出一个大地上的维度。从禹贡九州讲到周秦的两次大一统；从寻访孔子、秦皇、汉武的足迹，到中国的山水形胜、岳镇海渎，可谓广大壮观。这两套书出版以来，得到了学界和大众读者的一致认可，口碑与市场可谓双赢，这也从某个侧面反映了我们的传统价值在当代还有巨大的阐释、生长和接纳空间。

个人以为，要坚守传统价值在当代社会潮流中的主体性，就要注重其在现代社会的调适与转化，既要厘清传统思想的价值所在，又要进行符合时代的阐释和发展，只有这样，才能让更多的地方、更多的人学习和接纳。钱穆先生讲得通透："礼即大群之习俗公行，自往古一脉相传而积袭以至于今。虽有变，而不失其常；虽有歧，而不失其通。唯此乃广大心灵之所同喻而共悦，亦广大德性（行）之所同趋而共安。"远有承袭，崇于群众，大道方能行焉。

二、开放与包容

许倬云先生曾说："发展了三百年的西方文化，也许已在老化。当此剥复之际，我们应当对于这一俨然主流的'现代文化'，认真地再做一番反省。我相信，中国文化中会有一些可以匡救西方文化缺点的成分。合则双美，离则两伤，将许多非西方文化系统的成分纳入人类共同文化，应是我们共同的责任。"

中国传统文化本身就具有兼容并包、与时俱进的独特魅力，历史上每一次的分裂与统一，其间都闪烁着我们传统文化与其他文化的交流、碰撞、融合与包容。今天我们来重提传统价值的主体性，并不意味着非此即彼的取舍，更不意味着故步自封，而是要以开放与包容为前提。开放的态度，也是一种学习的态度。包容的精神，本身就是一种自信的气度。中与西之间，不再是亦步亦趋，更不再是由畏生敬，而是彼此吸纳，彼此互鉴，这不仅需要中西文明比较的视野，而且需要对传统文化的思辨性认知。"他山之石，可以攻玉"，多元化的视角、多元化的反思尤为重要。从中国出发去认识世界，也要从世界角度来看中国，因为不同地区的文化经验和独特视角本身就可以提供互动性的平台。以艺术史研究为例，西方的中国艺术史学在中国传统的研究理路之外融合了西方汉学及艺术史的研究方法，开辟了不同的路径，带来了新的视域，也提供了很好的镜鉴。生活·读书·新知三联书店曾推出加州大学高居翰教授的系列作品。作者对亚洲艺术史的研究可谓卓越。《隔江山色：元代绘画》《气势撼人》《画家生涯》《江岸送别：明代初期与中期绘画》等著作将中国绘画的意向和含义与思想史、社会史、经济史、文化史的演进相勾连，以此分析中国绘画史的衔接与转变，在"寄情笔墨、自书胸臆"之外开出另一番天地。同时，生活·读书·新知三联书店这些年一直致力于一套"开放的艺术史丛书"的耕耘，既有学术前沿之论，又有致力于艺术史学基本建构的经典之学。孟久丽的《道德镜鉴：中国叙述性图画与儒家意识形态》、柯律格的《大明：明代中国的视觉文化与物质文化》、班宗华的《行到水穷处》、白谦慎的《傅山的世界：十七世纪中国书法的嬗变》、杰西卡·罗森的《祖先与永恒：杰西卡·罗森中国考古艺术文集》、雷德侯的《万物：中国艺术中的模件化和规模化生产》、巫鸿的《时空中的美术》等重要作品均在其列。如丛书主编尹吉男先生所说，中国艺术史从某种意义上说并不仅是中国人的艺术史，或者是中国学者的艺术史。在经济全球化背景下，如果我们有全球艺术史的观念，作为具有长线文明史在中国地区所生成的艺术历程，自然是人类文化遗产的一部分。对这份遗产的认识与理解不仅需要中国地区的现代学者的建设性工作，而且需要世界其他地区的现代学者的建设性工作。……从中可以比较和借鉴不同文化背景下的不同方式所产生的极其出色的艺术史写作，反思我们共同的知识成果。

"合则双美，离则两伤"，以共识超越分歧，以理解超越隔阂，才能使传统文化的内涵更为丰富，格局更为开阔。坚持传统价值的主体性既是一个文化使命，又是一个思想使命，当然，前提是对传统价值的科学认知和深刻自信。我们需要在认识现实的基础上承继传统，更要在发扬传统的过程中烛照未来。

三、坚持差异与创造转化

受到新文化运动熏陶的冯友兰晚年写《三松堂自序》的时候曾说："在五四运动时期，我对于东西文化问题，也感觉兴趣。后来逐渐认识到这不是一个东西的问题，而是一个古今的问题。一般人所说的东西之分，其实不过是古今之异……至于一般人所说的西洋文化，实际上是近代文化。所谓西化，应该说是近代化。"所谓古今之异，乃指文化的时代性差异；而东西之分，则应是指民族性差异。民族性差异主要在于民族精神、气质、价值意识、思想与行为方式的区别。无论未来世界如何一体化，如何趋同，这些民族性的差别总是不会消解的。而民族性差异体现着文化的差异，因此，我们要尊重各种文化的差异，求同存异。

在中国的现代化道路上，要坚持一个选择的过程。它是双向的，即现代与传统的相互挑战、相互批评、相互适应。特别是对中国这样一个后发的现代性国家，其现代性诉求自然地蕴含着现代性的反思。西方工业化以来的科技发展、物质文明、社会改革、制度建构和价值观念确有很多值得我们效法的层面，但仍需要筛选、扬弃。用好坏二元对立的价值观来看待传统，把它看成罪恶之渊薮或可以被抛弃的包袱，是太简单化，太意气用事了。文明的进化不可能没有积累和继承，各民族的现代化不可能只有一种模式。因此，我们要创造符合中国国情的现代化之路。林毓生主张创造性地转化中国文化传统中的符号与价值系统，使之变成有利于变迁的种子，保持文化的认同。他强调"需要精密与深刻地了解"西方文化与我们自己的文化传统，"在这个深刻了解交互影响的过程中产生了与传统辩证的连续性，在这种辩证的连续中产生了对传统的转化，在这种转化中产生了我们过去所没有的新东西，同时这种新东西却与传统有辩证地衔接"。这一主张正是在对五四启蒙思潮做出反省后得出的，在今天的中国思想界获得极大的反响。甘阳曾在《北大五论》中指出："中国思想学术文化的创造性发展归根结底要用中文创造。中国文化主体性当然首先是中文的主体性。中国学界尤其是人文社科的真正国际视野和文明使命，是以母语思考写作的深度海纳百川地整合中西思想资源，从而最大程（限）度地发展中文思想学术文化。"他的这段话，很好地说明了要坚持民族差异性，要坚持用中文这个中国文化传统的符号来广泛吸纳各种文化的精髓，而同时要坚持自身的文化认同。

传统内在于人心之中，是不断被人们理解、复制、批判和重构的动态流程，对其继承应基于主体自觉，按"人事有代谢，往来成古今"的客观进程，对历史中形成的传统进行筛选与评判，找到传统与现代化的历史接合点。只有坚信传统蕴含着应时而化的内在生命，坚守中国精神的价值系统，才能走出古今之争的对立格局。正如章学诚所言："所谓好古者，非谓古之必胜乎今也，正以今不殊古，而于因革异同，求其折衷也。"传统在创造之中，应向未来敞开无穷的可能性。对传统价值的重新体认正伴随着对现代价值的不断反思，而在中国的现代化进程中，传统、现代两者的相互融摄与调适正源于中国文化精神焕发的内在诉求，中国特色的治国之道也可据此而逐步完善。最终，中国近代文明发展得以构成"连续"与"变革"的统一，而不是"传统"与"现代"的断裂。中国文化精神亦可借此而开发出源头活水，最终脱离西方现代单一度量中国古典精神的尺度，重新树立民族文化自信。

做好传统价值在当代的科学阐释，以开放和包容的心态加强东西方文化交流和价值碰撞，充分认识差异性的独特价值内涵，认识并尊重中文作为中国文化主体性的首要前提，精密与深刻地了解中西文化在当下的交互影响，辩证地对传统价值进行与时俱进的创造转化，以期其能在当今世界潮流中焕发更加蓬勃的生命力，这便是我对在当代社会潮流中坚守传统价值的主体性的基本认识和粗浅逻辑思考。

陈义望系生活·读书·新知三联书店副总经理

传统伦理下的突围者——明代哪吒形象的蜕变

吴晓彤　李　佳

　　哪吒原是印度佛教中的极其高大、威猛的护法凶神①，在中土文献中这一人物最早出现于北凉时期的《佛所行赞》，隋唐时期见于佛经《发觉净心经》《北方毗沙门天王随军护法仪轨》《北方毗沙门天王随军护法真言》《毗沙门仪轨》，以及史料笔记《开天传信记》等；至宋则见于《景德传灯录》《汾阳无德禅师语录序》《佛果圜悟禅师碧岩录》《密庵禅师语录》《圆悟佛果禅师语录》等书中。哪吒形象在历经由佛入俗之后，又渐渐为道教所吸收，演变成为本土的神仙，被尊为"中坛元帅"，而见于大量道教典籍，如《宝诰大全》《中坛元帅真经》《中坛元帅降魔真经》《道法会元》等。此外，哪吒亦出现在元杂剧中，这些都为其在明清小说中形象的演变奠定了基础，特别是在《封神演义》与《西游记》中，哪吒成为意欲弑父的人间"逆子"，但同时也是降妖除魔的神性英雄，一身兼具佛教和道教的神祇身份，而为古今读者所喜爱，成为文学史上一个相当特殊的形象。也正是因为该人物具有这样的艺术张力，哪吒的故事为当代影视作品提供了极佳的素材，而屡屡被改编演绎。

---

① 刘文刚：《哪吒神形象演化考论》，载《宗教学研究》，2009(3)。

　　有关哪吒的形象主要有以下这些研究：刘文刚在《哪吒神形象演化考论》中指出在北宋及北宋之前，哪吒的形象基本是"三头六臂的凶恶夜叉神，佛教忠诚的守护神"①。之后哪吒形象历经了三次重要演化：第一次是在南宋时期，李靖演化为毗沙门天王，而哪吒的身份就此随之演化；第二次是在《西游记》中，哪吒演化为"孩童天神"，外道内佛；第三次是在《封神演义》中演化为纯粹的道教神。李亦辉提出哪吒形象演化的过程"实际是中国传统文化对外来宗教文化的吸收、融合和创新过程"。李亦辉则着重研究了《三教源流搜神大全》对《封神演义》中哪吒故事的影响。② 提出哪吒故事的演变可分为三个时期：一为初始期，是唐宋时期的佛典、文人著作中的故事；二为生长期，是元明时期的杂剧及小说；三为集成期，是《封神演义》中哪吒的故事。杨静、车瑞在《哪吒形象考论》中，也将哪吒形象演变分为三个时期，即唐代的肇始期、宋元的发展期和明代的定型期。同时，以怪异的出生、考验与重生、完成使命三个部分，探讨了少年英雄神话的成长的模式。③ 陈洪在《哪吒：从佛典中蜕变出的悖伦"英雄"》中着重分析了哪吒在《封神演义》中的三个特异节点：一为剔骨还父、析肉还母；二为以莲花身重生；三为"弑父"报仇。④ 同时认为《封神演义》的作者是同情哪吒的，并给予了哪吒充分的"杀父"理由。在哪吒反父权的过程中，使其艺术形象与生命得到了升华。此外，另有两篇专题硕士学位论文讨论这个问题。一篇为韩美凤的《〈封神演义〉中哪吒形象探析》，论文以时间为序，提出宋元时期是哪吒故事发展的初期。而到了明代哪吒的形象就基本定型。同时，分四要点分析了哪吒形象的价值与意义。另一篇是付方彦的《哪吒形象流变研究》，论文从早期佛教到俗文学中的形象到最后综合分析了哪吒形象流变的原因。文章将哪吒佛典中的形象按其姓名、身份、外貌与性格特征、地位与职责、离奇故事五个方面进行了分析。文

---

①　刘文刚：《哪吒神形象演化考论》，载《宗教学研究》，2009(3)。
②　李亦辉：《〈三教源流搜神大全〉与〈封神演义〉》，载《明清文学与文献》，2015(4)。
③　杨静、车瑞：《哪吒形象考论》，载《襄阳职业技术学院学报》，2015(3)。
④　陈洪：《哪吒：从佛典中蜕变出的悖伦"英雄"》，载《文学与文化》，2019(4)。

章具体研究了哪吒在元杂剧中的形象，也分析了哪吒在《西游记》、《封神演义》与民俗资料中的相关内容。也对哪吒形象流变的原因进行了归纳，即是受了宗教信仰、经济与传播场景、传播者与受众人群，以及叙事文学几个方面的影响而发生了改变。

以上研究均以明代为哪吒形象的定型或集大成时期，本文就在此基础之上，探讨哪吒形象在明代所发生的蜕变，而特别聚焦于神谱《三教源流搜神大全》、《西游记》与《封神演义》三部书中的情节，以见出其对之前形象的承继和发展。

一、"割肉刻骨还父"

《三教源流搜神大全》的撰著者不详，书中内容多取自杂史、小说，其中有一则专门讲述"那吒太子"故事的词条：

> 那叱本是玉皇驾下大罗仙，身长六丈，首带金轮，三头九眼八臂，口吐青云，足踏磐石，手持法律，大喊一声，云降雨从，乾坤烁动。因世间多魔王，玉帝命降凡，以故托胎于托塔天王李靖。母素知夫人生下长子军叱，次木叱，帅三胎那叱。生五日，化身浴于东海，脚踏水晶殿，翻身直上宝塔宫。龙王以踏殿故，怒而索战。帅时七日，即能战，杀九龙。老龙无奈何而哀帝，帅知之，截战于天门之下，而龙死焉。不意时上帝坛，手搭如来弓箭，射死石记娘娘之子，而石记兴兵，帅取父坛降魔杵，西战而戮之。父以石记为诸魔之领袖，怒其杀之以惹诸魔之兵也。帅遂割肉刻骨还父，而抱真灵求全于世尊之侧。世尊亦以其能降魔故，遂折荷菱为骨、藕为肉、丝为筋、叶为衣而生之。授以法轮密旨，亲受木长子三字，遂能大能小，透河入海，移星转斗。吓一声，天颓地塌；呵一气，金光罩世；镝一响，龙顺虎从；枪一拨，乾旋坤转；绣球丢起，山崩海裂。故诸魔若牛魔王、狮子魔王、大象魔王、马头魔王、吞世界魔

王、鬼子母魔王、九头魔王、多利魔王、番天魔王、五百夜叉、七十二火鸦，尽为所降。以至于击赤猴、降孽龙。盖魔有尽，而帅之灵通广大、变化无穷，故灵山会上，以为"通天太师威灵显赫大将军"。玉帝即封为"三十六员第一总领使"，天帅之领袖，永镇天门也。①

哪吒本是"玉皇驾下大罗仙"，为道教尊神，而其"三头九眼八臂"的外形乃是结合了早期佛道教典籍中的形象。书中填补了此前许多情节上的空白，如交代哪吒下凡投胎乃是奉玉帝之命，去斩杀"世间魔王"；而哪吒的生父由毗沙门天王变为"托塔天王李靖"，二哥也由佛经中的"独健"改名为"木叉"。哪吒出生后即异于常人、神通广大、斩妖除魔，"生五日，化身浴于东海，脚踏水晶殿，翻身直上宝塔宫……帅时七日，即能战，杀九龙"，于天门之下杀了老龙王，后又手持如来弓箭射死了"石记娘娘之子"，这些内容均不见载于此前佛教典籍。其中特别值得注意的是哪吒割肉削骨的情节，在之前的记载中，均为"剔骨还父、析肉还母"；而此处却叙述哪吒因其父"怒其杀之（石记）以惹诸魔之兵也"，而"割肉刻骨还父"，是彻底断绝父子之情，强化了父子之间不可调和的矛盾冲突，初步显露反抗父权的叛逆性。此外，复活哪吒的乃是"世尊"佛祖，这与《中坛元帅真经》中，太乙真人复活哪吒的情节不同。《三教源流搜神大全》中的哪吒具有了较为完整的成长经历"投胎——还骨肉——重生"，呈现出亦佛亦道的特征，哪吒已逐渐成为一个融汇佛、道独具特色的神话人物。

二、英勇善战的护法小男童

《西游记》是明代四大奇书之一，神魔小说的代表，主要讲述了唐僧、孙悟空、猪八戒与沙和尚师徒四人西天取经的故事。全书一

---

① 《三教源流搜神大全》，292页，北京，中华书局，2019。

百回，哪吒在其中十六回中出现过，有些章节只是提到其姓名而已，下面说说几次较为重要的出场。哪吒第一次出场是在第四回擒拿弼马温孙悟空之时，李靖与哪吒请愿前往捉拿。① 玉帝"即封托塔天王李靖为降魔大元帅，哪吒三太子为三坛海会大神"。之后，巨灵神率先出战，但不敌孙悟空。哪吒请命出战时，自报家门说道"我乃托塔天王三太子哪吒是也。今奉玉帝钦差，至此捉你"，可见在《西游记》中，哪吒亦为李靖的第三子，效忠玉帝。而李靖则为天神"托塔天王"，与早期佛经中的"毗沙门天王"一致，却与《封神演义》中想要修道成仙的李靖不同。在第五回中，孙悟空搅乱"蟠桃大会"后，玉帝派十万天兵去花果山擒猴，其中描写哪吒的诗句为"李托塔中军掌号，恶哪吒前部先锋"②。此"恶哪吒"一词在元杂剧《郑孔目风雪酷寒亭》也曾出现过，但在此处，并不具贬义意味，而是承接佛经中"恶眼"、"愤怒"之意，是面露凶相，有决意杀敌之意。在第五十一回，孙悟空请李靖父子助阵降独角兕大王之时，对哪吒的外貌进行了描写，"那小童男，生得相貌清奇，十分精壮。真个是：玉面娇容如满月，朱唇方口露银牙。眼光掣电睛珠暴，额阔凝霞发髻鬘。绣带舞风飞彩焰，锦袍映日放金花。环绕灼灼攀心镜，宝甲辉辉衬战靴。身小声洪多壮丽，三天护教恶哪吒"③。这表明哪吒是个年龄不大的男孩样貌。在第六十一回，哪吒助孙悟空降服了牛魔王，其文曰，"变得三头六臂，飞身跳在牛王背上，使斩妖剑望颈项上一挥，不觉得把个牛头斩下……被哪吒又砍一剑，头落处，又钻出一个头来。一连砍了十数剑，随即长出十数个头。哪吒取出火轮儿挂在那老牛的角上，便吹真火，焰焰烘烘，把牛王烧得张狂哮吼，摇头摆尾"④，足见哪吒本领高强。在第八十三回中，叙述了哪吒的前世今生。⑤ 当唐僧被陷空山无底洞的地涌夫人掳走时，孙悟空见此妖精

---

① （明）吴承恩：见《西游记》，18 页，北京，光明日报出版社，2016。
② （明）吴承恩：见《西游记》，28 页，北京，光明日报出版社，2016。
③ （明）吴承恩：见《西游记》，302 页，北京，光明日报出版社，2016。
④ （明）吴承恩：见《西游记》，365 页，北京，光明日报出版社，2016。
⑤ （明）吴承恩：见《西游记》，494 页，北京，光明日报出版社，2016。

供养着"尊父李天王之位"与"尊兄哪吒三太子位"，就去找李靖父子说理。通过李靖之言，得知其"有三个儿子，一个女儿。大小儿名金吒，侍奉如来，做前部护法。二小儿名木吒，在南海随观世音做徒弟。三小儿名哪吒，在我身边，早晚随朝护驾。一女年方七岁，名贞英，人事尚未省得……"则《西游记》中李靖的大儿子与二儿子皆为佛门子弟，这与《封神演义》中哪吒两位兄长跟随道教仙家、真人修行不同；此外，哪吒常伴李靖左右，与佛经《北方毗沙门天王随军护法真言》与《毗沙门仪轨》中的"莫离其侧"与"常随天王"情节相类。

当李靖要抢刀砍孙行者时，哪吒赶忙用斩妖剑架住，文中云：

> 噫！父见子以剑架刀，就当喝退，怎么反大惊失色？原来天王生此子时，他左手掌上有个"哪"字，右手掌上有个"吒"字，故名哪吒。这太子三朝儿就下海净身闯祸，踏倒水晶宫，捉住蛟龙要抽筋为绦子。天王知道，恐生后患，欲杀之。哪吒愤怒，将刀在手，割肉还母，剔骨还父，还了父精母血，一点灵魂，径到西方极乐世界告佛。佛正与众菩萨讲经，只闻得幢幡宝盖有人叫道："救命！"佛慧眼一看，知是哪吒之魂，即将碧藕为骨，荷叶为衣，念动起死回生真言，哪吒遂得了性命。运用神力，法降九十六洞妖魔，神通广大。后来要杀天王，报那剔骨之仇。天王无奈，告求我佛如来。如来以和为尚，赐他一座玲珑剔透舍利子如意黄金宝塔。那塔上层层有佛，艳艳光明。唤哪吒以佛为父，解释了冤仇。所以称为托塔李天王者，此也。今日因闲在家，未曾托着那塔，恐哪吒有报仇之意，故吓个大惊失色。

此段情节交代了哪吒名字的来历，是因其出生时手掌上有此二字。此外，复活哪吒之人，亦为如来佛祖，其以"碧藕为骨，荷叶为衣"使哪吒重生，与《三教源流搜神大全》中的相同，而不同于《封神演义》中的太乙真人复活哪吒。这主要是与两书的创作主旨和所要弘扬的宗教有关。但两者复活哪吒的目的却大不相同，在《西游记》中，是因佛祖的慈悲为怀；而在《封神演义》中，则是因哪吒的使命还未完成。《西游记》中也有哪吒要弑父的情节，而不见于其他佛经或道藏。《西游记》还设计了如来赐给李靖黄金宝塔的情节，此塔中"层层有佛"，令哪吒以佛为父，以化解与其父的恩怨。此宝塔刚好呼应了佛经中毗沙门天王的塔，也使得情节更趋合理。

《西游记》中的哪吒有着浓郁的佛教色彩，处处可窥见对佛经中的影响，显示了哪吒形象的延续性。同时亦有对道教元素的融汇，如哪吒的封号为"三坛海会大神"，因而哪吒在《西游记》中也是一个亦佛亦道的护法神。此外，哪吒一改"一丈六尺"或"六丈"的凶神恶煞的护法神面目，而出之以"小男童"清新、可爱的形象①，这是文学史中少有的经典孩童形象，拉近了读者与哪吒的距离，博得了读者的喜爱。

三、意欲"弑父"的"逆子"

《封神演义》是明代另一部著名的神魔小说，主要讲述了周武王伐纣之事。全书一百回，哪吒出现于其中六十回中，或直接登场，或间接叙写其事迹。其中第十二至十四回则是专叙哪吒生平始末。在第十二回交代了哪吒的出生以及杀死夜叉与龙王三太子敖丙的前因后果。② 文中有云：

> 话说陈塘关有一总兵官，姓李，名靖，自幼访道修真，拜西昆仑度厄真人为师，学成五行遁术。因仙道难成，故遣下山辅佐纣王，官居总兵，享受人间之富贵。元配殷氏，生有二子：长曰金吒，次曰木吒。殷夫人后又怀孕在身，已及三年零六个月，尚不生产。李靖时常心下忧疑。一日，指夫人之腹，言曰：

---

① 刘文刚：《哪吒神形象演化考论》，载《宗教学研究》，2009(3)。
② (明)许仲琳：《封神演义》，50 页，南京，江苏凤凰美术出版社，2016。

"孕怀三载有余，尚不降生，非妖即怪。"夫人亦烦恼曰："此孕定非吉兆，教我日夜忧心。"李靖听说，心下甚是不乐……李靖听说，急忙来至香房，手执宝剑，只见房里一团红气，满屋异香。有一肉球，滴溜溜圆转如轮。李靖大惊，望肉球上一剑砍去，划然有声。分开肉球，跳出一个小孩儿来，满地红光，面如傅粉，右手套一金镯，肚腹上围着一块红绫，金光射目。这位神圣下世，出在陈塘关，乃姜子牙先行官是也；灵珠子化身。金镯是"乾坤圈"，红绫名曰："混天绫。"此物乃是乾元山镇金光洞之宝。表过不提。只见李靖砍开肉球，见一孩儿满地上跑。李靖骇异，上前一把抱将起来，分明是个好孩子，又不忍作为妖怪坏他性命，乃递与夫人看。彼此恩爱不舍，各各忧喜……

在《封神演义》中哪吒之父为陈塘关总兵官李靖，母亲为殷氏，其孕育出生皆不同凡响，点出其为灵珠子转世，以及为姜子牙先行官的使命，这些都为后面的故事埋下了伏笔。哪吒出生不久，即被乾元山金光洞太乙真人收为徒弟。但也因出生时辰犯了"一千七百杀戒"，藏下了后面的"祸端"。此回的故事主线与《三教源流搜神大全》中的大致相似。但也有诸多细节处理上的不同，如在此章回中哪吒杀的是龙王三太子，后者杀的是老龙王；又如杀龙之时，前者为七岁，后者乃出生七日等。

第十三回重点叙述了哪吒因打伤龙王，又射死了石矶娘娘的徒弟惹下大祸，为了不连累父母，"先去一臂膊，后自剖其腹，剜肠剔骨，散了七魄三魂，一命归泉"。这一情节不仅突出了哪吒对父母的孝敬，而且彰显了其敢作敢当，大无畏的精神。在故事细节上，已与《三教源流搜神大全》中有较多出入。如前者哪吒射杀的是石矶门人，而在后者中则为石矶之子；前者用来射杀的弓箭乃"轩辕黄帝传留，至今镇陈塘关之宝"，而在后者却是如来之弓；又见此中的石矶为截教，而后者则是"诸魔之领袖"等。

第十四回重点叙述哪吒行宫为李靖烧毁后，太乙真人以莲花复活哪吒，哪吒找李靖报仇之事。① 殷夫人受哪吒梦中之托，为哪吒在翠屏山建了一所行宫，李靖得知后却"提六陈鞭，一鞭把哪吒金身打的粉碎……复一脚蹬倒鬼判"，并命人烧了庙宇，彻底斩断了父子的情分。而后太乙真人以莲花、荷叶令哪吒复活，传其火尖枪、风火轮、乾坤圈、混天绫和一块金砖，并授灵符秘诀。哪吒复生后回陈塘关找李靖报仇，不仅直呼李靖大名，而且扬言要杀了他。在李靖逃窜之时，二哥木吒前来搭救，斥哪吒为"逆子"，言"子杀父，忤逆乱伦"，以儒家的伦理观念加以谴责。"弑父"的行为在封建社会实属大逆不道，哪吒的这一行为是对传统伦理与父权的激烈挑战，亦是对不公的、黑暗的封建权威的抗争②，可谓惊世骇俗。此章回所叙述的内容与《三教源流搜神大全》中的出入甚大，增加了如毁庙、复仇等重要情节。书中的其他章回哪吒的情节就较为零散，以协助姜子牙伐纣为故事主线，凸显了哪吒英勇善战、所向披靡的英雄形象。

在《封神演义》中哪吒的前期经历，与《三教源流搜神大全》和《中坛元帅真经》所述大致相同，只是在故事内容、情节的完整与细节的处理上，作者发挥了更多的想象，添加了更多虚构内容，赋予了人物更加复杂的经历与情感；同时，亦注入了"定数""天命"的思想③，使得哪吒种种出格的行为，有了较为合理的解释，从而一定程度上削弱了他的叛逆色彩。另外，《封神演义》中的哪吒除了神性，还有了更充盈的"人性"特点，如个性急躁、做事莽撞，但也有情有义、敢爱敢恨等；虽然是个神性英雄，积极、正面、向上，但他也有性格上的诸多缺点，总体形象趋于立体，有血有肉。

哪吒这一形象活跃于明代的诸多著作中，在此时期，故事情节中出现了"弑父"的情节，这在高度强调父权的封建社会中，是很难被容忍的，这样离经叛道的行为很可能会使这个人物坠入万劫不复

① （明）许仲琳：《封神演义》，58页，南京，江苏凤凰美术出版社，2016。
② 王箐箐：《论哪吒的反父情结——兼议封建伦理下的父权思想》，载《汉字文化》，2020(2)。
③ 孙颖：《"哪吒"形象变迁中的英雄主体建构》，载《电影文学》，2020(2)。

的深渊。然而由于情节的细致铺排，天命观念的植入，率真讨喜的孩童形象，以及其所透露出的对于不近情理父权的愤怒与抗争，竟然使其读者在接受的过程中得以充分共情，而对之予以宽容，挣脱了封建伦理道德的重重束缚，从不可尽数的虚构人物当中突围而出，为中国文学史上贡献出一个异乎寻常、颠覆性的人物形象，实现了哪吒形象的最大蜕变。

吴晓彤系新加坡嘉诺撒天主教小学老师

李佳系新加坡南洋理工大学亚洲语言文化学部助理教授、博士生导师

中国当代文学在英国的教学、研究和翻译状况——以剑桥大学为例

施冰冰

随着中国国际地位、经济实力以及国家软实力的提高，"中国文学如何走出去"的问题引起了众多关注。本文以作者自己的亲身经历为第一手资料，试图从三个方面——海外高校的现当代文学的教学、学者的学术研究，以及出版界中现当代文学翻译的情况，对中国当代文学在英国的传播情况进行勾勒，并据此提出了对相关问题的理解与反思。

在课堂教学部分，笔者将以剑桥大学为例。剑桥大学东亚系每个学年开设有一门专门的现代文学课，以哥伦比亚大学出版社出版的《现代中国文学指南》作为教材。这门课的课程设计一方面是按照文学史的时间顺序，从晚清讲到五四运动，再讲到革命时期，以及 20 世纪 80 年代再到如今；另一方面是按照文本的主题，比如第五周以"性别与新女性"为主题，讨论了丁玲和张爱玲，而第六周在"现实主义与民族主义"的框架下讨论了茅盾和萧红。这门课的上课形式与国内中文系教学也有较大不同。东亚系在剑桥大学中是比较小的系所，学生人数较少，因此这门课的课堂学生由本科生、研究生和博士生混合组成，整个课堂只有六七人，由老师带领学生进行讨论，形式比较自

由灵活。课堂所遵循的一般流程是，首先进行文本分析和翻译，师生共同阅读有关文本，然后将英文翻译成中文。这部分训练既可以锻炼英国本科生们的中文口头翻译能力，又能锻炼来自中国的研究生们的英文阅读能力。随后，在老师的带领下，分析文章的主题，讨论文本有关的社会背景、写作风格、叙事手法以及作者生平的相关问题，同时老师也会梳理文学史的脉络，帮助学生以更加宏观的角度来看待这些作品在文学史中的地位。

这门课的内容设置和课程框架大体都没有超出国内中文系的教学内容，比较引人注目的是课程所选取的文本，比如在讨论鸳鸯蝴蝶派时，老师选取的是何海鸣的小说，而并非传统意义上所认为的典型诸如张恨水、周瘦鹃等。这背后的原因有诸多，既要考虑到相关作品在海外是否有翻译，同时也要照顾到外国学生的中文水平。所以在选取的文本上和国内的课堂教学有一定的不同。

其次，在学术界，一般博士学位论文的写作需要三四年时间，一个项目从孵化到成书以及出版需要更长的时间，研究追求的是深度和广度，而并非一味地追逐热点。另外，海外汉学研究期刊较少，一篇文章的发表也需要较长的审稿周期，所以海外现代中国文学的研究没有太强调热点，但是从一些国际会议上的选题上，还是可以看出目前海外学者较为关注的项目。这里可以以美国比较文学研究协会为例，这个协会所选报的选题大概有三百个讨论组，其中关于中国文学的主要是有以下四个方向：一是种族与身份问题，即移民与阶级、性别等问题的联系；二是中国文学与世界文学的关系，即研究中国文学中对世界是如何想象的，以及在世界文学中，中国的形象是如何被描述和展现的；三是女性主义和性别问题，这和国际化背景下的女权主义运动有关；四是科幻文学，随着刘慈欣《三体》在国内外的大火，以及郝景芳《北京折叠》等摘得雨果奖，以及其他更为年轻的科幻作家的作品在海外被翻译和阅读，"科幻文学"似乎正越来越成为海外对中国文学关注的新热点。

最后，翻译层面，也就是高校教学和科研之外，在图书市场上，翻译界整个当代文学传播的情况。我们不得不面对的现实是，中国文学在海外的翻译并不乐观。一方面是两边阅读情况不同。很多在豆瓣上很热门的小说，在海外的翻译界并不受青睐。目前翻译的对象主要还是经典作家，比如贾平凹等能够展现出中国社会特色的作家。另一方面是翻译的量还是很少，根据《出版人周刊》（*Publishers Weekly*）的数据显示，2008 年到 2017 年每年被翻译到英文世界的中文小说大约有 10 本，2018 年这个数据增长到了 20 本左右，但是对比之下，日本文学 2008 年到 2017 年是每年 25 本左右，2018 年有 58 本，而 2019 年有 37 本。

　　尽管如此，在英国确实还是有很多热爱中国文学的译者、出版界人士和读者非常热爱中国文学，他们积极地组织和推动中国文学在英国的传播，帮助更多的英国读者认识和了解中国文学，比如"纸托邦"就是一个在英国注册的专门推动中国文学在英文世界翻译和传播的非营利性组织。它是由一群非常有热情，非常热爱中国文学的翻译者组织的。他们有固定的社交媒体账号，不定期举办各种翻译活动，分发相关材料推广中国作家。他们同时与各个机构合作，比如利兹大学中国写作中心、单向街等，以推广中国文学。但是"纸托邦"没有固定的资金来源，因此也在某种程度上限制了他们的发展壮大。

　　基于以上三个方面对中国现代文学在英国的教学、研究和翻译状况的阐释，作为身处第一现场的笔者，有诸多感想。首先，在中国当代文学的传播过程中，翻译是一个非常重要的过程。以《三体》为例，我的美国汉学家朋友曾说《三体》的中文版、英文版和德文版是三本不同的书，因为翻译的过程涉及了身份、性别、政治等种种问题。比如说，《三体》中有一些关于女性的描写，在翻译成英文的时候，被译者要求修改，因为西方的读者，尤其是在今天女性主义运动的背景下，这部分描写可能会引起西方读者反感。

　　同时，作为身处海外的中国文学学生，笔者自身也时常感到困惑。在今天这样一个信息爆炸的时代，有时候大家更多关注事件本身，而并非是内容。比如，西方的读者有时候更关注《三体》的电影改编怎么样，是不是遇到审查的问题之类的。

但是，笔者对中国现当代文学在海外的传播还是有信心，尤其是常常在周围见到很多热爱中国文学的海外读者。海外对中国感兴趣的读者常常对中国文学感兴趣，却苦于没有相关的阅读素材，因此中国文学传播的市场广大，潜力尚待开发。同时，笔者认为最近在海外获得较多关注的年轻的科幻文学作者也许能提供一条可能的传播当代文学的路径。他们非常积极地推介自己，非常勇敢地走出去，比如在各种社交媒体上发言，也积极地参加各种活动，因此在近些年获得了多方关注。总之，中国文学的传播是一个慢慢渗透的过程，是需要作家、译者、学术界、媒体、政府共同努力的过程。在这个过程中，海外华人被认为是一个重要的群体，一方面英文是他们的母语，另一方面他们还在海外，有一部分人非常渴望认同自己的民族身份。现在科幻文学的翻译和推动也有一部分是海外华人，比如刘宇昆。因此，海外华人群体将会是重要的推动力量。

施冰冰系英国剑桥大学博士生

第五辑

"看中国"十周年论坛

"看中国"十年回顾与新的起航

黄会林

作为非政府、非营利的学术机构，如何有效推进中国文化的国际传播，促进世界多元文化交流互鉴，这是我们一直思索、探求的一个问题。2009 年，我提出"第三极文化"学术理论，倡导在世界文化多元背景下挖掘、传承、发展在世界具有独特影响力的中国文化。2011 年，基于"第三极文化"的思考，我们创办了"看中国·外国青年影像计划"，项目邀请了 10 位来自美国波士顿大学的青年电影人来到北京进行文化体验和影像创作。后来项目不断扩大，从 2015 年开始，每年邀请100 位外国青年参与其中。截至目前，"看中国"已经连续举办十届。截至去年（今年项目正在进行中），共邀请了来自美国、英国、法国、加拿大、以色列、南非等 83 国的 735 名青年以及外国指导教师落地中国。在中国师生的支持与协助下，项目人员已出色完成 712 部短片，共获 120 余项国际奖。

一、十年来，通过外国青年独特的视角，我们看到了更为丰富、立体、充满文化底蕴并朝气蓬勃的中国形象

从城市到乡村，从家国情怀到多民族风采，从大国工匠精神到生态文明建设，从时间主题中

的中国故事到农耕文明的当代价值，外国青年用影像表达了他们对中国独特的体悟、认知与理解。609 部短片如同一幅画卷，展现了十年来中国的变与不变。

二、十年来，"看中国"搭建起世界各国与中国的友谊桥梁

"看中国"品牌在五大洲 60 国 80 多所高校享誉盛名，业已形成中外青年交流的长期合作项目，其中包括美国、意大利、葡萄牙、以色列、新加坡等近 20 国高校，已连续合作 5 年以上。随着品牌影响力的扩大，"看中国"吸引了更多海外高校和青年电影人的加盟，并得到各大电影节、媒体机构的关注。在"看中国"项目的基础上，中外开展了更多非常切实有效的人文交流活动，包括 2019 年 11 月，我院与厄瓜多尔高等影视学院共同促成组织了首届基多"中国电影周"，在厄瓜多尔国家文化中心连续一周放映了包括《流浪地球》《喜马拉雅天梯》等多部优秀影片和"看中国"纪录短片。它包括疫情暴发后，"看中国"在中宣部的支持下向巴西、意大利、葡萄牙、印度等 8 个国家支援 24000 个口罩。它还包括中国与世界上最古老的大学之一的马切拉塔大学共同主办中意文化对话研讨会。它包括以色列大学生电影节、印度逗号电影节、罗马尼亚青年电影节特设"看中国"单元等。

三、十年来，"看中国"短片宣传效应不断发酵

"看中国"短片从 10 年前的线下展映，发展到今天线上线下立体式传播，从研究院投放短片到外国青年自主传播，逐渐形成了"杠杆式"民间推广模式——研究院发力，撬动广泛的中外平台和个人自主传播。其中几个标志性推广事件包括：

1. 2019 年 12 月，"看中国"2019 年 12 月正式登陆北美，在覆盖

全球 3500 万受众的美国城市卫视及下属多媒体平台进行展播,在北美主流观众群体中收获了热烈的反响。仅美国城市新闻网官网点播人次就已超过 200 万;迄今为止共收取到 115 条、逾 13000 字的留言反馈,其中包括不少评论者的真切评价,取得了积极的传播效果。

2. 央视频、央视网、中国国际电视台等多家主流平台对"看中国"项目进行了专题投放和报道。截至目前,在央视频投放 108 部作品,点击量超过 2 万次,传播效果仍在继续积累。

3. "看中国"短片获得 120 部国际性奖项,在获奖数量和奖项质量方面均有提升。2011 年《北京》首次获得美国罗德岛国际电影节最佳纪录短片奖,此后"看中国"短片陆续在中美电影节、西班牙毕尔巴鄂国际纪录片和短片电影节、英国电影学会未来电影节等多个颇具国际影响力的电影节上获得了奖项,这意味着"看中国"从量变到质变的突破。

四、十年来,"看中国"培养了一批批爱华、友华的
青年火种,并正在生根发芽,开花结果

2020 年年初,我们收到了来自世界各国师生恳切的关心、问候和鼓励,其中不乏在十年前参加项目的外国青年。2020 年年初,我们筹备"看中国"项目十周年大电影,邀请了 9 位曾经参加过"看中国"项目的青年导演,在没有任何契约订金的情况下,所有受邀者纷纷表示感激并克服疫情困难迅速开展工作,这使得这部 80 多分钟的大电影能够如期完成。这部大电影由高峰院长担任总导演,由 9 位外国青年导演担任执行导演,目前正在申请上映,希望在今年与大家在院线见面。在这十年里,我们建立了"看中国"大家庭,中外伙伴们不定期分享自己的新成果和新生活,很多当年稚嫩的青年学生如今已成为专业的电影人,其中不少优秀的青年导演都是从"看中国"起步的。正如葡萄牙教师龚赛乐表示:"'看中国'应该改名叫'爱中国',因为它让我们每一位参与者都爱上了中国。我相信'看中国'

或多或少都改变了我们的世界观、价值观，甚至是人生轨迹。"

五、十年来，"看中国"探索出一条依托高校、依托青年的外宣路径

2015 年 11 月 7 日，习近平总书记在新加坡国立大学发表重要演讲，提到"看中国"项目，强调了青年在文化交流过程中的先锋作用，鼓励更多的组织、机构、青年加入这样的项目中去。作为一个非政府、非营利的项目，能够得到这样的肯定，是非常令人振奋鼓舞的一件事。在此要特别感谢中宣部，尤其是对项目做出直接指导工作的孙海东处长及其同事们。还要感谢各个承办单位的全情付出。就像西南大学邓永利老师说："做了这么多年'看中国'，现在已经把它当作一种情怀去做。"很简单的一句话，只有参加过的同仁、同学们，才有可能理解邓老师所谓的情怀，才体会得到其背后要付出多少心血和努力。借此十年之际，再次向各位兄弟院校师生表示诚挚的谢意！

六、十年来，"看中国"开辟了跨学科、跨国界、协同式影视教学模式

2018 年，"看中国"作为一种跨学科、跨国界、协同式影视教学模式获得了北京市教学成果奖二等奖。在此简要分享该教学模式的几个要点：

第一，"看中国"每年邀请 10 余位来自不同国家的外国指导教师加入我们，截至目前已邀请过 59 位外国教师具体指导"看中国"作品创作。这些外国指导教师均经过重重考核，乃至经过两三年的交往考察后，最终受邀加盟项目，他们有着丰富的创作经验和教学经验，并且具有较高的国际交流能力。在操作过程中我们发现，不同国家、

不同高校教师的教学方法、风格、习惯非常迥异，各有千秋。通过"看中国"这个平台，切实促进了中外影视教育的交流。

第二，在中外师生交流过程中，我们也培养了一批批中国高校"跨文化传播人才"队伍。无论参与项目的教师还是学生，都从中受益。一方面，开阔了视野，锻炼了技能，提升了素养，带来了启发；另一方面，"看中国"也促成了越来越多的国际合作。例如，包括厦门大学"看中国"教师团队正在印度参加电影节，与印度国立设计学院进行学术交流。厄瓜多尔高等影视学院拷贝了"看中国"教学模式，以此推动厄瓜多尔文化走向世界，自 2019 年起每年向"看中国"提供 2 位"看厄瓜多尔"学生奖学金，2019 年 11 月，通过推荐选拔，"看中国"派出厦门大学、辽宁师范大学 2 位"看中国"毕业生在厄瓜多尔交流 1 个月，创作了一部"看厄瓜多尔"短片。贵州大学通过"看中国"与东盟国、东盟友谊国的高校建立联系，今年 7 月举办了第十一届东盟教育周"看中国"论坛。吉林大学通过"看中国"加深了与牛津大学的合作交流，开展了"行摄牛津"中国青年看英国项目。塞尔维亚贝尔格莱德艺术学院副院长说："'看中国'在东欧影视高校已颇具知名度，每届新生入学就知道有一个项目叫'看中国'，并树立目标能够有机会参加这个项目。高年级学生都以能参加'看中国'为荣。"这样的例子不胜枚举，"看中国"将越来越多的各国青年电影人凝聚在一起，将越来越多的各国影视高校联合在一起。

十年，不仅仅是一次总结和回看，还是新的提升和起航。作为项目发起人，我诚挚邀请参与过与没参与过的兄弟院校、老师、同学们，继续团结在"看中国"的大家庭当中，为学术外宣、文化外宣、青年外宣事业做出贡献，同时期望各位能够把"看中国"做得更好，共同成长。

黄会林系"看中国"项目创始人，北京师范大学资深教授，中国文化国际传播研究院院长

"看中国"与"读懂中国"：第三极文化与学做人①

[斯洛文尼亚]罗亚娜

一、引言

在中国文化国际传播研究院院长黄会林教授看来，欧美文化堪称世界文化的"两极"。然而，她也指出，由于几千年来发展起来的优秀而辉煌的传统，中国文化无疑可以代表全球文化的"第三极"。毋庸置疑，中国对人类的巨大贡献在其历史和当代都理所当然地占有一席之地。

全球电影文化也是如此，因为电影是不同文化遗产最重要的转移者和表现形式之一，反映了多种不同文化区域、语言和习惯的典型模式。

因此，黄会林的"第三极"范式也代表了未来电影发展的理论视野和教育策略，而且应该包括中国电影文化。在此背景下，黄教授写道："这一愿景源于我们对21世纪中国电影文化全面振兴和发展的理解，揭示了中国电影应对经济全球化挑

---

① 本文为北京师范大学和西南大学联合举办的"看中国"十周年国际学术论坛上的演讲提纲。

战的时代需要。"①

二、放眼"看中国·外国青年影像计划"

为将"第三极电影文化"理论付诸实践,加强中国、美国、欧洲在电影制作领域的跨文化交流,中国文化国际传播研究院设立了一个有趣而又有创意的电影制作项目,名为"看中国·外国青年影像计划"。从 2010 年开始,到目前为止,该项目每年都为许多有才华的外国年轻导演提供了解和传播中国文化的机会,同时也拓宽了中国学生的视野,开阔了他们的国际视野。

每年,来自世界各地的许多年轻导演都有独特的机会访问中国并制作一部电影,讲述他们对这个现代国家及其古老的王朝遗产的愿景。放眼"看中国"使他们能够用艺术的形式表达他们对中国、对中国人、对中国文化、对中国人生活方式的看法和理解。这是一种非常有效的方式,可以将关于中国的知识传播到国外,也可以将对这个国家的真实情感传递给其他国家,进入他们国家的人民心中。

如果我们考虑到"看中国"是一个跨文化的项目,旨在让年轻人能够从多个角度看待世界,这方面就更重要了。它适用于这样一个世界,在这个世界里,差异作为学习机会受到欢迎,不同文化之间的理解通过有意地跨文化互动自然发展。它的设计目标是通过启动跨文化对话和增强不同的思维技能来丰富社会。

所有这些都有助于培养中外学生的社会技能,如批判性思维和跨文化移情,并使他们能够跨越文化差异进行交流。该项目支持倡导不同但诚实的观点,以加强对世界各地大学的对话文化。

---

① Huang, Hulin. 2014. "The 'Third Pole' Film Culture May Dazzle the World with Its Unique and Elegant Artistic Achievements". International Communication of Chinese Culture 1(1—2).

三、跨文化对话中的自己与他者

毫无疑问，"看中国"项目的许多令人印象深刻的作品都与作者的主观思想有关。他们转移了他们对中国文化和社会的看法，以及他们对中国人民和历史的理解。

因此，我们可能会问自己，这些年轻编剧和导演在电影中表现出来的这些主观观点，或者这些主观理解，是否真的有助于在全球范围内更好地了解中国和中国的文化。

我们不能忘记，电影是一种直观的感觉。这包括享受、注意力和情感体验，但这些元素也可能导致屏幕上所见内容的临界距离。

在 20 世纪的最后几十年，甚至在更大程度上，在 21 世纪，人类意识和知觉理论的研究范围以躯体和神经学理论为主。然而，在这方面，关于电影的意识体验做的工作并不多，特别是在相关电影嵌入跨文化互动领域的情况下。

由于我在跨文化和跨文化研究的方法论问题上做了大量工作，所以我非常清楚这样一个事实，即对所谓的非西方文化传统的对抗和理解总是与语言、传统、历史和社会化过程中的差异问题联系在一起的。不同文化的各个方面和要素的解释总是与口译员的地理、政治和经济地位以及解释的主体联系在一起的。

因此，为年轻的国际电影学生提供在中国创作一部关于中国的电影的机会，这一想法本身就是朝着超越这种固定立场，进入一个更"客观"的境界迈出了一大步，让学生们消除对这种文化的许多无意识的偏见，对他们来说，这种文化迄今是未知的、充满异国情调的，有时甚至是神秘的。就这样，年轻的电影项目"看中国"清楚地表明，对于现实的感知和解读，《西方认识论》只是历史传递的众多不同形式的社会模式中的一种。

对于年轻人来说，跨越不同语言、文化和传统之间的界限，能够消除他们对彼此文化的根深蒂固的偏见，总是具有很大的教育价值。因此，"第三极'看中国'青年电影"项目提供了许多新的机会来探索和体验跨文化和全球人类学习的广阔世界。

四、学会做人

我看过许多在这个项目范围内拍摄的电影，他们给我留下的最深刻印象之一，是这些年轻导演试图以许多不同的方式，但总是真诚的方式向他们的跨文化观众展示在中国做人意味着什么。

在中国传统伦理学和当代中国人文科学中，"学会做人"的概念是极其重要的。这句话不仅强调将成为人作为学习的目的，而且还侧重于对这一过程的简单描述，这是基于中国人在涉及或提出一种个人和道德成就的形式时经常使用的一句话。因此，这一理念在中国社会文化教育中占据核心位置，绝非巧合。正如已经提到的，它往往是以一种微妙的、潜在的方式渗透到绝大多数叙事中，这些叙事代表了在"看中国"项目中制作的电影的基础。在某种程度上，他们中的大多数反映了中国传统对这种教育的重视。

在中国，教育的概念是在更广泛的社会内涵中被理解的。正如在这个项目框架下制作的大多数电影中所表现的那样，中国社会一直在强调这样的教育在人的形成问题上的价值。在这个基本上由儒家取向和定义的观点中，人的本体论，即区分人与动物的本体论，并不局限于直接的、单向度的有形的、具体的社会实践活动，尽管这种实践是人类存在的根本和不断演变的根源。从这个意义上说，日常生活中的社会关系导致了个体理性和情感的形成和发展，同时也导致了个体语言、逻辑思维和情感的建构。这些抽象的概念实体正在影响、改变和重塑人们生活的物质环境和关系。没有它们，就没有人类的进步和进化。

构成社会的人类实践和人际关系有许多不同的形象，然而它们总是需要学习的，众所周知，学习是教育的重要目标。由于这种对社会实践和社会关系的学习总是同时与我们的理性和情感联系在一起，所有真正的教育——包括通过制作和观看电影获得的教育——都允许塑造本体论上的基本心理。在这种观点下，人的内在成为考察现实和存在的最深层次的一个重要领域。这些年轻导演在中国拍摄的大部分电影都反映了这个重要的问题。

因此，很明显，这种对现实的看法——特别是关于某种特定的现实的观点——在这种情况下，没有教育就不能维持或发展中国文化。后者在塑造道德价值观的各种特殊（即受文化和环境制约的）方法中也是至关重要的。在我看来，这些都是多种多样的，不能被评判，甚至不能被普遍接受。然而，我们必须意识到我们生活的时代和空间的具体要求。

五、结论

（特别是在当前疫情严峻的形势下，我们必须意识到维护儒家关系伦理价值观的必要性，也要意识到欧洲启蒙价值观的必要性，因为它们都可以以各自的方式为增强人们责任和社会合作做出贡献。）

在这种背景下，重要的是要揭示，这种跨文化电影的制作和传播增强了我们的共同人性。正是这种人性使我们能够以负责任、坚定、和谐的方式生活和感受我们之间的相互关系。但也正是同样的人性使我们的自由意志得以实现，通过这种自由意志，我们可以实现新的可能性，即通过我们的自主决定，积极参与塑造我们的现实。但为了理解这些决定的真正依据，我们可能会暂时设想这样一种观点，即人性并不是不言而喻的，因为成为人类必须努力，更重要的是，需要学习。

这就是为什么我认为像"看中国"这样的跨文化项目是最重要的。它们以艺术和创造性的方式将来自世界不同地区的年轻人联系在一起，从而创造了可以被视为新的希望的全球关系，一种创新的跨文化综合的希望，能够为我们提供新的全球伦理的坚实的共同基础，而新的全球伦理现在比以往任何时候都更需要。①

罗亚娜系斯洛文尼亚卢布尔雅那大学教授

---

① 本文主要参考文献包括：Rošker，Jana S. 2020. Becoming Human：Li Zehou's Ethics. Leiden：Brill. Rošker，Jana S. 2021 (Forthcoming). Interpreting Chinese Philosophy — A New Methodology. London，Bloomsbury. Silius，Vytis. 2020. "Diversifying Academic Philosophy"，Asian Studies 8 (2). Tan，Eds. 2018. "A psychology of the film". Humanities and Social Sciences Communications 4(82)。

用"他述"重塑中国的"他者形象"
——"看中国·外国青年影像计划"十周年的一点观察与思考

向云驹

中国具有独特的地理位置：它在东方，又相对封闭，不仅是长期历史上的封闭，而且是地理环境的相对封闭。它体量非常大，历史非常久，曾经非常繁荣，所以当西方发展起来的时候，特别是欧洲工业革命大航海时代以来，西方就开始"发现"世界、"发现"东方，以及正式"发现"中国。这是一个复杂的时代，当西方"发现"中国的时候，西方正在迅速地崛起，而中国则进入一个衰落的历程，所以"看中国"有非常复杂的历史。可以说一些重大的历史事件，都是因为对中国"看"得准或者不准，"看"得好还是坏，才影响了整个世界格局的构成。所以我认为，"看中国"是一个很大的事情。当然，真正的"看中国"还是有这么两个基本的点或者关键词：一是接触调查观察记录，二是图像形象思想。这两者之间还有很大的关联度。

接触是非常重要的，到中国来了解中国，和不到中国得出的结论是完全不一样的，"他述"或者"自述"，即外国人说的中国和我们自己自说自话的中国，可信度也是完全不一样的。从历史上看，中国以外的他者，特别是西方，还是基于他们自己人来到中国观察的结论、提供的材料、提供的形象，来判断中国，因此接触是非常重要的。鲁迅先生也说过，"倘使长久的生活于一地方，接触着这地方的人民，尤其是接触，感得了那精神，认真地想一想，那么，对于那国度，恐怕也未必不能了解罢。"所以亲历和接触中国至关重要。尽管马可·波罗的中国游记有很多疑点，但是大多数人还是相信他到过中国，否则他讲不出这样传奇又逼真的中国故事。马可·波罗开启了东方中国的西方形象。利玛窦也起到了全面调查、观察、记录、报告中国的作用。西方学者普遍认为，马可·波罗首次"发现"中国，或者说他带动了哥伦布、麦哲伦等人"发现"地球、"发现"东方、"发现"中国，而利玛窦等人所开启的大规模到访中国，也不亚于马可·波罗的功绩，可以说是第二次"发现"中国。另外，许多重要的西方思想家对中国的评价，包括伏尔泰、孟德斯鸠、黑格尔等，都来自早期观察中国的一些游记、传教士的报告，他们真正到中国的很少，但用尽了一切办法了解真正的中国，哪怕通过二手材料。孟德斯鸠的判断，来源于他在法国对一个中国人的深入访谈，长达几个月的调研；莱布尼兹也是通过不断地和传教士白晋等人进行深入的探讨、调研才得出了对中国的评价。黑格尔对中国结论的一个很重要的来源是马戛尔尼英国使团在乾隆时期来到中国的报告，他对这方面非常关注。也就是说，西方重要的思想家、历史学家在关注中国的时候，对那些接触、亲历中国的报告非常重视，他们的结论是基于这个基础的，这些结论又影响了世界史的进程。譬如启蒙运动中，中国因素、中国思想、中国历史就发生着重要的作用。伏尔泰的《风俗论》是第一部真正意义上的世界史著作，其中最重要的出发点就是从中国历史出发才有了世界史的结论，这佐证了中国当时在世界上的重要地位。当然，最重要的是近代以来中国发生了巨大的历史转折，包括鸦片战争，但这些历史后面也都有受到马戛尔尼对中国全面调查的影响的影子。马戛尔尼等人在中国设计了无数套调查提纲，最多的列了35个提纲，对中国的军事设施、军队建制，进行了大量的科学性的调查，得出的结论是，这个时期的中国，英国是能够打败的，但是不能轻举妄动。

后来，日本侵华战争也是基于他们的中国调查做出的抉择，当然也是一个误判，他们与中国离得太近了，没有看清楚。他们曾经系统调查过中国，最后选择脱亚入欧，不走东方的路，这个结论后来也影响到抗日战争的爆发。马戛尔尼对鸦片战争的爆发埋下了很大的伏笔，但是马戛尔尼使团是个很复杂的现象，他们本身还是很绅士的，一些结论也很讲究，并不完全是侵略性的，我们中国当时确实错过了一次重大历史机遇。到后来，使团当中的一个随行英国小孩长大了又以使团高官身份来中国，再次遭遇挫折，他得出中国不可救药的结论，回英国后在英国议会上辩论，强烈主张用武力征服中国。他也非常了解中国，看到了中国一些弊端、问题。但是他们也都意识到不能够整个吞并中国，因为中国太大。日本人重大误判就是对中国的体量没有真正的领悟。外国人"看中国"的规律有一个曲线，当中国在上升繁荣和壮丽的时候是一个拐点，当中国停滞下滑衰落、西方进步科技发展的时候是另一拐点，这是两个高潮，上扬的高潮和下滑的高潮，一个是高点，另一个是低点。我们现在可能正在进入第三个时代，第三个时代就是中国再崛起，需要重塑中国的时代。前面两个点都有重要西方他者观察、接触使西方做出判断，包括重要的军事判断、政治判断。从前他们对中国有高度评价，形成了历史开端论、哲学王统治论、重农学派、易卦二进制论等，后来又发现中国的衰落腐朽，形成一个强烈反差，引起了许多西方人的震惊，这样整个舆情改变和反转，也助推了对东方实行殖民主义的一些动作。这是一个值得重视的历史现象。

　　但是实际上，"看中国"本身具有丰富性。17、18世纪中国的正面性并不可能是虚假的，我个人认为，当时伏尔泰等人对中国的判断是对的，中国确实强大、繁荣，而且有丰富的内涵。19、20世纪中国的负面性，现在已经经过中国改革开放40多年的奋斗，发生了根本性的扭转。在这样的背景下，当崛起的中国形象需要重新被定位的时候，也非常需要掀起新一轮"看中国"的运动，因此"看中国·外国青年影像计划"的实践正当其时。这个项目的核心价值是民心相通，核心要义是外国青年的看（他者的看，青年人不带偏见的看），核心理念是外国青年的亲历亲至(接触),核心方法是影像观察并有逼真呈现,同时,它是长时段连续性的、大体量的、民间性的、青年视野的、动态性的。我的结论是,"看中国·外国青年影像计划"可以为思想家、政治家提供重新定位中国、重新判断中国的丰富的材料。这里面也有两个重要原因:其一,新冠肺炎疫情时期,以美国为首的西方国家对中国的评价、评论是大大出乎以往的,除了经济以外,国际关系的破裂趋势也大大出乎我们的意料。其二,对中国的崛起如此恐惧,对中国的发展如此抵触,对中国的作用如此意图曲解,这是许多人没有料想到的。如今,东西方出现了全新的后国际化或者非国际化,可能将会出现一个新的世界格局,充满未知,充满挑战。这时,我们原来所设想的中国形象,突然出现了很多的负面评价,这些负面评价的历史根源可能一直可以追溯到19、20世纪。也就是说,40多年的改革开放改变了我国的经济和国际地位,但是中国整体的形象、评价,并没有完全改变。西方还在用非常古老和陈旧的眼光看中国。因此,改变中国形象,传递中国当代形象、重塑中国外部形象,特别重要的就是用他者的眼光、用"他述"来重塑中国。"看中国·外国青年影像计划"正是在这个时期,经过长期的方方面面的努力,在系统呈现中国的影像,引发他者的观看的热潮,给世界和外部提供观察的新材料,最后生发出新的结论。这也是一个可以使世界的政治家、思想家参与到重新解读中国当代形象和中国历史进程中来的文化工程。

向云驹系北京师范大学京师特聘教授,中国文化国际传播研究院执行院长

"看中国"的累积效应与弋尾效应

虞　吉

　　"看中国"项目，如果用传播学来加以审视的话，其实是一个复杂的对象。它的复杂性在于，它既是一个项目，同时又是一个活动，所以我要谈的主要内容是，我们该怎么看待"看中国"的传播贡献。

　　首先，"看中国"项目具有交互性，它的交互性带来了项目的传播效果和传播特征。所以我觉得它是一种复合性的、延迟性的、具有多种效益的传播效应。其传播效应值得我们在学术上、在理论上加以总结。

　　从流程来看，"看中国"实际上是几段式的交互传播，这种交互和传播有一种累积效应。比如说遴选参与者的环节，实际上就已经开始了它传播效果的累积，因为是在全球征召传媒学子。我个人觉得，这个过程就已经开始进入了交互的传播过程，它把多种多样的传播方式加以整合。之后，外国青年到了中国，则开启了人际传播。这种人际传播加上文化体验，是前期效果的又一个累叠。例如，"看中国"有一个体验环节，是中方制片人与外方导演网上和实地交互的效果。这样一个效果，在片子的拍摄过程中，又是在实地文化体验和文化发现的。因为中方制片人和外方导演要齐心协力做一个 10 分钟的片子，他们围绕着这么一个话题来进行交互，通过紧密合作，达到一种专题化、主题化的效果。所以"看中国"的传播过程、传播效果，我觉得是一种多样性的、叠加性的效果。这是其他的传播方式无法替代的。

此外，"看中国"的传播效果，我觉得有一种弋尾效应。什么叫弋尾效应，也就是说它还会长久延续下去，保留下去。我可以举出很多生动的例子。我们西南大学虽然只参加了三届，但我深深地体会到，这个项目具有一种双向的功效。第一个功效是培养我们自己学生的平台。通过"看中国"，很多优秀的学子得到了提升，比如影片《贯通》的制片人方慕琦通过与外国青年一起拍摄，外语水平得到大幅提升，拿到了法国高等商学院的全额奖学金，并且与她的搭档——18岁的俄罗斯女孩艾丽斯，结下了深厚的跨国友谊。在上一届金目奖颁奖典礼的时候，两人再一次在北京见面。所以，这种弋尾效应的传播效果并不会随着项目的结束就消失，而是会长期延续下去。"看中国"这种模式实际上既是一种教学模式、外宣模式，也是一种最大限度降低跨文化传播折扣的一种方式。这种跨文化的折扣，我觉得通过这样一种累积效应，最终降到了最小。

当然传播的过程中也有差异。比如说去年在重庆拍摄的十部短片中，《观茶》得到了金目奖一等奖，我没有想到。我当时看好的是铜梁龙舞选题，因为舞龙的场面很宏大，很难得，但是短片拍出来效果不好，原因是什么？因为那位外国留学生始终没有办法对"龙"这个中华文化的典型符号进行深入理解。但是《观茶》不一样，茶馆中间三教九流各色人物，这个外国青年居然能够在各色人等中间，把茶与人生深刻地表达了出来。这说明什么？带有共识性的主题，或者说中华文化中带有全球共识性的主题，更容易被外国青年所理解，更容易拍摄好。而专有的文化符号，比如说龙这样的图腾，拍摄起来跨文化传播的折扣可能会大一些。所以，如果我们要追求传播的有效性，还是要在共同性层面上来安排选题。这样的话，"看中国"的传播效益经过理论和经验的总结，才会更大地加以发挥。

总而言之，通过三年我们开展"看中国"项目，我真正发自内心地感谢黄会林先生。黄会林先生所开创的"看中国"项目，我觉得是跨文化传播上的一种范式、一种奇迹。尤其在新冠肺炎疫情严峻的形势下，在百年未有的大变局下，我们现在要做的工作是什么？让我们开展得很好的品牌项目不要死掉，不要因为疫情、因为国际政治形势的变化而死掉，要把它保存下来。一旦时机成熟，比如说疫情结束，我相信它的传播效应会比疫情前更好。为什么？因为它已经品牌化，已经走了十年，十年间这把剑已经变得十分锋利。我们期待在疫情后，"看中国"发挥出更大的外宣效益，发挥出更大的内部人才培养的平台效益，发挥出多种多样的综合效益。我刚才特别讲了它具有一种累积效应，也具有一种弋尾效应，它有很长的一个弋尾。而这种弋尾还不仅仅只是在学子们身上，还在教授们身上。根据黄先生所提供的数字，我们有 60 个国外大学教授参与到活动中，大学教授又可以影响他的研究生、他的本科生，所以这个弋尾不是越弋越小，而是越弋越大。我的主题词就两个，一个是"看中国"的累积效应，另一个是"看中国"的弋尾效应。谢谢大家。

虞吉系西南大学教授，新闻与传播学院院长

"看中国"："第三极文化理论"的成功实践

苏仲乐

　　"第三极文化理论"是黄会林先生从世界文化汇通发展、构建人类文化共同体的高度出发，基于人文知识分子对国家富强、民族复兴以及世界和谐发展的使命担当，提出的以"第三极文化"建设为基础的系统理论。第三极文化理论的提出至今已经 10 年有余，在此期间这一理论的内涵不仅得到了进一步的丰富，而且关于这一理论的实践取得了丰硕的成果，积累了丰富的经验，"看中国：外国青年影像计划"就是一个成功的范例。

　　"第三极文化理论"包含着对历史的深刻反思、对现实的客观认识以及对未来的美好愿景。正是在这样整体性的观照之下，黄会林先生提出了"拳头时代""头脑时代"以及"心灵时代"的历史分期方法。尤为宝贵的是，她指出"心灵时代"是全球性、整体性灾难频发的时代。至今仍在全球蔓延的新型冠状病毒正在解构着既有的世界格局，疾病与政治、经济相互交缠，使人类面临着全球性的、整体性的空前危机，这样的局面印证了黄先生的判断。当前，人们都更加珍惜来之不易的正常生活，更加积极地投身到工作中去。从某种程度来讲，新冠肺炎疫情可以被看作对各个国家治理能力、突发事件的应对能力、处理能力一次有效的检验。这不仅是一场对国家综合实力的考验，而且是对一个国家文明和文化的考验。同时，这也更加凸显出摒弃成见、对抗与仇恨，建设"和谐世界"的重要性和紧迫性。因此，以加强沟通、理解与友谊为目标，涉及学术研究、艺术创作、文化传播等诸多内容的"看中国"活动的重要意义也更加不言而喻。

"第三极文化理论"的最终目标是建设"各美其美、美美与共"的人类文化共同体。因而，"第三极文化"不是对于异质文化的拒斥和挤压，而是对于人类各种优秀文化的拥抱和吸纳。它不是谋求孤立、封闭的单极化文化，而是在拥抱和吸纳的同时，让世界了解中国文化、倾听中国声音，让中国文化为建设和而不同、天下大同的人类文化共同体贡献力量。"第三极文化"不仅是中华优秀传统文化的传承，而且是立足中国革命和社会主义建设实践的当代文化创新。因而，它是一个开放的、动态的、具有内生力量的文化建设过程。

这样的格局就决定了"第三极文化"的传播不是单向的、被动的，不是"我说你听"，而是以"请您来看""共同经历"这样开放、友好的方式，邀请国际友人身临其境，感受活生生的中国文化和中国人的生活。

2019年，"看中国"来到西安，落地陕西师范大学，本人有幸全程参与了"陕西行"活动，深切体会到这个活动的丰富内涵、巨大效力以及重要意义。

在这次活动中，我们陕西师范大学在主办方中国文化国际传播研究院的统筹下，接待了来自澳大利亚、美国、新西兰、古巴、德国、塞尔维亚和斯里兰卡共7个国家的10位外国青年，为他们提供了必要的拍摄条件：按照他们自主选择的选题确定了基本的拍摄对象，配备了制片人和翻译，确保他们的拍摄活动是在充分自由、自主的环境下进行的。

他们感受到中国西部秦岭山区乡民们真实的生活样态和纯朴友好，也被留守儿童的眼泪和笑容所感染。他们看到了古老雄伟的西安古城墙以及城门洞里民间摇滚乐队的激情演出，使他们感受了不同于北京奥运会开幕式演出的草根文化。来自斯里兰卡的青年迪利那(Dilina)在古观音禅寺，探寻长安与中国佛教文化，他在清幽的古观音禅寺里邂逅了正在终南山古观音禅寺学习中华文化、找寻人生意义的、来自南美的"洋居士"Miguel Siller(玄墨)，两位来自不同国家的外国青年在这里相聚、交流、碰撞，思考"大道至简"的生命哲理，同时也了解了中国的宗教政策和宗教生活。他们探访了美国南加利福尼亚大学建筑学院院长马清运先生的家乡，在马先生设计建造的葡萄酒庄采访了这位世界建筑设计大师，美国—中国、洛杉矶—玉山村，红酒—建筑，就这样奇妙地联系在一起，这不就是国际化的一个生动画面吗？澳大利亚青年德瑞克(Derek)拜访陕西师范大学"西部红烛"教师代表章竹君教授，选择从一老一少教师角度，从一个外国人角度探寻红烛精神。也有外国青年醉心于西安的古老文化积淀，将他们眼中的长安文化付诸影像创作。安娜(Ana)在诗歌的带领下领略诗韵长安，寻访了与诗中场景息息相关的名胜古迹，探索现代风景名胜之中长安诗词文化的余韵，美利娜(Milena)从晨钟暮鼓到授时中心，寻找时光的痕迹。

在这一系列活动中，外国青年导演们用他们独特的视角向世界诠释了一个又一个他们眼中关乎陕西的"时刻·时节·时光"的精彩故事，这10部短片借用外国青年的眼睛以新的视角探寻长安，并展现了一个不一样的陕西文化。这些艺术家不仅是观察者，而且是文化体验者、参与者，而且对待相同的对象，他们的视角和感知大多时候和我们并不一致。比如，澳大利亚青年德瑞克拍摄的、展现"西部红烛"精神的作品《传承》。我们学校地处西安，为我国西部地区基础教育培养了一大批中小学教师，我们对"西部红烛"精神的理解通常是："扎根西部、甘于奉献，追求卓越，教育报国"。我们往往会选择那些已经在教育一线，或者艰苦地区深耕几十年的老师做典范。所以我们一开始帮助德瑞克联系的是一位这样的老师，这位老师在山区默默奉献了三十多年，把一批又一批孩子送出了大山，自己至今仍然坚守在那里。这是我们理解的"西部红烛"，但是德瑞克在第一次跟拍摄对象沟通的时候提出了他的想法，他认为"西部红烛"精神可贵并不在于什么人在什么地方、做了什么事，而在于这样的精神有没有得到更好的传承，所以他选取了校园里的一老一小两位"西部红烛"讲述了"西部红烛"精神在老小两代人之间的传承，非常真实、生动、感人。也正是这种相同中的差异，使我们更加清晰地认识到"我们眼中的他们"和"他们眼中的我们"，而对于差异的接受、认识和思考，正是求同存异、和而不同的基础和起点。"看中国"活动使双方都能够通过柔和、温暖的方式彼此靠近。

今天的中国是世界第二大经济体，在国际事务中也发挥着越来越重要的作用。同时，我们面临的挑战也更加严峻，这种局面在2020年愈加凸显。当此之时，我们更需要以有效的途径向世界表达我们的善意与诚意、我们的坚守与愿望，更为重要的是要向世界说明，世界的和平与发展需要一个强大的中国。

最后，希望"看中国"项目越办越好，在"第三极文化理论"的指导下，建构起中外青年文化与影像沟通的坚实桥梁。我们期待下一个五年、十年再次相聚，到那时再一起畅谈"看中国"的成就和积淀。

谢谢！

苏仲乐系陕西师范大学文学院副院长、博士生导师

"看中国"对中国国家形象的塑造研究

孔朝蓬

"看中国·外国青年影像计划"（简称"看中国"）有一个至关重要的作用，就是塑造中国国家形象。其实国家形象的塑造分为"自塑"和"他塑"两个方面。尤其是 21 世纪以来，"中国崛起"这样的命题不仅仅是中国自身的发展目标，也成了一个全球瞩目的、非常重要的话题，在新冠肺炎疫情发生的这一年，我们大家更会切身地感觉到这样一个问题的存在。而且在文化软实力建设领域，中国崛起和中国形象是密不可分的一种建构，这种建构既包含自我塑造，又包含他者塑造的问题，并形成了一种自我形象和他者形象的结合。而且它是一种文化观念、意识形态、社会心理和传播方式各种各样因素共同作用的结果。

"看中国·外国青年影像计划"其实就是一种"他塑"，是外国青年的视角对中国形象的一种"他塑"。自 2011 年创办以来，"看中国·外国青年影像计划"邀请从来没有到过中国的外国青年来华进行文化体验，用影像讲述中国故事。这十年来，全球一共邀请了来自五大洲 80 余个国家 700 多位外国青年落地中国，拍摄了 700 多部纪录短片。

吉林大学接待了来自加拿大、英国、芬兰、新加坡等 11 所高校的外国小伙伴们。我们的体会和感受就是，他们拍摄的片子的他者视角有两个方面：一个是他者客观视角的问题，就是一种真实的文化记录和客观的描绘；另一个就是青年的主观记录，它其实是 18 岁到 20 多岁外国青年的一种真实的文化体验，同时又不失为一种个性化的表达。他们每个人都有自己的想法和自己看到的中国，因此每一个影片都是一个独特的个体，这样就形成了一种非常重要的历史记录。美国著名学者海登·怀特曾经在 20 世纪 80 年代一篇非常著名的论文《书写史学和视听史学》中严格区别了书写史学，来阐述影像史学，即影像记录对于历史的建构和促进作用。我觉得"看中国·外国青年影像计划"在某种程度上，用十年的时间书写了一段影像历史，记录了一个多元化的中国。"看中国·外国青年影像计划"十年间落地中国 26 个省、自治区、市，每年有不同的年度主题。年度主题的不同使得每个小伙伴在每一年从各种不同的题材和视角来观看中国，用影像来记录中国人、中国事、中国情，然后提炼中国文化。这里面既包括中国地理风貌的展示，比如说自然景观、地标建筑（大家在"看中国"的公众号上可以看到，如西安的城墙、北京的紫禁城、河南的挂壁公路），同时还有中国人形象的刻画，它跨越了民族、年龄和性别。比如有上海海关钟楼的守钟人、无人机工程师，还有鄂尔多斯市康巴什区蒙古族女孩塔娜、天津出租车女司机等，这些普通中国人的形象塑造了一个真实的、可信的、亲切的中国。

最后一个是大量的纪录片对于中国文化内涵的理解诠释，包括对生活习俗、非物质文化遗产和节令时节的介绍。影片《观茶》观的不仅仅是茶，观的还是中国人对于生活态度、对于宇宙观的看法。另外，像加拿大的青年导演埃文·卢施克做的《重拾遗梦》，不仅仅做的是满族剪纸，他还在追溯一个民族的文化怎样从鼎盛走向慢慢消失的过程和重拾文化保护。

我觉得"看中国·外国青年影像计划"对于中国形象的传播是一种叠加的效益，这种叠加的效益不仅仅体现在传播渠道的开拓上，比如说纪录片展映、网络传播、参赛获奖等。"看中国·外国青年影像计划"不仅邀请外国青年来到中国，而且"看中国·外国青年影像计划"还走向了世界，把展映举办到了 45 个国家和地区，同时也进入欧美主流传播平台。

另外就是传播效益深化的问题，我个人觉得"看中国"的这个效益是最重要的。除了异国性的影片展映之外，中外青年这种在地性的交流和体验、全球本土化的这样一种传播理念，包括外国青年看中国和中国青年看世界的交融，其实是培养了一颗颗真正了解中国、热爱中国的火种。他们会把在中国所经历的一切散布到全世界，不论时间怎样变化，这些人都会留下来。这些人对于中国的记忆留下来，其实才整合成一个真正的外国人以前不了解的完整的中国的形象。所以我觉得"看中国"已经成了一个非常闪亮的文化品牌，也成为外国青年讲述中国故事的一个非常崭新的方式，成为塑造中国形象的重要平台。它也成为世界了解中国、中国走向世界最重要的一种民间交流方式，会为中国形象的传播做出更大的贡献。

孔朝蓬系吉林大学教授，文学院暨新闻与传播学院副院长

文化间性视域下"看中国"的文化表达思考

何晓燕

"看中国·外国青年影像计划"项目走过十年，自 2011 年开展以来，美国、英国等世界多国的青年电影人来到中国，在中方制片人的协助下，用脚步、心灵、眼睛、摄像机和镜语去展示中国的巨大变化和发展，架起了中外文化交流的桥梁，让世界更多看到了鲜活的中国故事，听到了更动听的中国声音。2018 年，"看中国·外国青年影像计划·重庆行"开启以来，我深度参与活动中，因为自己是土生土长的重庆人，所以对于外国青年展示自己家乡，对其中"自我"与"他者"的间性关系充满了兴趣，自己也在对"看中国"活动的更深认知中，思考逐步清晰起来。

一、"自我"与"他者"：双生关系下的文化表达

就"自我"与"他者"这对核心概念，在"看中国"活动中，是互生存在的。

一方面，活动的宗旨是以外国青年电影人来发现中国，以他们的创意结构、视听语言和叙事手法来记录和讲述中国。从这一层面而言，外国青年电影人是"自我"，中国是"他者"，在外国青

年的文化考察和创作实践中，他们的"自我"认知不断拓展，中国的巨变刷新和改变着他们自身对"他者"中国的印象。

另一方面，从参与活动的中国师生而言，中方指导教师和制片人是"自我"，外国指导教师和外国青年是"他者"，我们本认为很了解自己，但是从"看中国·外国青年影像计划·重庆行"活动中，真切感受到，正是通过外方的视角，"他者"在与他们自身文化的差异化比较中，进行细节捕捉和巧妙联结，从而让我们中方更好地确立了"自我"，也不断去认知我们的文化特性，走向自身文化的深处。比如《山中温泉》（2018 年）的导演来自印度，是对温泉这一地产资源的深入挖掘，展示了瑜伽教师在温泉边练习瑜伽的优雅姿态，创作者将其与印度的瑜伽联系，表现出温泉与人的润泽之美，自然与人的和谐之美；又如《山民》（2018 年）的导演来自南非，他展示了一组街上百姓打牌的镜头，配以快速剪辑和快节奏音乐，解说词用了一句"busy"来展示中外对比下当代中国的生活节奏；又如《重庆三味》（2018 年）来自南非，感受重庆的辣椒文化，到重庆批发菜市场去拍摄了各种各样的辣椒，红红绿绿、长长短短、大大小小、琳琅满目的展示也丰富了本土"自我"对辣椒的深入认识。

因此，正是"看中国"活动中"自我"与"他者"的双生关系，"看"与"被看"的双生关系，才为中外文化的互鉴提供源生动力，所有的参与者都在彼此关照中，去丰富对文化的认识，去表达对文化交流的深度渴望。

二、生命化、情感化、哲理化：中外文化交互中的间性特质

"看中国"活动加深了中外文化的互通，那中外青年是在怎样的层面进行深度的文化交流，并体现在纪录片的创作中呢？"看中国"每年的活动主题是不一致的，2018 年的主题是"生态·生物·生活"，2019 年的主题是"时刻·时节·时光"，2020 年的主题是"农事·农家·农人"，尽管每年的主题不一致，但是最终获得"金目奖"的优秀

作品有怎样的文化特性呢？

独特的文化发现视角和出色的艺术表达方式是"金目奖"的获奖标准，本人结合"看中国·外国青年影像计划·重庆行"自 2018 年的获奖作品（《贯通》《山民》《观茶》《光阴使者》《天路之路》《苦尽柑来》等），认为生命化、情感化、哲理化的表达是中外文化在碰撞后的间性特质，以此来实现中外文化的深层对话，并作为纪录短片的创作策略。

正如《观茶》（2019 年）的题目一样，他们是怎么"观"呢？不只是简单地去记录一个茶馆，去发现一个城市的外观，去记录一个人物在茶馆的行为（会友、绘画、聊天、抖音视频等），去陈述一个事实，这些都只是创作者观察的切面，通过这一切面，创作者实际是表达人们对于时间、空间与世界的洞悉，如其最后结尾的点题"有一天，如同花瓶砸在地上，你能做得最好的，就是找到碎片，这就是我们生活的世界"。因此，来自意大利的青年导演安德里亚（Andrea Vallero）在参加"看中国·外国青年影像计划"十周年国际学术论坛时说，他的片子在意大利放映，观众说，"你的短片让我想到了自己在西西里的小酒馆"。从茶馆到小酒馆，都是各色人物的聚集，交叉着各自的生命段落，都是在有限的碎片空间和时间中，让我们去认知世界的广袤和百态人生。又如《光阴使者》（2019 年）中，选题是一条具象的成渝铁路，但是通过对列车咖啡馆经营者的采访，对一群癌症患者乘客的采访，同样表达了一种关于时间的哲学观念，一种对抗生活的勇气，一种向前行驶的乐观和坚强。又如《天路之路》（2020 年），面对闭塞的大山，人如何敢于问路，敢于在绝壁上开创希望的通道，这不仅是对人战胜困难、披荆斩棘的赞歌，而且是一场人向空间的命运叩问。

又如《贯通》（2018 年），俄罗斯导演艾丽莎最开始是对重庆桥都这个选题很感兴趣，表现重庆的魔幻立体交通，而且我们也试着帮她联系一位重庆交通大学的桥梁建筑专家，但是当看到她的导演阐述和成片的时候，挺惊讶，因为以前桥都的想法已经扩展，山城的桥是拍了，但是她已经从一个实体的"桥"向一个文化的"桥"拓展，也从"桥"扩展到了重庆的过江索道、楼宇之间的连接大桥；原来打算采访桥梁建筑学专家已经放弃，而是采访了两名重庆的摄影师：一名是专注于黄桷古道的摄影师，其侧重对老重庆的影像捕捉；另一名是年轻摄影师，其侧重对城市新貌的捕捉。艾丽莎是一个功力和思考力深厚的导演，通过对整个片子的驾驭，她想让影片表达城市新旧之间的沟通、人心的沟通，以及城市文化的传承。她就是这样做的，两代摄影师访谈呈现为平行结构，人将幽隐的南山黄桷古道与现代立体的重庆风貌在影像上同时并置呈现。我最喜欢末尾的一组镜头，看似高大上的人心沟通与文化传承，就在人们每天所有的无意识的平平淡淡的牵手之中。传承和沟通是生命、是情感，新旧的更替在历史角落里延续，人的生命与历史的位置，这是哲学命题的影像表达。

正是这样深入的哲理化、情感化和生命化，才使中外青年在跨文化实践中的文化交流走向深入，这样的间性特质是在自我和他者互生的关系中建构，共同表达我们对于世界本体的深层问题，关于时间与空间、爱与沟通、生命与未来、逝去与永恒等。

最后谢谢"看中国"，在三年的活动参与中，不仅让我收获了友谊，拓展了文化交流的间性认知，而且让我作为重庆人看到了更多哲学文化意义上的家乡重庆，更爱这美丽的家园。

何晓燕系西南大学新闻传媒学院广播影视系主任、副教授

新冠肺炎疫情期间的"看中国"

赵 剑

"看中国·外国青年影像计划"创新了中国文化国际传播模式，彰显了中国文化吸引力。作为"看中国·外国青年影像计划·重庆行"2018年的中方指导教师，我亲历并见证了它的全过程，增进了交流，收获了友谊。2020年，全世界遭遇疫情，如今新冠肺炎疫情形势严峻，在此背景下继续推进"看中国"项目，有着非凡的价值和意义。

一、探索从"专业看"到"非专业看"

由于新冠肺炎疫情的影响，我们不仅不能邀请各国专家学者前来中国进行面对面地交流，而且无法像以前一样邀请世界各国大学学习影像创作的专业学子参与项目。今年，"看中国·外国青年影像计划"最大的变化就是创作人员从专业变成了非专业。面对这种变化，是变得更好还是更坏呢？作为一个中国人，我乐于用中国最古老的智慧来进行思考，"塞翁失马，焉知非福"。

专业地看，固然有自己的优势，如拍摄视角新颖、影像制作精良、作品品质优秀等，但同时可能"更多意味着更少"。专业地看中国，一方面容易导致考察中国农村景观时欠缺更加多元化的视角；另一方面有可能造成最终成片曲高和寡，降低影像的亲近性和现实感。

而非专业地看，即便在影像品质上或许有降低，但经过系统培训的外国青年也可能获得更加真实自然的影像，加上丰富多元的视角和后期剪辑的专业指导，仍有望产出具备专业超越性的影像作品。事实证明，这次展映的作品不断给我们带来惊喜和震撼。

非专业地看，更能体现"看中国·外国青年影像计划"的宽容度和包容性，也更能实现该项目的文化传播价值。

二、传播新冠肺炎疫情下的乡村视像

2020 年，新冠肺炎疫情全世界蔓延。中国仍然是世界上最安全的国家之一。我们以对外国青年身心健康负责任的方式继续推进"看中国"项目，离不开全国人民的辛勤付出与不懈努力。

中国是一个农业历史悠久，农村人口众多，农业文化丰富的国家。同时，农村人口流动频繁、公共卫生的防范意识薄弱。能在"后疫情时代"背景下，推进以"农事·农家·农人"为主题的 2020 年"看中国·外国青年影像计划"，考察并传播中国乡村的景观与风貌，展示中国农民的勤劳善良和与时俱进，以及对世界和平、美好生活、健康幸福的殷殷期许，把中国最内核的农村社会和生活形态展示给世界人民，突显了中国公共卫生安全自信。同时，这也有助于向世界各国人民传递中国抗击疫情的决心，有助于提振全球抗击疫情的信心。

中国农人以平衡智慧在天与地、人与自然、五谷六畜之间建立起来的和谐生态，已再一次通过外国青年们的智慧发掘与影像转译呈现在全世界面前。在 2020 年重庆行的影像中，不难从《天路之路》中看到中国农人愚公移山的毅力决心，从《渡娘道》中看到农人到商人的华丽转身，从《秀山迢递》中看到新科技给农人脱贫致富带来的崭新契机。有坚守也有放弃，有执着也有变革，一个个生动的镜头，使得正在经历巨变的中国乡村景观和农人精神风貌跃然而出。

这一切都归功于数十名来华青年的辛勤创作，衷心感谢来自世界各国的青年朋友们的辛勤付出和卓越呈现。

三、"看中国"成为播撒爱的典范

出于良善动机的一切文化传播都是为了增进相互了解和彼此认知，在全世界播撒爱的种子。我们所处的这个世界，尤其是在当下，暴露出来的是猜忌、埋怨、仇恨远多于爱，这是人性的可悲，也非世界之福。相反，在相互尊重与理性认知的基础上，"看中国·外国青年影像计划"正在成为国际文化传播过程中播撒爱的典范。

因此，首先，我们期待参与"看中国"的国家、学校和青年学生，不带歧视眼光，没有刻板印象，不预设价值立场，希望大家有着对一个古老国度及其现代发展的理解与尊重。反之，对这些愿意来"看中国"的外国青年和国际人士，我们理应报以热烈的欢迎，给予充分的尊重与支持。

其次，我们尊重世界各国各地的文化观念和思维习惯，尤其认同并鼓励理性地看中国，因为理性认知作为深入了解和促进交流的前提尤为必要。我们同样有这样的文化自信，相信通过理性的认知，中国文化的恒久魅力必然能让外国青年朋友深深热爱。

最后，一切都始于爱，归于爱。爱可以连接不同的人民、不同的文化、不同的价值观。从爱出发，可以克服所有交流的困难，跨越一切认知的鸿沟。今天，我们在"看中国"项目中分享彼此的知识、体验与感悟；明天，我们将继续携手前进，让世界充满大爱。

赵剑系西南大学新闻传媒学院副院长、副教授

跨文化传播视域下中国纪录片生产范式的拓展创新研究——由"看中国·外国青年影像计划"引发的启示

吴　昊

　　"作为影视中的一种艺术形式，纪录片集历史真实、艺术表现与思想观念于一体，在表达和传播人文艺术、社会风貌、文化历史等方面有着独特的效果，担负着传播国家形象、文化国际交流、历史文化解释等重要使命。"①近年来我国一批优质的纪录片走向世界，讲述中国故事，传播中国声音，在国际上引起了良好的反响，成为跨文化传播的有效形式。纵观我国纪录片目前的生产范式，立足于中国现代化发展、中华民族文化、中国自然风光的宏观叙事是纪录片的主要内容，国家层面主导、主流媒体机构创作、国外电视网播放是主要的生产主体与传播路径。当前，随着我国各领域与国际交流的日益密切，频繁的交流活动为我国纪录片发展提供了更多的生产场域与传播空间，也使宏观的跨文化生产范式发生了更加细微、深入的转向，而这为我国纪录片发展带来了更多创新的可能性。

---

　　① 张同道、胡智锋：《2012年中国纪录片发展研究报告》，1页，北京，科学出版社，2012。

　　"看中国·外国青年影像计划"是始于 2011 年的国际化影像创作项目，该项目每年邀请一百位来自国际一流影视学科或大学影视专业的学生，到中国不同的城市与中国学生相互配合，在十七天内共同完成一部十分钟左右的纪录短片。"看中国"项目自启动以来，在中外学生的合作下已创作出了 609 部精品纪录片，为弘扬国家形象、传播中华民族文化、实现国际交流发挥了重要作用。

　　在笔者参与的"看中国·外国青年影像计划·重庆行"活动中，十位外国青年导演以"他者"的视角对我国的"网红"城市——重庆进行了观察与表达。在这些青年导演的镜头中，重庆呈现了集传统与现代、活力与内涵于一体的城市风貌以及多切面、多层次的文化景观。通过央视频、华语青年电影周以及多个国际电影节，重庆城市形象推广到了世界各地，"看中国·外国青年影像计划·重庆行"也成了一次成功的跨文化传播活动。因此，本文将以这次活动为例，透过十位外国青年导演纪录片作品的生产过程与艺术文本，对我国纪录片生产范式的拓展创新路径进行分析与探讨，期望能对我国纪录片发展带来一些积极的影响。

一、拓宽生产渠道，实现生产平台与生产主体的双重创新

　　"冲破原有产业边界和圈层，并通过多元话语力量和新旧动能转换下形成的多极新驱动力量共构一个'大纪录片产业生态'"，是实现我国纪录片国际化传播、发展的有效现实观念，而具体的实践路径，则需要从生产源头抓起，即通过纪录片生产渠道的拓宽与创新来完成。①

　　1. 拓展生产合作方式，促进生产向"微""精""多"转化

　　据《2019 年中国纪录片发展研究报告》统计，2019 年我国纪录片

---

　　① 韩飞、何苏六：《新旧动能转换视野下的中国纪录片产业发展》，载《当代电影》，2019(9)。

生产总投入为 50.36 亿元，这其中，电视台、政府宣传机构、新媒体以及民营公司是主要的投资方。① 作为传统的投资方，电视台等机构通过市场化的立项、制作、销售、播出将纪录片纳入了市场化运营的轨道，这也成了纪录片实现和国际接轨的重要路径。事实上，作为对形态、体量并无严格规定的视听样式，纪录片并不像电影、电视剧一样必须具有较大的投资。相反，非市场化运营下的小规模投入的作品依然可以完成讲好中国故事、传播中国形象的使命。因为相较于大型纪录片，这些规模微小的作品反而更加符合互联网时代的传播规律。因此利用公益组织、高校等非营利机构的低成本投资，创作出一批体量微小、制作精良、数量较多的具有"微""精""多"特点的作品是拓展我国纪录片生产的一种良好路径。

"看中国·外国青年影像计划·重庆行"作为非营利性、非政府运行性质的项目，是"看中国·外国青年影像计划"的一部分，由北京师范大学的中国文化国际传播研究院主办，西南大学承办。相对于市场化运作下的纪录片投资，该项目投入并不算高，然而在十位青年导演和我国学生的共同努力下，在不到 20 天的时间内就打造出了《观茶》《重庆三味》《光阴使者》《墨与石》《本氏精酿》《傅榆翔的外星人——从此未来》《米语田言》《一眼万年》《追逐》《双程》十部十分钟左右的纪录短片，并在推出后在国内外得到了较好的舆论反馈，总体上呈现了一种区别于市场化运营的，低成本投入、优质高效产出的纪录片生产模式。

2. 转换创作主体，实现"他者"和我方的互动化生产

我国的纪录片生产主要有两类创作主体：一类是由国内的电视台、政府、新媒体及民营公司主导，内容多是以展现我国现代化发展进程、中华民族文化、中国民众生活为主题的我方叙事；另一类是国外电视台或相关机构，如英国国际广播公司（BBC）、日本 NHK 电视台等为主体，主要是对中国进行各方面探索的"他者"叙事。事实上，在创作过程中这两种创作主体均容易带有一定的立场倾向和

---

① 张同道：《2019 年中国纪录片发展研究报告》，载《现代传播》，2020(7)。

价值导向，从我方立场出发的中国叙事虽然符合了中国对自身国际形象的自我期待和想象，但是有时却难以符合国际受众的思维方式与审美习惯，尤其是许多国产纪录片惯于以宏大叙事来"表现一个崛起的富裕、强大、美好的国家，但是这对异邦而言，却是一种压力。对异域文化的受众而言，这种讲述方式总带有某种'侵入性'，容易遭遇情绪上的抵制和拒绝"①。另外，从"他者"立场出发的创作，也较容易流于西方对东方奇观化的窥视或评判，从而出现价值取向偏离的情况。

在"看中国"项目中，纪录片的创作主体规避了纯粹的"他者"叙事或者我方叙事，而是将创作主体结构成了由外国青年做导演，我方学生做制片人的创作小组。该小组不同于市场化运作下制片人与导演的关系，在"看中国"创作小组中更多是彰显了互动的创作特征。在创作中，由我方学生对外国青年导演进行协助拍摄，如帮助他们与拍摄对象进行沟通，为他们介绍中国特有的习俗文化等，这样的安排既消除了外国青年导演对中国的陌生感，加深了对中国的了解，又使纪录片的视角与立场不再偏颇，而是更加专注于客观性、艺术性的表达。此外，"看中国"的创作主体还呈现了年轻化、个人化、落地化的特征，区别于传统纪录片的团队作业，"看中国"实行的是个人创作路线，外国青年学生以他们年轻化的视角、个人化的体验、迅速落地化的执行，将他们自己亲身感知到、遇到的中国故事拍摄下来，而使得作品更加真实、富有温度。

二、立足个人视角，开展文本的多维探索与主题挖掘

通过纪录片来塑造中国形象、传播中国文化，宏大叙事和微观叙事都是必不可少的，而对于低成本纪录片创作来说，立足于微观

---

① 王鑫：《从自我陈述到他者叙事：中国题材纪录片国际传播的困境与契机》，载《现代传播》，2018(8)。

视角的个体化创作能够以细腻、深入的方式对社会进行见微知著的观察，可以说是"以小博大"的良好途径。在"看中国·外国青年影像计划·重庆行"中，在"时光·时节·时刻"的总主题下，十位外国青年导演以个人化的视角分别从精神维度、空间维度、时间维度实现了对重庆这座城市的立体照看以及对国人内心的深度探索，并以各具风格的制作完成了其影像呈现与价值传达。

1. 精神维度中民众内在的和谐与张力

在纪录片创作中，很多创作者习惯于从外在的、宏观的视角来观察中国，但很少有人会关注普通中国民众的精神领域，如他们面对快速变幻的世界是怎样的人生态度和内心活动。在纪录片《观茶》中，来自意大利的青年导演安德里亚将历史悠久的重庆交通茶馆作为表现对象，以直接电影式的拍摄手法记录了传统空间中人的流动、时间的流逝与精神的存在。片中对交通茶馆中旧与新、传统与现代、安静与活力的对比呈现了当今中国的缩影，安德里亚却没有将影片简单停留在对冲突的呈现上，而是试图继续发掘在对立的表象之下交通茶馆深层的精神内核——"这就是我们生活的世界，如同花瓶砸在地上，你能做得最好的事，就是找到碎片"，这是茶馆中的民众在漫长平淡生活中领悟出的生活哲学，充满了"道法自然"的意味，而安德里亚在影片中也以平静的独白、冷静的镜头、个人化的叙事对其进行了敏锐捕捉和包容的呈现，他以"这就是交通茶馆，最有意思的，就是它不需要有特别的意思，最有意义的，就是它不需要苛求的意义"为交通茶馆的存在下了结论。安德里亚虽然是意大利人，但影片却传递出了道家顺应自然的"无为"观念，彰显了他对中国文化的理解与实践。

影片《光阴使者》同样将视角聚焦于中国人的内在世界。影片最开始的表现对象是即将被拆除的中华人民共和国的第一条铁路——成渝铁路，并通过成渝铁路的历史变迁，从侧面表现了重庆这座城市的历史进程。但是随着影片的推进可以发现，影片看似在讲"物"，实际上是在表现与铁路有关的"人"，影片中一个重要的叙事对象是成渝铁路绿皮列车上的重庆癌症病友团。面向镜头的灿烂笑容、朋友间欢快的互动使中国百姓坚强、乐观、幽默的生活态度得到了鲜明呈现。正如片名《光阴使者》，在光阴中会逝去的是物质，不会逝去的是精神，整部影片充满了浓厚的人文主义情怀。区别于《观茶》直接电影式手法，《光阴使者》以复调叙事实现了片中不同乘客之间的镜头对话，如导演安德里亚通过对迷茫的乘客、打哈欠的列车员生动表情的捕捉，呈现了丰富的中国民众形象，为影片增添了些许诙谐的意味。

影片《墨与石》则是通过展现多位中国当代艺术家对自我的探寻以及对内在的精神自省，呈现了他们的艺术个性与观念。影片以块状结构叙事，试图探寻时间、艺术、自然之间的关联。例如，通过表现艺术家们对生与死、情感与自然、主观与客观关系的阐释，彰显了中国当代艺术家们的精神世界。影片充满了辩证的哲思，片中贯穿始终的红衣舞蹈家与墨绿色的大自然背景形成了鲜明的视觉碰撞，激发出了诗意而蓬勃的力量，彰显了人为艺术与自然景观的融合之美。

2. 空间维度中异域文化的碰撞与融合

在这次的十部作品中，有多位青年导演将视线聚焦在了中国与世界的联结及中外文化的碰撞与融合上，影片《辣椒意中人》的导演赛里尼就是如此。他以意大利前驻渝外交官，辣酱创业者张卢卡这一人物为主线体现了重庆与世界在当下的联结，并通过辣椒这一典型的重庆美食符号传递出了独特的重庆气质与中国精神。镜头中意大利人张卢卡在中式厨房里研究中式辣酱，画面呈现了中外文化的奇特碰撞，而张卢卡对重庆辣椒的喜爱和投入更是彰显了重庆文化的感召力以及中国文化与世界的融合。作者以清新明亮的画面色彩、轻快的叙事节奏凸显了重庆美食文化对世界的影响，区别于对中国的传统刻板叙事，这种积极的拍摄视角一方面体现了外国青年对当代中国认知的转变，另一方面更是中国与世界积极进行文化交流和互动的结果。

《本氏精酿》同样是以人为纽带，通过记录在华美国人本的跨国婚姻及在重庆的精酿啤酒事业，呈现了在渝外国人的生活状态，彰显了重庆这座直辖市的开放、包容与国际化。影片中的本在美国经历了一段失败的婚姻，失意的他来到中国后遇到了一位中国女性，他的第二任妻子，他们建立了美满的家庭并有了一个可爱的孩子。除了家庭之外，本在重庆还创立了一家精酿酒吧。影片以纪实性的镜头语言传递出了本对重庆生活的喜爱与归属感，也透过本这一人物连接起了重庆与世界。

除了表现中国与世界的关联之外，还有作者立足于非现实语境中的地球与太空，实现了对宇宙空间的艺术表达。在《傅榆翔的外星人——从此未来》中，来自巴勒斯坦的青年导演穆罕默德以重庆当代艺术家傅榆翔进行外星人雕塑创作为表现对象，透过现实与超现实相交织的影像呈现了当代中国艺术家对于太空的个人想象。在影片中，导演脱离了以生存发展为主旋律的现实语境，而对外星人这一异域存在进行了呈现。手持摄影营造的晃动而神秘的画面效果、神秘的背景音乐加之蒙太奇的剪辑达成了生活与艺术、现实中国与神秘未来、中国重庆与外星宇宙的异时异域的碰撞与联结，尤其是影片结尾外星人雕塑从山顶眺望重庆现代化楼群的画面，更为这部纪录片带来了浓郁的科幻意味。友好、梦想和和平是傅榆翔对外星人的期盼，也是当下国人对未来乐观浪漫的期冀，影片整体实现了写实与写意、现实与梦幻相交融的艺术效果，彰显了重庆这座城市复杂的魅力，以及当代中国艺术家充盈的想象力和创造力。

3. 时间维度中新旧文化的冲突与包容

许多导演对于古老中国抱有强烈的好奇心态，同时惊叹于当代中国的快速发展，因此，他们立足于时间维度，力图将传统与现代的中国进行影像的对比呈现。在影片《米语田言》中，来自斯洛伐克的导演索娜跳脱出了惯常的城市叙事思维，将视角转至乡村并对准了中国人最日常的食物——大米，从大米的传统种植、加工和现代科学研究两个维度开展了双线叙事。影片一方面走进乡村去呈现和大米相关的人、事、物，通过表现种植大米的老夫妻、开米粉店的小老板、吃米粉的顾客等普通人围绕"米"所展开的日常生活，呈现了传统文化对重庆人生活的支撑与滋养，彰显了质朴的土地力量；

另一方面，通过呈现现代化技术对大米新品种的研发，揭示了促进重庆这座城市高速发展背后科技的力量。

重庆北碚有这样一个地方，它曾经极为闭塞落后，是重庆发展中被遗忘、被边缘化的区域，如今随着高新技术产业的入驻与发展而成了重庆高科技产业的聚集地，这就是水土高新园区。影片《一眼万年》就将镜头对准了水土高新园区，透过两位在此土生土长的老人的视角，来表现水土园区的巨大变化。当两位老人在展厅的高科技产品前驻足凝望时，一种传统与现代的碰撞就产生了，而导演也及时地抓住了这种反差，通过质朴的老人与机器人愉快的互动凸显了时代发展中人民幸福感的提升以及国家科技的进步。

影片《双程》则是实现了对城市历史与未来的思考。《双程》的导演卡瑞纳以坐落于"重庆外滩"南滨路上的修建于1902年的法国水师兵营为拍摄对象，为观众呈现了重庆的一段历史记忆。水师兵营作为重庆重要的历史建筑，如今通过改造后实现了功能性的转变，成了以"设计阅读""设计生活""设计活动"为主题的文化类建筑。影片以几近演讲式的独白传递了作者的历史观、文化观、建筑观，以及对城市历史与未来发展、城市记忆与个人主体关系的辩证思考。影片激烈的背景音乐强化了水师兵营背后承载的厚重历史氛围与浓郁的城市情感，强烈的主观色彩是影片的显著特色，彰显了外国青年对中国历史与建筑的独特态度。

有的作者对中华优秀传统文化抱有浓厚的兴趣，影片《追逐》的导演芭芭拉就是如此，她以重庆铜梁的传统民间活动——龙舞为拍摄对象，以对舞龙传承人黄庭炎的访谈作为叙事主线，以中华文化的传统图腾——龙作为题眼，展现了中华优秀传统文化在现代的坚守与传承。影片的结尾是一场盛大的舞龙表演，这场表演气势磅礴，在另一项传统文化——打铁花的配合下，视觉上的美感到达了极致。

总体说来，这些作品还存在明显的不足之处，如摆拍痕迹过重、叙事线索不够清晰、拍摄中存在虚焦等情况，但在这些影片中，导演们抛却了以往"他者"叙事中对中国"奇观化"的审视与窥探，尤其是打破了传统的中国人都是保守、拘束而沉闷的刻板印象，为国际观众呈现了中国民间存在的质朴的欢快与活力，以及中国人乐观、平和的生活态度，为世界展现了一个饱含自然、生机、浪漫气质的中国形象，极具文化传播价值。

三、创意传播渠道，打造多媒体与电影节的双线传播路径

马歇尔·麦克卢汉的"媒介即讯息"传播理论认为，长远看来，传播媒介在传播过程中比传播内容具有更重要的意义。① 一直以来，我国纪录片对外传播的主要路径是电视台、电视网以及电影院，随着互联网媒介的勃兴，媒介环境的变化以及全球文化交流的密切与深入，我国纪录片生产十分有必要在持续开发传统传播渠道的基础上，去开拓新的路径以适应新时代的传播局势。

1. 开发主流传播路径，拓展互联网推广平台

国外传统媒体是国产纪录片进行国际传播的主要路径，尤其是电视台、电视网类平台。电视台、电视网通常面向的是国外主流观众群，因此，通过该渠道播出后的作品通常会对国外主流社会产生一定的影响，而这正是我国纪录片积极进行国际传播的重要目的。2019 年 12 月"看中国·外国青年影像计划"项目作品在美国城市卫视实现了落地播出，据《"看中国"北美首轮播出影响力报告》显示，作品播出后在北美地区引起了良好的反响，美国圣盖博市市长杰森·普(Jason Pu)、美国约吧林达市议员简·赫南戴斯(Gene Hernandez)等人士在观看后对《光阴使者》等作品均发表了正面评价，这成为我国纪录片向国际主流社会传播的一个成功案例。

然而需要注意的是，国际传统媒体的传播渠道并非我方能够主导。市场化体系下，我国纪录片在国外主流媒体的播出需要依赖国外买方的采购意愿，或者通过双方合作，对方提供播出平台的方式

---

① ［加］马歇尔·麦克卢汉：《理解媒介：论人的延伸》，何道宽译，南京，译林出版社，2019。

进行。而在低成本、非市场化运作下制作的纪录片，则更需要相关政府或机构提供机会，因此，虽然此传播渠道对于实现国产纪录片国际传播具有重要帮助，但是也需要认识到该渠道目前还处于不成熟阶段，需要持续提升内容质量的同时寻求适当的路径进行进一步开发与完善。

移动互联网时代的到来使当前的纪录片国际传播摆脱了国外主导的局面而实现了自主传播，该传播方式适应了当前受众碎片化接受习惯，还能产生精准的用户到达率，因此对于微型纪录片的传播来说显得尤为适合。"看中国·外国青年影像计划"项目正是通过国际移动互联网，以多平台、多渠道、多元化的方式进行了播出与推广。具体的方式主要包括：一是通过国内政府或媒体的国际传播平台，如 CCTV 英语频道等平台进行推广；二是通过国外网站，如美国城市新闻网（icitynews）等进行传播；三是通过"看中国·外国青年影像计划"国外社交媒体账号，在 YouTube、脸书等平台进行传播；四是通过参与嘉宾、导演等个人媒体账号、所在学校等机构的网站、媒体账号进行传播。

总体说来，传统媒体与新兴媒体是纪录片对外传播极为重要的两条路径，"从电视到电影院大银幕，到网络平台再到移动客户端的整体构建，'大端'与'小端'纪录片互补共生、相得益彰"，才能使观众"以各种形式接触到内容产品，从而得到更好的信息服务"。① "看中国·外国青年影像计划"纪录片作品正是将主流平台与新兴平台相结合，成功提升了在国际社会的影响力，从而有力地传播了国家形象，输出了国家文化。

2. 以国际电影节为传播源，提升国产纪录片艺术影响力

从 20 世纪 90 年代我国"新纪录运动"开始，我国的纪录片就开始通过阿姆斯特丹国际纪录片节等一系列国际电影节走向世界。到今天，国际电影节早已成为我国纪录片进行国际交流、导演人才推广、寻找投资、整合资源的重要平台，尤其对于公益性质、缺乏宣

---

① 杨桭：《浅析纪录片与短视频的融合探索》，载《中国电视》，2020(5)。

发渠道与资金的低成本纪录片来说，电影节成了它们走向国际舞台的重要起点。不仅如此，"纪录片的国际电影节传播往往是一部成功纪录片的国际传播策略中最具有拓展和实验色彩的环节"，也是国产纪录片提升全球艺术影响力的重要平台。① "看中国·外国青年影像计划"项目的一系列影片就在维也纳短片节（Vienna Shorts Festival）、西班牙马拉加电影节（Malaga Film Festival）等多个国际电影节参加了展映，其中100余部影片获得了国际纪录片奖项，有效提升了"看中国"项目在国际上的艺术影响力。

在全球传播语境正在发生深刻变革的当下，我国纪录片要实现高效能的跨文化传播需要从生产的各个环节入手，从而实现生产渠道、主体、平台、内容、传播的全方位优化与创新。"看中国·外国青年影像计划"作为近年来我国重要的跨文化传播项目，虽然其部分作品质量还有待进一步提升，但是该项目对我国纪录片生产范式的创新做出了积极的示范，它不仅成功地搭建起了中外青年导演创作、交流、沟通的平台，而且帮助世界打开了一扇了解中国的重要窗户。特别是在疫情形势依然严峻的当下，这样的项目对我国国际形象的提升、国家文化的输出彰显出了尤为重要的意义与价值。

吴昊系西南大学新闻传媒学院讲师

---

① 单佐龙：《从国际电影节看中国纪录片传播特点及嬗变》，载《南方电视学刊》，2012(5)。

三极对话

时间：2020 年 11 月 27 日下午
地点：北京师范大学京师大厦第六会议室

王宜文：尊敬的黄先生、尊敬的各位专家、各位老师、各位同学，"在世界之中：中华文明的主体性"国际论坛进入众望所归的三极文化对话单元。刚才向老师已经介绍了参与对话的四位嘉宾。我再郑重地介绍一下：德高望重的中国传媒大学的曾庆瑞教授，北京外国语大学大卫·巴拓识教授，中青国际出版传媒有限公司首席代表兼总经理郭光先生，中国传媒大学赵晖教授。

四位专家或在上午，或在下午已经做了非常精彩的演讲，我们每届论坛都会设置三极文化对话，今年尤其具有特别的意义，因为今年是黄先生提出"第三极文化"的十周年。我很荣幸，最早听到关于先生的"第三极文化"的创立，之后一直是在了解学习之中。我体会的"第三极文化"是植根于中国文明传统，同时又具有与时俱进的内在品格，以倡导文化多元性为前提，尊重文化差异，反对文化殖民和文化霸权的，认为世界文化必然在相互影响下形成多元共存的局面。先生在今天上午主题发言的时候也特别强调，在新冠肺炎疫情引发全球性文明对话和反思的浪潮中，中国作为重要的一极文明主体，当代学人更应该努力地去处理或者去分析，如何做好继承传统、对话世界和当代文化生成这三个重要的关系。首先我想请教四位专家，请你们谈一谈你们对"第三极文化"内涵的理解。以及疫情之下，不同的文明主体应该如何更好地处理继承传统、对话世界、当代文化生成的关系。说到"第三极文化"，曾庆瑞老师是最有发言权的，我们首先有请曾老师。

曾庆瑞：会林教授提出这个问题已经11年，我们论坛也办了11年，面对当前这种复杂的形势，我建议我们再做一项工作。那年我们去北欧参观了斯德哥尔摩的孔子学院，而到现在，据报道我们的孔子学院情况很不好。很多地方、很多国家都已经将它关闭了，停止了孔子学院的文化传播，这就使我想起了当我们对外传播中华文明主体的时候，是不是要回过头来审视一下我们传播的中华文明有些什么样的问题，这值得我们总结教训。这样是为了更好地传播中华文明。我们看到的光明面太多了，我们不够光明的或者我们做得不够好的，甚至于做的有问题、有缺陷的方面，我们是不是也需要回过头来清醒地检视一下、检讨一下，理出个头绪来，供有关方面、有关部门决策参考。我们自己也可以深入研究它，为了今后做得更好。所以我参加论坛一直到现在，这方面讲了很多，希望明年论坛上也能出现这种声音：我们做得不好的地方，我们主体性宣传出现的问题是什么，我们怎么改进它。

王宜文：谢谢曾老师，曾老师每次发言都是充满很强的文化意识和责任感。大卫·巴拓识教授，他同时还是北京外国语大学东西方关系研究中心的主任，对中国哲学、西方哲学都有着非常深厚的积累，长期研究王阳明哲学和中国文化，我就想请大卫老师谈一谈在现在这样一个特定的背景下，您怎么看待"第三极文化"以及中国文化。

大卫·巴拓识：我想重申一下大家所谈的相关内容，你要向世界介绍一个新事物，首先可能你会被忽视，然后你又重新开始向世界介绍新事物，就会被接受。目前，孔子学院在一些国家正面临着一些困难和一些阻力，因为有些国家不希望接受中国文化，可能要关闭孔子学院。但是我觉得最终中国文化是要被其他国家接受的，所以现在正是这样一个阶段。比如说在德国，有一个非常有名的汉学家，他说我们缺少中国的知识，我们对于中国文化或者中国文明的理解是不够的，所以我们需要有更多的中国方面的专家。这样一种说法或者这样一种观点，在现在新冠肺炎疫情期间，出现了更多这样的声音，也就是说我们需要有更多的思想与思维的沟通交流。很多专家或者很多人都看到中国现在已经很好地控制了疫情进一步的传播，所以这个时候很多国家很多人开始反思，是什么样的文化或者是什么样的文明，能够让中国或者这些亚洲国家成功了。中国到底是怎么样控制疫情的，它背后的文明或者文化是什么。所以对于第三极文化来讲，我觉得三极文化的理论是非常有益的，因为目前为止我们看到世界正在出现着一种非常重大的变化，对于我们来讲也是一个非常好的起点，我们觉得也是一个非常好的时机，能够从哲学的角度跟德国传统进行结合。我觉得在之后，从文化、从历史的角度看国际化，有三个层面的发展，一个是旧世界；我们有过去非常古老的文明，对于地中海的发展，欧洲文化进一步的发展，欧洲文化之后又进一步扩张，之后我们就有了新世界，也就是美洲新世界。在未来，中国将成为一个更新的世界，中国将会进一步发展，吸收很多不同的有益的西方技术或者科技，将会成为整个世界发展新的推动力。这一点也会帮助人类实现自我完成，我们人类也能够实现圆满自我的完成。有很多哲学家发出类似的声音，所以我觉得我们也可以从"第三极文化"理论开始更好地理解"第三极文化"，更深层次地发掘这种文化或者文明，围绕着三极文化有更多更好的理解。

王宜文：感谢大卫教授，他从一个外国专家的视点，而且是一个资深研究者的视点，分析了特定时期中国文化所表现出的特质，同时又对中国文化以及黄先生开创的"第三极文化"理论有了很多的期许。谢谢大卫老师。

下面我想有请中青国际出版传媒有限公司的郭光总经理，因为2007年的时候，您在英国创立了国际出版传媒中心，这是中国第一个以商业模式走出去的中资文化传媒企业，而且是非常成功的。看到一些介绍，成功率达到 80%，我觉得这是非常难得的。刚才大卫·巴拓识教授是走进来，郭总是成功地走出去，而且是走进去了。所以就想请您发表一下，怎么看"第三极文化"理论，怎么做到这一切的。

郭光：感谢论坛、感谢研究院邀请我过来跟大家交流，今天学习到很多，特别是对于黄教授"第三极文化"理论的理解，我得到很多提升。我们中青国际出版传媒在英国十多年的国际传播经验、出版的一些案例也证明中国文化是有生命力的，中国艺术是有魅力的。所以说，过去中国文化影响了亚洲、东南亚，甚至对世界都是有影响。我觉得这几年以"第三极文化"理论为核心，中国在国际文化传播方面理论研究受到了国际的关注。同时，我们作为一家实践性的企业，在国外也出版了几百种介绍中国文化艺术方面的图书。我们有的图书都能卖到一两万册，一些精装版、限量版画册，都能够把中国文化元素做到奢侈品级别，定价在 100～200 英镑。这证明中国文化的影响力是很大的，关键是表达方式、表达方法。如果说我们的表达方式、表达方法能符合国际市场、国际读者的阅读习惯、欣赏习惯，我觉得未来我们文化的传播、文化的影响力是非常大的。

王宜文：在下午分论坛上郭总介绍了他的传媒集团发展历程，特别是一些经典案例，的确是走出去，还要走得很成功，中国文化的确是需要这些成功的案例。后面有请中国传媒大学的赵晖教授，她近期致力于短视频研究，刚刚做了一个很精彩的分论坛发言。美国近期对"抖音"等中国社交软件的打压，也让我们意识到小小的视频是事关世界大事的。

赵晖：感谢几位老师，今天参加这样一个会议，首先要感谢黄先生在十年前提出来一个国际文化语境传播当中非常重要的理论——"第三极文化"。欧洲文化和美洲文化先后崛起之后，整个地域环境之下，文化从横向坐标来讲是我们作为一个历久弥新的民族，有着这么长的一段历史，因为我们历史时间长，所以我们传统多。

但是有一个问题就是我们负担也重。今天当我们来谈"第三极文化"的时候，我个人感觉是我们和古人的一个对话的通道。我们通过这样一个寻根之旅，寻我们中国文化为什么能在今天重新得到世界的认识。今天上午几位老师谈到文化冲突以及文化的融合，刚才王老师也谈到了美国对"抖音"的打压，迄今为止"抖音"在美国还活着，而且看新闻报道许可又延期了。这说明这种文化是具有极强的生命力的。

东西方文化在对话的时候，原来我们非常难以找到价值观上的融合，但是从大卫·巴拓识教授个人学术架构来讲，他是找到的。东西方语境之中，之前西方对我们的某些文化、价值观处于一种迷茫或者不理解的状态。所以今天当我们再谈第三极的时候，我们是在和我们自己的古人进行了一次历久弥新的对话。这一段对话有关于中国国家文化的塑造，同时又关系到中国国家文化安全。因为如果从技术层面来讲，我们现在所用的云端存储技术，很多是来自于国外的。从技术来讲，这也涉及国家文化安全和国家文化传播的话题。

从横向坐标来看，如果把"第三极文化"放在整个人类文明发展进程当中，那么文明在我理解看来它没有高低贵贱之分，只有不同的语系、不同方面之分。这些年有幸在中国传媒大学工作，也得益于曾老师的培养和传媒大学的信任，去了很多地方，在韩国、美国、南美洲、欧洲、中东，都短暂居留过。在去认识一种文化的时候，你发现其实文明和文化之间有很大的共融度。当文化扩展到一定程度，已经形成固定的价值、判断和规则的时候，它其实就建构了一种新的文明形态。所以黄先生提出来的第三极，在我看来是站在国际化全人类文明进展的角度上去讲到了这样一个文化外交、文化交流上的理论。这个理论应该是具有开创性质的，可能目前来讲，因为我们经历了这样一个 10 年是从中国文化不被认可到中国警惕论再到中国文化被认可的过程，这个过程我们走得非常艰难。在今年之后，中国文化再次被摆到世界面前。从流行文化来讲，我们做了一个数据统计，其实"95后"的爱国热情远远高于"80后""70后""60后"，乃至于"50后"。最爱国的这一批人是在年轻人当中，而且是"95后"当中，因此我们会在抖音、快手、YouTube等平台上面，在不同新场景模式之下，传播叙事类、才艺、幽默搞笑、反串类等内容，在中国地区播放44亿次。在国外李子柒、老饭谷等这些新兴网络人物粉丝量是惊人的。所以我们今天一方面讨论我们建构东方化写意美学，这种文化已经辐射到东亚文化圈，包括韩国、日本，构成了城市化进展过程当中文化进展过程当中的文化辐射圈。我们在影视剧当中，比如说《琅琊榜》《知否知否应是绿肥红瘦》和一些中华美学电影当中，已经包含了中国意境、中华东方美学审美元素在里面。我们其实从古人那里借了很多东西，只是经过年轻人的创新，再让这种古老的东西焕发出了生命力。因此，我觉得今天我们讨论这个话题真的是站在了历史的交合点上，承上启下地讨论一个非常重要的学术思想。

王宜文：谢谢赵晖老师从对第三极的理解谈到短视频当代文化以及它的影响。"第三极文化"的内涵也包括中国与美国、中国与欧洲，以及其他国家文明间的辩证关系，各位专家如何理解不同文明的主体性和多样性之间的关系。强调文化主体性会不会抑制了这种多样性？为什么要提出这个问题，在当下疫情形势严峻的状况下，世界的不确定性在增加，文明冲突论在上午研讨主题发言中很多专家也提到冲突论，在这样的背景之下讨论文明主体性问题更具有特殊的价值和意义。今年大会主题也是"在世界之中：中国文明的主体性"，这隐含了一个重要的提示，就是中国始终就在世界之中，而不是之前我们强调的要走向世界。我们和世界从来就是一个命运共同体，我们就是在世界之中，同时我们也要有自己的主体性。

大卫·巴拓识：主体性本身作为一个关键词，在现代背景之下是非常有意思的。如果我们讨论的是各个文明的主体性的话，我们必须强调的一点就是这种主体性本身永远都不意味着它是一个独立的主体性，和其他文明没有任何关联。与此同时，主体性本身必须得有背景才有主体的意义，所以这里有所谓的跨主体性的含义在里面。我并不想说，没有所谓的原创的或者根源的文明，说到所谓原创文明包括根源文明，中华文明就是非常典型的一个。在这个文明当中存在，有两河文明、华夏文明之类，但实际上文明在发展的时候并不是互相独立的发展。不知道大家是不是知道一个德国哲学家海德，他在说到文明的时候是复数的形式，之前的文化或者文明就像泡沫一样，现在我们知道这个结论是错误的。如果我们真正了解世界史的话，很早各个文明就有对话了。所以所谓的文明主体性只有在通过交流和对话才能够繁荣发展，所谓的互相渗透是来自生物的术语，我们必须要把我们的一部分给别人，再从别人身上学到一部分文化，再形成自己的文化和文明，这是从几千年以来就开始了。所谓的文明主体性并不是在一个闭合的环节当中存在，如果说这个文明是一个非常封闭的文明的话，很快就会消亡了。生物学上也是这样的，你自己如果只是独立其他的个体，很快就会死亡了。从一开始，如果你就是非常封闭的话，很快就会消亡。

所以我们说到主体性的时候要考虑到跨主体性，比如说我们自己在语言当中有很多外来词，我们自己有很多词汇是本原词汇。德语中的"tee"来自闽南话，甚至有些字母，比如说中文里边，我们使用"可以"，其实这个字母肯定来源于拉丁字母，其实来自希腊文。腓尼基人从埃及人那边学到，这个"OK"的字母就像一个手一样。每一次中国人在电脑上打"OK"这个字母的时候只是为了打"可以"这个词，实际上它也把一部分古埃及语给激活了，这个语言已经有 3000 年的历史了。这就是我们如何连接起来的原因，虽然文明有主体性，但是各个文明是有联系的。在我看来，主体性是有点奇怪的，尤其说到文明的时候不太这么用，在德语当中，像黑格尔说到主体性的时候说到的是个人家庭。在任何文明当中，不是每个人代表这个文化的时候都是用统一的方式，他们是文明的一部分。有些人的背景是不一样的，比如说我儿子他是中德混血，所以他是两种文化融合在一起的，它是跨文化的一个结晶。

与此同时，所谓文明主体性本身也很有意思，因为它考虑到民间文化的交流，也就是各个文明之间在对话的时候，在我们的国家可能遇到外国人，在其他地方遇到其他国家的人，我们作为一个星球上共同生存的人互相学习，这也就是未来人类命运共同体的基础，或者是一个方向。其实这是一个非常理想的状态，非常乌托邦似的理想状态。现在这个星球已经变成地球村，必须要维持和平。我们必须要进一步加强我们彼此的沟通和交流。

王宜文：郭总长期在做"走出去"的工作，对这样的问题是不是有更切身的体会，您在世界上做中国文化传播是有这样一个主体性和多元性的问题吗？

郭光：我们在国际市场包括在西方传播中国文化实践证明，文化的多元化、多样性还是很重要的。我们有很多国际读者，在书展上或者平时的交流中，他们说美国有的时候认为自己的文化是最强大的，影响力也是最大的。然而他说我们现在就觉得长此这样下去生命力就太单一了，生命力就不够强了。我们现在也在鼓励，一些学者也在呼吁，很多读者也有这种诉求，就是要了解更多的其他文化，特别是中国文化。我们工作中发现，欧美对中国文化的了解非常有限，这限制了他们的想象力和创造力。他们现在做很多作品的时候，制作电影、时尚设计等很多方面都把中国元素重点考虑在其中。我们编了介绍中国文化、中国艺术的图书，也受到他们的欢迎。有的都让我们出乎意料，一两百英镑的大画册，他们都舍得花钱买。西方读者对文化的多元化也是很渴望的，有多学习了解的诉求。

曾庆瑞：我们中华文明在跨文化传播中得讲究怎么样把一流的文明用一流的表达有效地传播出去。我就想到我们生活中曾经发生过的事情，20 世纪 90 年代，中央电视台中国电视剧制作中心有两部大戏被美国买走，一个是王扶林导演的 84 集《三国演义》，拿去以后改成 28 集。再一个就是《太平天国》，买去以后开场就像泰坦尼克号一样在南京发现的一个宝贝。为什么改成这样？美国人接受。我在美国看到一个动漫版的《三国演义》，又看到高希希的《新三国》。我自己两个小外孙，他们就喜欢看动漫版的，这跟艺术形式有关系，但是它的传播更加能够普及年轻人。花木兰从军，美国做了一个动漫版风行全球，我自己在美国都跟着孩子看了三遍。这说明什么，我们得讲究传播的样式、传播的媒体。

我们再看看敦煌，谭盾创作一部交响乐，他把敦煌当作有声音的电影，唱歌就像看电影一样。当你听他的敦煌交响乐的时候，你就想象莫高窟那种艺术的种种辉煌。这是用心创作，用最好的传播方式、最好的表达做跨文化传播，影响参与到文明的交流中去。

赵晖：我感觉文化如果失去了主体性就跟人失去了主体人格一样，是得不到尊重的。本来是在一个多元化语境之下，为了应和某一种一极文化、二极文化，而不重视本土文化的衍生和现代化的传承，就相当于在一个现代化话语体系当中失去了人格主体性。比如，李子柒短视频在 YouTube 上一亿多的粉丝量，它形成视频文化内容模式化衍生开发甚至输出。我们电影、影视节目一直想输出中国文化一直没有成功。我们这样一个民间艺术网络红人出去的话，反而收获了四面赞歌，甚至有来自英国、美国不同网络达人模仿她的模式，包括越南、韩国的网络达人都争相模仿她中国化理想的田园生活。这种田园生活支撑思想就是天人合一，道法自然，一生二、二生三、三生万物的状态。说明在社会高压强度下，人心的东西，真正属于人性底层情感需求和美好愿望是全世界共通的。比如说爱、恨、希望、恐惧，家庭、和平等，我们面对一个灾难，无论是来自自然界还是社会界，还是国际关系界的，人们心中其实渴望的都是一种平静宁和的朴素愿望。这个愿望在《周易》当中、礼乐当中都讲过的。我感觉我们之前好像不太懂得国际文化传播当中的规则，有一点像"英雄好汉"一样四处出拳，反而在国际文化传播当中应该向民间艺术去借它的生命力，去向现代的年轻人借他的传播技法和技巧。我们用一种更加年轻化、青春化，更加现代化的理念传播这种文化精髓。这不是老模式的简单复制，东施效颦永远都是不美的。真正的美就在于中国文化的主体性所表现出来的最底层美学内涵和美学精神，所以我感觉失去了主体性的文化一定是没有魅力的文化。

王宜文：刚才几位专家提到主体性和多元化是一个理论问题，是一个原则问题，同时也是一个实践性的问题，落实在所有的活动中。就像黄先生提出的"第三极文化"理论是一个知行合一的理论体系，是倡导在实践中来体现和完善这样一个辩证关系。

请问各位最后一个问题，结合自己的研究和经历谈一下您认为当代中国文化国际影响力到底是怎么样的，当前制约中国文化国际影响的主要因素是什么？

郭光：我觉得我们中国文化传播影响力的提升，目前还是在起步阶段，空间还是非常大的。有一些条件过去不是很成熟，我感觉文化传播跟经济的发展，跟综合国力的发展是有联系的。目前，中国已经是世界第二大经济体，现在我们在经济和政治上的影响力很大，从我们自身就非常迫切地需要扩大我们的影响力，国外也迫切需要了解中国。我觉得我们要反思文化传播的得失，我们有很多成功经验与案例，但是我们也有很多失败的教训。我们的体会是什么？在选择传播要素的时候要符号化，选择那些精华的东西，外国人能看得懂的东西，能把它当成中国文化的载体。之后要用国际化的表达，我们当时为了避免闭门造车，避免拿着做中国市场出版思想去做国际出版，我们就到伦敦进行本土化运营，跟英国合作伙伴一起开展工作，从思维上、从国际视野上就有所提升，观念上也有所提升。还有一个是要市场化，中国文化走出去扩大中国文化影响力需要政府支持，需要很多学者研究推动，这是必需的。但是我们觉得最重要的是要拿出作品来，把中国优秀的传统文化和艺术进行提炼加工再创造，要有一系列好的图书、好的电影、好的文学，文艺创作的繁荣也是很重要的。还有一点，文化传播有时候还需要商业化推动、商业化运营，如果我们编的东西不好，拍的片子不好，请人家看人家也不看，你输送人家也不要。怎么样让外国读者花钱买我们的书、花钱看我们的电影，这就需要提高我们自己的水平和表达能力，通过商业模式把中国文化传播出去，提高它的影响力。这是我的一些体会。

曾庆瑞：我就谈一点，我觉得我们继续改革开放，门要大开，外国人现在对西藏问题、新疆问题有各种各样的说法，我觉得敞开门让你来看。我到天山脚下的葡萄酒庄园，去看看，不也挺好吗？那里维吾尔族的工人过得非常好。还有云南有一个援助项目，号称中国的小瑞士，上面有雪山下面有青松，整个地方就像瑞士一样，让西方人来看看。我们敞开胸怀让他们看，眼见为实，这样才有利于我们跨文化交流。

赵晖：我们现在，在传播一种文化的时候，今天上午听院里小伙伴们介绍我们已经做了近 700 部"看中国"片子了，这太不容易了！这意味着会有将近 700 个创作队伍，如果平均每个队伍 6 个人的话，这已经是非常小规模的队伍了，那就是先后五千个创作者，可能会有一万个创作者的数量参与到视频创作活动中。其实这种方式是最润物细无声的，王家卫在《一代宗师》当中用了很多中国元素，比如说水、光、灯，有灯的地方一定会有人，宫二在做一个决定的时候一定在佛前找到一盏灯，她觉得是父亲的灵魂和她做了一场对话。所以很多视频在传播的时候是没有界限的。把一个视频文化内涵想清楚了，我们就找到了它的象，这个象承载出来它的意，这个意回头的时候又扣在意境形成和故事空间的形成上。这种文化传播和制作是笔想都不敢想的财富，我反而觉得要对这 700 个视频进行系统性梳理。以前我们都请专业国外团队去拍中国，其实不免带有他们主流文化的痕迹。我一直认为真正的文化在民间，这次我去福建参观了民间馆的木雕、竹雕，太惊艳了。我在很多国外博物馆看到他们拿去的中国展品，即使它很精致，也会感觉少了一种灵气，生命力不在了。民间艺术因为没有人审查，很多人物表情、动物，甚至是马非马、龙非龙，用了很多意象化组合方式，在明清时期可能就用到了。所以我一直觉得中国文化的根在民间，我们做的视频恰恰是普通的拍摄团队在民间找到灵感拍摄素材完成，其实是最灵动的。

我在美国访学的时候，请了在美留学生，做了一个高中生题材的片子。就是通过这些国外人的视角，在视频网站播出，是网大电影前三名。所以回到商业化的问题，如果我们首先讲商业化的话，那一定不太好运作。我理解郭总的意思，我们首先找到了一个核，然后找到非常清晰表达这个核的手段和承载它内容的载体，也就是故事虚实的方式。随之而来的，一定是商业化。现在我们传播手段也很老到，我们真的要借鉴短视频灵活的传播手段，因为它的运营打破了视频界限，它其实是圈层传播，是个社交传播体系。这个体系建构起来就是集体无意识，不管是什么群体，在这个圈层当中，自媒体时代，大数据算法都非常明确你的喜好。数据比你身边任何一个人都了解你内心的活动和生活半径。

王宜文：三位专家从不同角度以很生动的例子谈到中国文化，特别是在传播过程中有哪些是已经做得不错的，然而还有很多不足。回到大卫·巴拓识教授这里，您本身是外国视点，并且长期研究东西方文化，在这样的基础上，您对中国文化的观察、中国文化在传播过程中的问题肯定有自己的观察和思考。

大卫·巴拓识：首先我讲一些比较乐观的方面，我觉得现在中国已经融入全球体系当中，中国也是需要将中国的文化、中国的文明介绍给全世界。在过去，中国的传播道路也是非常正确的。现在我们可能遇到一些障碍，但是我觉得这个未来就会消失的，就能够克服的。因为世界对于中国的文化都是非常感兴趣的，也许不仅仅是只是少数人，可能有大多数人，也许50%～60%的人对中国的文化是非常感兴趣的。但是对于西方媒体，他们可能不太报道中国文化、不太传播中国文明，这可能是一个障碍。可能现在社交媒体对于中国的形象有一些不正确的描述，但是这些社交媒体，并不是主流媒体，也不是大多数的。因此我觉得这个问题在未来多多少少都会消失的。

现在我们面临的问题是对于中国或者是对于中国经济怎么样才能把我们的文化更多更好地传播或者是流通，让更多的普通人了解。因为我夫人是中国人，我也经常到中国来，因此我能够更好地了解中国文化。但是中国以外的很多外国人不能像我一样直接参与中国文化，因此我们需要把中国文明向外传播。我觉得有一个特别的元素，什么是文化？它的核心意思就在于自我的改善，文化的精髓就是进行自我提升、自我改善，也是涉及个人或者集体的自我改善、自我提高。所以中国文化已经有多年历史了，这也是敦促我们要自我改善得更好，对于文化活动而言，需要有更强的推动力。在过去，对于美国来讲，我觉得美国文化过去并不是那么强，它的发展都是基于可口可乐这样一些商业销售基础之上的。可口可乐是一种含糖饮料，喝了以后对身体产生一定的影响，通过这样一种方式建立起它自己的文化。但是对于中国文化来讲，我们不像它这样是短期之内建立起来的，我们需要从长期的角度有更多的文化产品出来，是基于学习、基于不断自我改善、自我提升的理念之上。如果中国能够实现这一点，那么中国可以有自己的文化商标、文化标记，尤其对于年青一代，因为年青一代更加开放。因此我们不能低估年青一代的力量，很多年轻中国学生都特别聪明，我都非常惊叹中国年青一代，他们的可能性是无限的。中国年轻人一方面都了解中国的文化，另一方面又学习不同的语言。我们知道语言的学习是非常困难的，但是年轻人在了解不同的语言之后创造力也是非常强大。这也有助于创造更多的文化产品。尤其是中国又推出"一带一路"倡议。因此，在这个过程当中，中国人可以学到更多的文化。比如说俄罗斯、古印度、古巴比伦这些古老的文明。这些文明的精华其实就是他们自我提升、自我修养，所以说在这个过程当中，我们会提取更多的精华。这个精华是我们精神层面的精华，对我们来说是很健康的，这是中国可以做到的，也是会做的。毫无疑问，中国将会非常非常成功，没有人能够阻止中国成功的脚步。

庄子说到我们不能够揠苗助长，必须等这些苗长成大树。因此我是非常乐观的，非常荣幸在这里分享我的想法。

王宜文：感谢四位专家，"第三极文化"对中国文化的国际传播提出了很宏观的期许，黄先生现在正在主持一个国家社科重大课题，题目就是"当代中国文化国际影响力生成"。生成这两个字是很准确的，客观承认了我们在当代文化国际影响力的现状。中国文化任重道远，还需要努力奋进，既要发展自身文化的主体性，又要为世界文化人类文明做出应有的贡献。四位专家最后的分享深化了我们这次对话的主题。感谢四位专家，也感谢大家的倾听。

"在世界之中：中华文明的主体性"暨中国文化国际传播研究院成立十周年国际论坛会议综述

黄昕亚　法苏恬

2020年11月27日，北京师范大学中国文化国际传播研究院主办的"在世界之中：中华文明的主体性"国际论坛在北京师范大学举行。本次国际论坛恰逢"第三极文化"理论提出十周年、中国文化国际传播研究院成立十周年、"看中国·外国青年影像计划"实施十周年。论坛以"在世界之中：中华文明的主体性"为总主题，涉及"第三极文化"的理论建树、新冠肺炎疫情下的文明交流以及当代中国文化国际传播等重要议题。论坛以线下线上互动方式举行，来自美国、法国、德国、斯洛文尼亚等国和中国专家学者200余人全球连线和现场参会。

整个论坛以中国文化国际传播研究院成立十周年暨"第三极文化"知行展开展仪式为开篇，集中展示北京师范大学中国文化国际传播研究院成立十周年以来，依托"看、问、论、研、刊、创、会"七个方面的架构，把中国文化强有力推向世界、为构建世界多元文化贡献力量的发展成果。英国牛津大学、美国波士顿大学等22所海外高校和机构，给研究院发来热情洋溢的贺信、贺电以及视频，对研究院十周年的成就予以高度评价。

　　大会主论坛，中外著名学者围绕着在世界之中思考中华文明的主体性，展开不同角度的阐释和讨论。中国文化国际传播研究院院长黄会林资深教授在《继承与生成：中华文明主体性的当代思考》发言中指出，疫情对世界经济形势造成巨大阻力，也对现代文明观念提出新的挑战，她将"第三极文化"纳入时代背景中去观察和思考，从十年来的理论与实践中感受到一种基于人类共同情感、理智、愿望的合作力量。她以2020年"看中国"项目为例，说明疫情撕裂之下不同文明主体可以通过交流沟通的方式克服困难，实现合作共赢的目标。她认为不同文明主体之间通过交流对话、寻求合作共赢才是疫情时期处理国家关系的最高准则。

　　国际儒学联合会副主席，北京大学哲学系人文讲席教授安乐哲（AMES Roger）则通过文化哲学的角度呼应了黄先生发言中提到的"第三极文化"以及不同文明主体间的交流问题。他界定了"极"的概念，追溯了文化极性的思想，并预测儒学这一极文化在塑造新的世界文化秩序中将起到重要作用。巴黎东方语言文化学院教授，法国国民教育部原汉语总督学白乐桑（BELLASSEN Joël）则通过语言学的角度加入讨论，他引用苏轼诗句"不识庐山真面目，只缘身在此山中"，通过典型示例展示语言、文字在中国文化国际传播过程中引发的差异现象。美国鹰龙传媒公司总裁、中美电影节、中美电视节组委会主席苏彦韬认为中华文明的主体性是人类的智慧结晶，是世界的中华方案，更是新时代的精神力量，具有融通、融汇、融合三大特征。北京外国语大学德国教授大卫·巴拓识致力于中国哲学研究，他认为中国的"和谐""仁爱"等智慧观念有利于促进世界和平发展，特别是在疫情防控和防止战争冲突方面，中国的古老智慧可以帮助世界探索出一条和平发展的路径。

　　大会发言也有专家学者围绕着"第三极文化"的成果和发展方向展开研讨。复旦大学的孟建教授梳理总结了黄会林教授"第三极文化"理论三方面的重要学术贡献：阐明了文明发展的多元逻辑，凸显了文明对话的历史必然，融入了人类命运共同体的时代要求。外交学院苏浩教授基于自己的研究，用层次性方式对世界文明进行了分类。中国宋庆龄基金会原党组书记兼常务副主席齐鸣秋认为发展"第三极文化"需要"返本开新"，重视文化的时代性。中国传媒大学教授曾庆瑞亦认为"第三极文化"是人类文明文化发展态势的现代化呈现，是合乎人类社会文明、文化发展规律的现象。北京师范大学张同道教授结合自己在纪录片领域的实践与探索，指出纪录片应该从三个方面承担起文化使命：记录现实，见证时代；反思历史，保存记忆；对话文明，沟通思想，对中国文化的国际传播提出了建设性意见。

　　三个圆桌论坛也以线下结合线上方式，围绕着不同主题同时展开。圆桌论坛一"世界文明的历史与现实格局"紧密围绕中国文化影响力传播这个核心问题，与会嘉宾分别从文化、影视和教育等不同方面探讨中华文明的主体性问题。德国波恩大学终身教授、汕头大学讲席教授顾彬先生用兼具理性与感性的方式指出在东西方文化之间，中国哲学和文化可以教人们理性安排人生，思考作为人的任务，并特别结合疫情分析了中国文化能够慰藉人心的特质。中国文化国际传播研究院执行院长向云驹教授认为"第三极文化"是一种体系性理论建构，是一个有核心概念、影响社会进程、影响文化发展的理论。斯洛文尼亚卢布尔雅那大学罗亚娜教授指出主体性概念是中国哲学内在重要组成部分，汉语有更强表现力。北京师范大学色音教授讲述了传统民俗与中国文化主体性建构，梳理民俗的概念，具备传承性、历史性、地方性。北京师范大学田卉群教授以《山海经》异兽影视创作的经历，介绍了电视剧在改编过程中所面临的世界观架构、特效以及跟当代人情感对接等困境，从个人创作角度来探讨中华文明主体性。民政部浦善新先生则是精准聚焦，以中国孝慈文化为例探讨了中国文化守望相助的特点。北京电影学院吴冠平教授指出"第三极文化"也在中国电影学派起到非常重要的作用，这个重要作用一方面是关于主体性问题，另一方面是关注文化传播问题。北京师范大学薛二勇教授则是聚焦中国教育，为本次论坛提供了一个全新角度，在他看来中国教育主体性问题应随形势而改变，提升教育自信，挖掘我们自己优秀的教育传统，形成一套富有中国特色的教育理论、方法、技术与治理体系。

　　圆桌论坛二以"当下中华文明主体性的问题与表现"为主题，与会专家、学者以及青年教师涵盖不同艺术领域，从电影、艺术及传播等角度精准指出中华文明主体性的问题与表现。北京师范大学王宜文教授就海外华裔电影人创作语境与叙事的问题做出汇报，他用"第三极文化"理论逻辑认识论专注讨论了电影创作者内在身份的问题和离散电影的创作问题。陕西师范大学李雅琪老师以传播的视点反过来思考如何创作出真正的中国的电影艺术，特别强调在中外合作的时候，要提升合作的文化含量。北京师范大学王艳博士后以第三极文化理论深度思考了第三极电影文化的内涵，对写意电影形态的性格做了系统性的论析。美术领域方面，北京师范大学梁玖教授探讨了在当下语境，如何在第三极文化理论指导下创造中国艺术，让其具有中国人的艺术意义。德国海德堡大学彭蓓博士着重探讨18世纪传教士研究中国音乐艺术理论的两大问题，为本次论坛提出了新的思考方向。在短视频传播角度，中国传媒大学赵晖教授结合时代特征，讨论了短视频对中国海外文化形象的塑造和传播中所起到的作用。

圆桌论坛三以"文明主体性的冲突与融合"为主题，与会专家学者从文学与文化两大领域展开深入具体的探讨。中外专家学者集中讨论了中国文学及其海外传播的问题。澳门大学朱寿桐教授介绍了他们组编的《澳门新文学大系》，并在汉语新文学的总体格局与框架中审视澳门文学的特质，起到了重要的填补作用。北京语言大学徐宝峰教授认为当下文学海外传播的重点必须要加强中外文学之间交流的有效性，并举例分析和指出目前主要的交流障碍及其表现。北京师范大学姚建彬教授则主要围绕着中国文学主体性的让渡问题展开，认为学界应该对海外传播中主体性的让渡问题给予理性客观的认识。北京师范大学的刘江凯副教授主要讨论了中国当代文学海外传播的"跨界融合"问题，他从多年的基础理论和实践项目出发，就学术科研如何关切现实、服务国家提出了具体的建议方案，比如通过建设权威的动态数据库最广泛的团结中外专业人员，展开文化交流与合作，发挥"种子"效应。德国翻译家郝慕天通过在线方式参与讨论，她以译者视角谈到翻译过程中，如何坚持突显中国文学本来的面貌，把中国味完整地传递给德国读者的许多经验。英国剑桥大学的施冰冰博士则以剑桥大学东方系开设的中国现当代文学为例，探讨了其课程设置，从海外中文教育的角度分析了中国文学"走出去"的另外一种可能。广西师范大学的冯强副教授从主体化与去主体化之间的主体性问题展开论述，并和姚建彬教授提出的主体性的让渡问题形成了对话，他们都对文化传播过程中主体性问题提出了一定程度的警觉，认为一个成熟的主体其实同时面临着主体化和去主体化两个维度，而一个成熟的文明同样如此。最后生活·读书·新知三联书店副总经理陈义望先生从传统文化当代阐释、开放包容、坚持差异与创造转化三个方面谈了当今社会文化共生，提供了学界之外的一种观察视角。

本次的国际论坛最后的环节是王宜文教授主持的"三极对话"，来自德国的大卫·巴拓识和中国嘉宾郭光、曾庆瑞、赵晖共同参与对话，专家们根据各自研究所长围绕着"第三极文化"、不同文明之间的融合与冲突，疫情下全球文明新秩序的构建等话题展开丰富、有趣、深入的对话。

本次论坛是在疫情冲击全球的背景之下举行，会议主题"在世界之中：中华文明的主体性"，可以说非常及时地切中了当下中外不同文明主体间交流的要害。一方面，疫情暴露了现代国际体系脆弱的一面，加速并放大了国家之间原本存在的军事、经济、制度、价值观、舆论等竞争，撕裂了很多我们原本以为牢固和共有的现代文明观念。另一方面，疫情虽然加剧了世界发展的不确定性，文明冲突论的风险似乎也在暗流涌动，但全球性的灾难也给了我们重新审视现存文明及其秩序的机会，从而在文明观的层面思考"疫情时期"现代文明主体如何应对自身的国家治理挑战，并通过全球层面的讨论，重塑国际合作与交流最基本的文明准则的可能性。论坛通过线下、线上及直播的方式，广泛地团结了国内外专家和关心这些议题的学者，取得了良好的学术和社会影响。

作者黄昕亚系北京师范大学艺术与传媒学院博士生

法苏恬系北京师范大学博士后

"看中国"十周年学术研讨会综述

孙子荀　王诗雯

　　21世纪以来，伴随数字技术的发展和媒介融合的深入，跨文化传播显现出鲜明的视觉化趋势，以影像为核心的文化产品的生产、传播成为提升国家文化影响力的重要路径。在此背景下，跨国文化体验项目"看中国·外国青年影像计划"应运而生，其核心模式为邀请外国青年来华拍摄短片，再将短片输送至YouTube等海外平台和各大国际电影节展，从而将他者视角与在地体验相统一，文化发现与艺术表达相结合，最大限度地发挥影像的视觉传播优势，并造成影像撬动人才培养、人文交流等连环反应。自2010年成立至今，"看中国"已走过十个年头，邀请来自83个国家的725名外国青年落地中国，在中方志愿者的一对一协助之下，完成记录短片712部，获得国际奖项110余项，构成中国故事海外传播的重要载体。为总结项目十年来的实践经验及理论价值，主办方北京师范大学中国文化国际传播研究院于2020年9月30日举办"看中国·外国青年影像计划"十周年学术研讨会，对项目意义、传播效果及媒介经验进行总结。

　　十年是节点也是起点。正如活动发起人、北京师范大学资深教授黄会林先生在致辞中所指出的，十年来，"看中国"以"第三极文化"学术理论为依托，培养出一群爱华、友华外国青年，创造出一批他者视角、自我导向的文化短片，探索出一条依托高校、依托学生的传播路径，开辟出一种跨学科、跨国界的协同教学模式，传播效果持续发酵。无论作为实践的成熟案例或是理论的创新来源，"看中国"项目都富有很高的研讨价值。

一、"看中国"的历史之维与现实之意

从古至今，世界"看中国"的历史漫长而曲折，"看"的路径既包括丝绸、瓷器等物态文化，又包括游记、著作等文字材料，以及最本质的——亲身接触、体验中国。北京师范大学京师特聘教授、中国评论家协会副主席向云驹指出，他者的"接触"是世界看中国最基本的逻辑起点。历史上，西方眼中的中国印象主要基于在华的西方探险家、传教士所总结的材料、得出的论断，即一种"接触"基础上的"他述"。从繁荣昌盛的东方乐土到衰败停滞的封闭之国，他述的中国形象经历了高峰与低谷，如今即将迎来新的节点：在国际交流变得常态化、普泛化之际，重塑开放、崛起的中国新形象。此背景下，"看中国"实践正当其时，它的核心价值是他者与我者的民心相通，核心要义是外国青年的亲历亲至，核心方法是影像观察，从而积累大量动态的、民间的、青年视野的中国影像数据，构成了一种新的接触式"他述"。

北京师范大学教授张同道认为，近年来，文明间的冲撞发展到一个新高度，"看中国"以其现代、直观、纪实、充满情感的影像创作方式，形成一种独特的、易于接受的文化编码，在错综复杂的时代里，切实推动着文明之间的对话和理解。在这样的传播中，纪录片作为跨文化、跨时空的媒介形态，营造了一种充满生活细节和真实元素的"全息传播"效果，成为极其重要的跨文化媒介载体。吉林大学教授孔朝蓬也指出，"看中国"作为影像实践，既包括客观的文化记录，又包括主观的文化体验与个性化表达，由此形成一种重要的历史记录，即美国学者海登·怀特(Hayden White)所提出的"影像

史学"。从地理风貌的展示到国人形象的具现，这种影像记录为历史的建构和发展起到了促进作用，表现了真实、可信、亲切的中国。

二、自觉自然的影像表达，累积叠加的传播效果

多位专家学者对"看中国"的创作模式和传播效果进行了细致观察和总结。浙江传媒学院教授倪祥保在"看中国"的落地实践过程中，发现外国青年的他者视角和影像表达是自然、自觉的。其"自然"不仅在选题之内的视角流变，而且体现于选题之外的主体行动。时间的延续给予了外国青年在拍摄中理解文化、深入文化的余地：《乐享舞蹈》(2014)的英文片名从 *Square Dance* 更名为 *Happy Dance*，体现了导演对当地文化贴近、感知、认同的过程；《茉莉花评弹》(2014)的导演为评弹艺术所吸引，自费为选题升级拍摄器材，深入研究拍摄对象，拓宽拍摄思路，也是文化认同的外在体现。"自觉"的他者视角和影像表达，则带来了更为立体的现实思考，比如影片《年龄、身高、学历》(2014)即体现了外国青年对中国社会的独到观察，导演深入中国文化语境，从国人习以为常的社会现象中发掘出新鲜的故事题材，在凸显中国文化生态独特性的同时，不忘以文化共性弥补差异。

在传播效果方面，与会专家认为，"看中国"注重人的主体性与互动性，并非单向的外宣活动，而是依托交互性形成的跨文化传播模式。西南大学教授虞吉认为，"看中国"产生了累积、弋尾两个方面的传播效果。累积效应开始于全球范围内的招募和遴选工作，当外国青年来到中国，并与制片人进行专题化、主题化的合作后，则进一步融入了人际交互和文化体验相结合的传播过程，取得多样、叠加的传播效果。弋尾效应建立在人员交流和人才培养的基础之上："看中国"超越了纪录片拍摄的常规边界，持续地促进中外青年的共同进步，中外院校的交流互鉴，所以"看中国"的弋尾效应地域范围广、时间跨度长、传播层次深。

三、"人"与"情"：传播的关键动力

　　"看中国"不仅是影像创作的平台，而且是情感生成的平台，通过中外一对一互助形式，形成青年的情感共同体，是"看中国"核心特色所在。以 20 世纪末批评理论中的情感转向为思考起点，陕西师范大学讲师李雅琪注意到，在"看中国"项目实践过程中，大多数的情感都是从一种未知到成熟的流变和生成过程。该过程主要体现在三个方面。第一，跨文化、沉浸式的体验模式。它通过三个因素——17 天沉浸式体验、陌生化视角的保证、"一加一"实践模式，为情感的生成提供了外力场景，由此让外国青年感受到正向力，并将其转化为主动力，使其主动地参与到认知和情感转变的过程中来。第二，情动的"流变—生成"和纪录影像的创作。采风是情感被唤醒的过程；拍摄是情感被投射的过程，是存在之力和行动之力之间进行完美切换的一个过程；作品的生成是情感被抒发的过程。第三，在海外传播中的深度体认。这一阶段的传播是情感再度体认的过程，在影片传播过程中，外国青年会跳出沉浸式模式，回归到原初文化，以第三视角再度对自己的情感进行定位和认知，进而形成观念。曲阜师范大学教授赵鑫从中外双方人员的实际沟通中观察到，十几天的相处让中外青年得以深入交流、亲密生活，产生了深厚的友谊。外方青年看到了与他们在国外获知的形象大相径庭的干净、安全、先进、有人情味之中国；中方青年看到的则是外方导演的敬业、认真、敢于挑战，以及不同国家、不同民族之间的风俗文化差异。同时，赵鑫也建议，创作上要在习以为常中寻找文化的闪光点，沟通上要注意避免歧视意味的交流用语。

　　上海温哥华电影学院执行院长蒋为民教授作为点评嘉宾，对专家发言进行了总结，她指出，从宏观层面的向云驹教授、孔朝蓬教授提出的在历史和国际视野中对"看中国"意义的解读，到中间层面虞吉教授、倪祥保教授从内容和传播角度对"看中国"经验的提炼，

再到微观层面赵鑫教授和李雅琪老师从实操经验和情动理论进行的阐释，构成了一个多角度、多层次的金字塔式结构，对"看中国"实践进行了学理性的总结提升，具有重要的价值意义。"看中国"即将走入下一个十年，对于"看中国"的学术研讨将不断延续，在理论引导实践，实践反哺理论的良性互动中，优化拓展项目，为跨文化传播做出更大贡献。

孙子荀系北京师范大学博士后
王诗雯系北京师范大学新闻传播学院研究生

跋

又一集"第三极文化"论丛编就，即将付梓，令人欣慰也让人感慨。这一集论丛是黄会林先生领导的北京师范大学中国文化国际传播研究院2020年举办的"'第三极文化'国际学术论坛"的论文集。这个国际学术论坛是一个年度性的以文明对话为核心的学术交流平台，每年都会围绕一个不同的主题展开，已经持续举办了十年，讨论了十余个重大的文明主题或话题。2020年的论坛主题是"在世界之中：中华文明的主体性"。国内外专家学者们的演讲、论文、讨论，从本文集里反映出来的情况是丰富多彩、有深度有广度的，这是参加论坛者可以从线上和线下切身感受到的，也为没有参与论坛的读者们提供了一个可以感知的浓重的学术氛围。

2020年的年度国际学术论坛还有一些难得的也是特殊的历史背景。这一年是黄会林先生发表"第三极文化"理论的第十年，也是实践"第三极文化"开展的年度性"看中国·外国青年影像计划"第十年，还是中国文化国际传播研究院成立第十年。三个十年叠加，意义非凡。国内外学者们参加本次论坛进行文明研究和讨论时，对"第三极文化"理论再一次给予了高度关注和评价。他们中的很多人长期关注和支持黄先生的学术理论和文化实践，许多人为参加本次论坛专门撰写了"第三极文化"理论十年历史的学术性认识和理论总结性文章，为此一理论的十年纪念献上了学术致敬，这是需要特别说明和特别感谢的。这些研究成果对于再一次深刻认识"第三极文化"理论的学术价值、理论贡献、战略意义都是富有启示性的。这是本文集的一个重要特点。

2020年发生新冠肺炎疫情，受到疫情的影响，论坛的现场交流大受阻碍，好在科技的进步为我们化解了危机，论坛采取了线上（部分国际专家在线）和线下（在华的国际国内专家）相结合的方式召开，因此，它的国际性、高端性、广泛性并没有受到影响或削弱，相反，疫情带来的伤痛、危害、变化、矛盾、困惑、撕裂、冲突等问题和团结、共识、努力、奋争等化解危机的中国故事和国际合作，刺激和倒逼了学者们的思想和研究，他们不得不对世界的变化做出反应。这反而使本次论坛的议题更丰富、更现实、更深刻。这也形成了本文集的又一个重要特点。

论坛上10位重量级的学术嘉宾的大会主题演讲（其中，黄会林先生的大会主题演讲已置于本书卷首，成为全书代序），现场反响极佳，其代表了本次论坛的水准，它们构成了本书第一辑"世界文明的历史与现实格局"的主要内容。四个分论坛（含单列的两个"看中国"论坛）的内容分别构成本书第二、第三、第四、第五辑，其主题分别是"'第三极文化'十周年论坛""当下中国艺术主体性的问题与表现""中国文学主体性的冲突与融合""'看中国'十周年论坛"。其中还有年中在山东日照召开的"'看中国'十周年纪念论坛"和在重庆召开的"'看中国'十周年国际学术研讨会"上的部分论文也收录进专辑和插入相关分辑之中。年度论坛每次都有一个专设的"第三极对话"，请中外学者现场讨论第三极文化的年度性话题。2020年的对话由王宜文教授主持，曾庆瑞、大卫·巴拓识、郭光、赵晖参加对话。本文集收录了本次学术对话实录。

"第三极文化"论丛一书的编辑工作由本院工作人员在黄会林先生指导下进行，刘江凯同志负责具体的统筹和编辑工作，本院工作人员和在站博士后、在读博士、硕士们都参与了相关编辑工作。受疫情影响，负责论文征集、论坛组织、国际在线和文稿整理编辑的所有工作人员都付出了巨大的努力，才使得论坛和本文集书稿顺利高效地得以完成，在此一并说明并感谢。

向云驹

2021 年 3 月 20 日